读客科幻文库

跟着读客读科幻，经典科幻全看遍。

沉睡者

[美] 卡伦·汤普森·沃克 著　　李雅欣 译

文匯出版社

图书在版编目（CIP）数据

沉睡者 /（美）卡伦 · 汤普森 · 沃克著；李雅欣译
. -- 上海：文汇出版社，2022.9
ISBN 978-7-5496-3021-9

Ⅰ. ①沉… Ⅱ. ①卡… ②李… Ⅲ. ①幻想小说 – 美国 – 现代 Ⅳ. ① I712.45

中国版本图书馆 CIP 数据核字（2022）第 033207 号

著作权合同登记号：09-2019-875

沉睡者

作　　者 / ［美］卡伦 · 汤普森 · 沃克
译　　者 / 李雅欣

责任编辑 / 徐曙蕾
特约编辑 / 武姗姗　　叶　子
封面装帧 / 李子琪　　陈艳丽

出版发行 / 文匯出版社
社　　址 / 上海市威海路 755 号
邮　　编 /（邮政编码 200041）
经　　销 / 全国新华书店
印刷装订 / 嘉业印刷（天津）有限公司
版　　次 / 2022 年 9 月第 1 版
印　　次 / 2022 年 9 月第 1 次印刷
开　　本 / 889mm × 1270mm　1/32
字　　数 / 208 千字
印　　张 / 9

ISBN 978-7-5496-3021-9
定　　价 / 45.00 元

THE DREAMERS

Karen Thompson Walker

献给我的女儿

黑兹尔和佩妮洛普

当我创作这本书时

她们来到了这个世界

字里行间

她们无处不在

2019

那天夜里，盲人梦见自己失明了。

——［葡］若泽·萨拉马戈《失明症漫记》

THE DREAMERS

-1-

起初，人们归咎于空气。

毒素弥漫虚空，危险随风而至。这是一种古老的说法。灾难降临的那一夜，一大片迷雾从城市上空缓缓飘过，宛如某种气象，或是起火后的烟雾——后来有人这么说，可没人找得到起火点。有人说这得怪罪于干旱，连年的干旱使得河水干涸，黄沙漫天。

无论它到底是何物，它悄无声息地来了：突如其来的困意，猝不及防的闭眼。大多数病人是在床上被发现的。

不过，有些人会告诉你，这种病并非头一遭，它的远房亲戚早已造访过我们的同胞。在早几个世纪前留下的信件中，你偶尔会翻到一些记录，记载了一种古怪的睡眠状态，神秘莫测，久久不醒。

1935年，两个孩子爬进沙尘舱睡觉，九天九夜都没醒。类似的病曾席卷过一个墨西哥村落——尼恩特村，村名意为“乌有”。在那之前三千年，一位希腊诗人描述了一个海滨村庄中一连串离奇的死亡：他们死了，像是为梦所裹挟——据后人转译：像是沉没于梦中。

这一次，它始于一所大学。

一个女孩从聚会上离席，她觉得身体不太舒服。她对朋友说："我好像发烧了，像是得了流感，还很累。我从来没感到这么累过。"

THE DREAMERS

-2-

女孩的室友——梅，事后回想起自己被开锁声吵醒。漆黑之中，室友卡拉爬到上铺，弹簧嘎吱作响。卡拉像是醉了，她从进门到上床的动作是如此迟缓。可屋里太过昏暗，看不清楚。同往常一样，两人沉默无言。

第二天早晨，梅看到上铺的卡拉还在熟睡。她没换衣服，黑靴子的细高跟从毯子下头探出来。卡拉曾这么睡过一回，因此梅未作多想。她轻手轻脚地更衣穿鞋，轻轻地开锁，轻轻地出门，尽量不吵到卡拉。她让自己在这片空间留下的印记尽可能地轻微，不被人看见让她感到舒适。

这儿是加利福尼亚州，圣洛拉镇，梅上大学后的第六周。

一整天，梅都待在外头，没回寝室。她觉得这样更自在。她依旧没从震惊中缓过神来：一眨眼间，寝室里的友谊便结成了，宛如忽然冻结的厚冰，唯独她格格不入。

每天晚上，卡拉和同层的女孩会聚在浴室里，身披浴巾，挡着水池，倾身凑向镜子，勾描唇线和眼线。浴室在走廊另一端，可坐在寝室桌边的梅仍能听到她们的欢声笑语，比吹风机的嗡嗡声还要响。

“认识他人需要时间，有时得好几年呢。”母亲在电话里这么说。

不过，梅向母亲隐瞒了好些事。比如说开学第一周，几个男生来敲门，说走廊里有股臭味。他们一路嗅探，来到了她的房间。“你屋里有什么东西烂了吧。”他们二话不说闯了进来，挤满了窄小的空间。他们一个个人字拖、沙滩裤，头上的棒球帽压得低低的。

他们围在梅的桌边嗅来嗅去时，眼睛忽然一亮。“就是这儿！”他们纷纷捂住鼻子，指着底柜质问，“这柜里的东西不对劲儿，你到底在里头放了什么？”

底柜里放着她妈妈做的鳕鱼干，一同带来的还有三条黑巧克力和两块薰衣草肥皂。

“这是我妈亲手做的，”她解释道，“这是鱼。”制作鳕鱼干是她母亲从外祖母那儿继承下来的为数不多的手艺之一。梅的外祖母是家族里唯一的中国人，而非圣地亚哥人。

她知道男生都管她叫“安静的小妞儿”。他们曾对她说：嘿，安静的小妞儿，你想说什么就直说呗。她不觉得自己沉默寡言，可这一刻，像是被他们震慑住，霎时哑口无言。

“天哪，真是臭死了！”一个叫汤姆的男生说。他个子最高，是校篮球队的一员。他的脸周围系了一条红花绸，像极了南北战争时医院里的护工。

每每回想起这件事，想起汤姆遮着嘴的红花绸，梅都羞愤得满脸发烫。

最后，她将一包鳕鱼干扔进了走廊尽头的垃圾滑道，伴随着塑料与锡板的刮擦声，它从十楼一滑到底。男生们围着她，确保她说话算话。

“我没想到他们会这么做。”卡拉事后说。梅这才知道，是卡拉告诉男生说寝室里有股怪味，可这事她从没和梅提过。

就因为这么些破事儿，每天下午，梅都待在一家校园咖啡厅里。十月那天，她在咖啡厅里坐了很久，等到吹风机沉寂，电熨斗冷却，卡拉和其他女生已离开楼层，一头扎入姐妹会五花八门的例行活动中。至于男生，但愿他们在吃晚饭吧。

那一夜，梅在出门九小时后才回到寝室。寝室门上挂着一块白板，上头有一张纸条，用红笔写着：我们先走了，你在哪儿？这些话，显然是写给她室友的。

梅拧锁开门，看到卡拉的姿态与早晨别无二致：躺在上铺，蜷着身子面向墙，黑靴子从被毯下伸出来。

“卡拉？”梅轻声叫唤。窗外夕阳西下，天朗气清，浮现出粉色的晚霞。梅打开顶灯，又叫了一声：“卡拉？”

可卡拉没有醒。梅的苦苦哀求、两个急救人员更大的嗓音都没能让她醒转。在她皱得不成样的裙子下，急救人员很快探出她还在呼吸，仍有微弱的脉搏。

卡拉仰头躺在担架上，张着嘴，凌乱的棕发披散在脸上。别的女生见了她的模样失声尖叫，可她依旧毫无反应。外头松林间的蛐蛐儿叫得正响，夜里凉爽的空气拂过她的皮肤，可她一直沉睡不醒。

梅赤脚站在路边，看着急救人员将担架抬入救护车明亮的舱室，动作有些粗鲁。她想说，你们小心点。接着车门关闭，留下她一个人孤零零地站在街上。

急救人员之后会汇报：在救护车疾速驶向圣玛丽医院的一路上，女孩一直沉睡不醒。即便救护车汽笛高鸣，灯光闪烁；即便一路上坑坑洼洼，不停颠簸。到医院后，两位医生试了好多次，也没能将她唤醒。

那一晚，在医院其他楼层的产妇分娩时女孩在睡，婴儿出生时女孩还在睡。在她沉睡时，远处一个病房里有个老人去世了，意料之中的死亡。他的家人们都来了，还来了一位牧师。

她睡过了日出，睡过了日落。

然而，在头几个小时内，医生们找不出任何疑点。她就像个正常的女孩，正处于正常的睡眠状态。

其后的事态发展让人不知所措：她身上到底发生了什么？为什么她的心跳变得那么慢也没触发监护仪的警报？但你得知道这点是真的：几个小时内，她本就轻浅的呼吸变得越来越浅。

事后很难解释，为何她最后的心跳没被心电监护仪记录下来。

-3-

女孩们哭个不停，无心睡觉。她们穿着拖鞋和长袖运动装，围坐在一间屋子里的粗毛地毯上，握住彼此的手。她们喝了茶，心中一直在想：要是能早点去看看她就好了，要是在她说自己不舒服时多留个心眼就好了。她们早就该知道，早就该做点什么，那样兴许就能救回她的命了。

男孩们不再吵闹，酒倒是喝得更猛了——全是挂着假商标的廉价啤酒。起初几天，他们把手插在兜里，只想着不与女孩们打照面。仿佛他们即便从那些女孩轻易的亲近和紧挽的双臂中，都能感受到完整的女性痛苦史，感受到她们世世代代被训练出来的对悲伤的感知。

对女孩们来说，穿衣搭配感觉不对，梳妆打扮感觉也不对。头发不洗了，腿毛也不刮了，一切交流漂浮在悬而未决的困境中。她们戴上了框架眼镜，男孩们这才知道，有超过一半的女孩戴眼镜。

她妈妈真可怜。女孩们互相讨论，膝盖紧紧蜷到胸口，仿佛这一冲击让她们重归幼年。她们回忆自己的母亲，想象家中厨房响起的电话铃声，那地处亚利桑那州、内布拉斯加州、伊利诺伊州或别的州别的城镇的家。“我想象不出来。”女孩们纷纷说，“我根本没法去想。”

葬礼地点在堪萨斯，去那里太远了。

“我们得为她的父母做些什么。”一个女孩说。她们已听说卡拉的父母明天会来收拾她的东西。“我们得订些花。”

女孩们一致同意。她们都有种迫切的渴望，想做点该做的事，仿佛彼此之间心灵相通。刹那间，生活被击中核心，变得支离破碎。

她们最后选了两束白百合。每人都在卡片上签了名。

她们想不出还有什么有意义的事可做，心中却有一股生生不息的渴望。与此同时，她们之间还流动起一种前所未有的慷慨。相比之下，曾经的烦恼与别扭是多么微不足道，多么不值一提。斗争结束了，前嫌冰释了，两个姑娘给高中时深深爱恋过而今已再无当年模样的男孩打了长途电话，与他们言归于好。

不过，女孩们仍渴望更多，她们想出点力。

梅走进大厅，抱着双臂垂着头，黑发紧紧扎成马尾。女孩们都注意到了她，而此前她们从未注意过她。

没人说得准这个和卡拉住同一间屋的中国或日本女孩叫什么名字。女孩们一致认为，她不必自责，因为那时她不可能知道卡拉需要帮助。

“我们得告诉她这不是她的错。”一个女孩轻声说，“我们得跟她说‘你不必太难过’。”

但她们什么也没做。

“她说英语吗？”另一个女孩问。

“当然，我觉得她是同我们一起的，是吧？”另一个女孩说。

不知从哪个房间飘来了微波爆米花的香气。没人打算去上课。

订的两束百合下午送到了，但比女孩们预想的少。她们终归无法如愿以偿，无法找到途径来传达心中一些至关重要而又无法言喻的东西。

卡拉的父母脸色苍白，双颊凹陷。母亲穿着灰色毛衣，和卡拉很像，只是肤色不同。父亲留着络腮胡，身着法兰绒衬衫。三十年前的他可能就和住这层楼的男孩子一个样。他无精打采地靠在门框上，低着头垂着肩，手像男孩们一样插进兜里，不知将会面临什么。

他们慢吞吞地开始收拾女儿的东西。

看到他们，女孩们畏缩了。她们躲进各自的房间，生怕说错话。好一阵子，这层楼唯一的声响是撕扯胶带的刺啦声，时而有衣架的撞击声，还有裙子轻轻放入盒子的声音。

从远处看这对父母，女孩们一下子误解了人到中年的通常特征，将他们前额的皱纹、眼睛下的黑眼圈视为悲伤而非岁月的证据。也许，她们的想法也有道理吧：岁月引领他们来面对这一任务，让他们悲伤。

卡拉父母的嗓音嘶哑无力，仿佛刚生了一场大病。卡拉的母亲猛吸一口气。“停！理查德。”她开始抽泣，“你会弄坏的。”

这一刻，梅正在偷看他们俩，远远地看着。

父亲正费劲地卷起卡拉的一张海报。海报上印着巴黎，黑白色调，用图钉钉在墙上。梅知道那是卡拉在开学第一周从学校书店买的。梅对这张海报太熟悉了，她开始将卡拉与图片中的女孩们联系到一起，她们站在雨中的鹅卵石街道上，笑靥如花。

“你别碰了，求求你了。”母亲对父亲说。

父亲停了下来。

梅逗留在走廊上。她应当向卡拉父母做个自我介绍。她母亲一定会这么说。

卡拉父亲望着窗外的样子和梅的父亲太像了：不知把手放在何处，不停地抚摩自己的胡子，悄无声息地站在房间的角落里。这些都让梅无法承受。

梅受不住了，她赶紧回到自己的新房间，没和他们说话。

只有塞勒有胆子靠近卡拉的父母。塞勒高高瘦瘦的，生着棕色头发和雀斑。他读英语专业，比别的男孩要稳重一些。

女孩们看着他和卡拉的父亲握手。他一手拿着自己的便帽放在身侧，一边同卡拉的母亲讲话。他的头发直戳戳地歪向一边，被帽子压过的地方全是汗，看得每个女孩都想把他的头发抚平。

女孩们很感激他能在当时与卡拉的父母说说话，很感激他知道该做什么。

塞勒帮卡拉父亲将盒子搬进电梯，每一个路过的陌生人都会自然而然地推测——这是一个父亲在帮儿子搬离寝室。

阿曼达。与卡拉的房间相隔一间，她是第二个感觉到症状的女生：头晕目眩，虚弱无力，缓缓蔓延的疼痛感。

她的室友醒来时也同她一样，两人的气色都不好，像是发烧了，眼睛还微微泛红。

"要是那种病会传染可怎么办？"阿曼达在床上说，"要是我们得了和卡拉一样的病可怎么办？"

其他女孩站在门外安抚她们，但一个个都害怕得不敢踏入房间。

"你们一定会没事的。"一个女孩说，她几乎提不上气。肾上腺素竟如此迅速地扩散到了全身，双手竟这么快就开始颤抖。"不过也许你们得看看医生，安全起见。"

有两个女孩病了。这消息从一个房间传到另一个房间，闹得整层楼人心惶惶。在此之前，没人想过卡拉的病会传染。

她们打电话给宿管。宿管来了。生病的两个女孩被开车送往医务室。留下的人很难不去想：她们还能不能再见到那两个女孩。

几个小时过去了。

照进窗户的阳光缓缓变化，但没人留意外界的天气：烈日炎炎，降水稀少，大地有朝一日会饱受干旱之苦。

忧愁笼罩着整层楼，特别是其中一个姑娘。在家或教堂，人们叫她丽贝卡，但在这里，在过去的六个星期里，大家都叫她贝卡、贝可或贝。

丽贝卡。一个娇小的红发女孩，穿着借来的牛仔裤，正在琢磨耳中嗡嗡的轻响。她想忽略这个声音。没人提过耳鸣。

浴室里，她将眼镜放在台子上，往脸上泼水。也许什么事都没有，只是她太紧张了而已。她有些害怕。一股眩晕感正在她脑中浮现。

她倚着一个洗手盆。洗手盆是古旧的陶瓷材质，布满裂痕，早已泛黄。她看到盆里的色块，想起了一些往事。她就是把头垂在这个洗手盆里，让两个女孩将她的头发染成炫目的红褐色。那是开学第一周，所有女孩都围着她说这说那。十来个女孩聚在一个小小的空间里嘻嘻哈哈，她从没体会过那样的归属感。

丽贝卡从教堂里偷偷溜走过一次，打算谁问起就撒个谎。那是一个星期日。她从未这么快就得到大家的喜爱，也从未得到过这类女孩的喜爱。

这些女孩为她调配了第一杯酒。她们将自己的玫瑰色唇膏涂到她青涩的唇瓣上，用自己的镊子帮她拔眉毛，教她怎么修眉。她们将自己的衣服借给她，帮她挑选更好的文胸。她与她们一起说说笑笑，相处愉快。就在前几天，她们忽然发现，彼此的生理周期都同步了。

眼下，丽贝卡开始提心吊胆。眩晕像浓雾一样笼罩了她，她等待它散去，它却始终未散。一个疯狂的想法在她脑中绽开，也许她在遭受惩罚，为过去几周的不良行径而受罚：溜出教堂，放纵饮酒，还向父母扯谎隐瞒。

在她背后，门的合页嘎吱一响，门应声而开。卡拉的室友，那个安静的女孩，走进了洗手间。她的腋下夹着一块黄色毛巾，手里提着一个粉色的塑料桶，里头有一瓶晃荡的洗发水。她穿着汗衫和牛仔裤。丽贝卡注意到她经常穿成这样来洗澡，而不是像其他女孩那样，穿着浴袍或裹着浴巾穿过走廊。

丽贝卡感到一种示好的冲动。“嗨。”她向女孩打招呼。

女孩没看向她这边。这让丽贝卡察觉到，自己也有同样的特点，即在被人搭话时会非常意外。

“嗨，”她又打了声招呼，“抱歉，你叫什么名字来着？”

这回女孩抬起了头。她挺漂亮的，眼珠乌溜溜的，皮肤也很好，但她最好把头发披下来，而不是一直扎成马尾。丽贝卡知道别的女孩会这么说。还有刘海儿，也许刘海儿能让她看起来更有味道。

“我叫梅。”女孩说。

女孩将洗浴用品放在离丽贝卡最远的淋浴隔间外，用手指解开乌黑的马尾辫，但她的头发没有散开，从根部到发梢都团在一起。

“我有话想和你说。”丽贝卡说。

她最近有些自私。的确如此。你得尽力满足别人的需求，但她没有给予这个可怜的女孩任何东西。如果有人向你索要一件衬衫，她的父亲会说，你还得多给他一件外套。

丽贝卡继续道：“我想和你说，你不用自责。”

梅狐疑地问：“我为什么要自责？”

“因为你不可能知道卡拉需要帮助。”

梅咬了咬嘴唇，背过身去，走进淋浴隔间，消失在了丽贝卡的视野里。

“这不是我的错。”梅站在隔间里说。她的声音在瓷砖间回响。她似乎说得小心翼翼，仿佛每个词都是从高高的架子上捧下来的易碎品。“我没做错什么。”

“对。”丽贝卡说，“我就是这个意思。”

但这番对话已经飘远，不再受她控制。她搞砸了。

梅关上淋浴门，“啪”的一声上了锁。透过淋浴门下方的空隙，丽贝卡看到衬衫和牛仔裤落到梅的脚边，梅伸手把衣物捡起来。随后是淋浴设施嘎吱嘎吱的声音，水管咕噜咕噜的响声。水哗啦啦地倾泻下来，在瓷砖上汇成水洼。

丽贝卡绞尽脑汁，想找出一些友好的话来，说给淋浴门背后的人听。

可她的眼睛有点不对劲，眼角闪过一道光，视野中的景象扭曲变形，宛如水面上的波纹。她开始发抖。

她没告诉任何人，仿佛大声说出来就像一种魔咒，会让这事变得更加真实。

她回到自己的房间，躺倒在床上。她觉得自己需要休息，便闭上双眼。此时正值下午四点。《圣经》中的一句话进入她的脑海：那日子，那时辰，你们不知道。[1]

1　引自《马太福音》第25章第13节：You will not know the hour or the day. 原句全文为：Therefore keep watch, because you do not know the day or the hour. 中文译为：所以，你们要警醒：因为那日子，那时辰，你们不知道。——译者注（如无特别说明，本书中所有注释均为译者注）

第一阶段的睡眠是最浅的。短暂的放空，就像拿石子打水漂，在剧院里点个头，或一本书从床上掉落。

丽贝卡飞快地沉入第一阶段的睡眠。过了十几分钟，她继续下沉。这仅仅是深潜的开始。这时，一场缥缈的梦忽然到来：她与父母在教堂里，一个婴儿在接受洗礼。可有些地方不对劲，是牧师的声音——在梦里，他的言语和口型对不上。圣水泼上婴儿前额的声音也比目睹这一幕要晚上几秒，就像闪电和雷鸣的间隔。在梦里，教堂中只有丽贝卡注意到了这一点。

可梦随即被打断，走廊里传来一个人响亮的声音。丽贝卡睁开眼睛。

很快，更多人的声音响了起来，还有个人在走廊里大笑。

她打开门，发现走廊里站满了学生。瞧，是她们，站在人群中央。那两个生病的姑娘，她们从医务室回来了。她们把马尾辫甩上甩下，笑容灿烂，露出洁白的牙齿，手里捧着两个墨西哥卷饼和两听可乐。

其他孩子围上来时，一个女孩说："我觉得自己糊里糊涂的。"她仍穿着运动服。

"我们只是感冒了。"她的室友说。

"谢天谢地。"嗑了药一般的欣快感涌上丽贝卡的心头。"你们没事真是太好了。"她感到自己也舒服多了，至少耳朵里的异响已经停止，而眩晕的感觉也淡去了。

无论如何，她们没事。那两个女孩自己说她们没事，你听到了吗？她们告诉走廊里的每一个人：她们没事，她们没事，她们没事。

阿曼达和她的室友回来后，有些东西变了。恐惧急速消退。那天晚上，也就是事发后第三晚，男孩女孩们挤在阿曼达的小房间里，喝得酩酊大醉，脸颊上流露出放松的神情。

卡鲁哇咖啡酒和牛奶是给女孩们喝的。冰块被用掉了一袋又一袋。屋里还有啤酒、龙舌兰酒和蜜桃味的葡萄酒。搅拌机呼呼飞转，小酒杯丁零碰撞，音乐略有些刺耳。

大家讨论要为卡拉做些什么，比如在这栋楼中挂块纪念匾，或种棵树。这主意好，大家纷纷认可：一棵树，甚至搭建一个小花园也行，种满她喜爱的花。他们为与卡拉的短暂友谊干杯，为那美好的六周。大家都觉得她是那么甜美，兴许是大伙中最甜美的人。

他们渐渐醉了，屋里不可避免地弥漫起眩晕的气氛。他们还年轻，他们仍健康，他们刚刚幸免于一场大难。

在房屋一角，丽贝卡感到自己沉静而勇敢。她坐在最高的铺位上晃荡双腿。不知怎的，塞勒正坐在她身旁。

“这该死的一天。”塞勒对她说。他的声音很轻，只有她能听见。

丽贝卡点点头。塞勒的腿挨着她的腿，暖暖的。他微微仰起的头离天花板很近。

“的确如此。”丽贝卡说。

她在杯盏交错声中思索：明天她要再试一试，与卡拉的室友把话说清楚——她的名字叫什么来着？梅？她又感到一阵内疚，因为她意识到，没有人曾想过邀请梅来这间屋子。

下方，搅拌机嗡嗡作响，冰块咔嗒咔嗒的声音响了很久。

尝尝这个——他们说了一遍又一遍。塑料杯从一个人手上传到另一个人手上，每人啜饮一口。小酒杯被用了一次又一次。

他们之中主修生物的人有朝一日会学到：某些寄生虫能改变宿主的行为，使其服务于自己的目标。若病毒也有这本事，就会弄出这种场面：十七个人挤在一个小房间里，十七对肺呼吸着同样的空气，十七张嘴共同斟饮两个小酒杯，一而再，再而三，足足几个小时。

最后，聚会结束了。与其他聚会无异，都是以一记敲门声和宿管的提醒声告终。宿管只比他们大三岁，他能驾轻就熟地对一切酒精饮品视而不见。

“好了，孩子们，”他站在门外说，“差不多了。”

孩子们慢吞吞地离开房间，沿着走廊晃晃悠悠地走回自己的房间。要不独自，要不成双。天花板上的荧光灯嗡嗡作响。

丽贝卡迈着虚浮的步子，独自走回房间，落了别的女孩几步路。这时她的耳朵感受到了别人的鼻息。

“来吧。”塞勒边说边牵起她的手。

他突然与她五指相扣，身上的气味一下子靠近了她。口香糖味，还有香皂味。被牵手的纯然喜悦涌上心头。真是始料未及。

“我们可以在这儿聊天。”塞勒推开防火门，把她拉进楼梯间。

身后的门合上了，挡住了灯光和其他孩子的声响。在黑暗与寂静中，只剩他们两人。一个男孩和一个女孩，并肩坐在同一级冰凉的台阶上。

别的女孩觉得塞勒太瘦了，可在丽贝卡看来，他的身材恰到好处，修长而健康。他的锋芒中透着智慧与高效，如同出色的设计。

丽贝卡等他开口。

塞勒从兜里掏出一袋M&M巧克力豆，问：“你要吃吗？”

楼道间是那么安静，连巧克力豆包装袋沙啦沙啦的声音都在墙壁间回响。塞勒往手上倒了一些。

好一阵子，他们就这么坐着，谁都没说话。丽贝卡不确定该怎么说才好。她能听到塞勒齿间巧克力豆嘎嘣的脆响声。

“我没和卡拉父母说话，这让我很难受。”她终于开口，“我不知道该对他们说什么。”

塞勒从楼梯间向下丢了一颗巧克力豆。巧克力豆滚下十级台阶，传来爽利的一声“乒”。

“人们从来不知道该说什么。”塞勒说。

据说塞勒的弟弟在年幼时就去世了。

他们谈了很久，如醉似梦。丽贝卡能感受到脑中的卡鲁哇咖啡酒，愉悦的飘浮感。周身的一切：暗淡的灯光、生锈的天花板、遥遥传来的水滴声——一切都充满意义，仿佛整个夜晚已化为记忆。

丽贝卡有很多事想对塞勒说。告诉他自己过去在家里要守的规矩：不能看电影，不能化妆，不能去常规的学校。告诉他自己和弟弟在餐桌上学代数，母亲埋头研究家庭学校指南，而父亲尝试开办一家孤儿院却失败了。但她没在楼梯间说上述的任何事。反之，她静静地靠着塞勒的肩膀，仿佛能通过别的渠道来传递自己的想法，比如两人紧挨的双臂散发出的温暖。

塞勒继续往楼梯下方扔巧克力豆，仿佛他们正坐在一口水井边投石许愿。

他说：“人们不知道该说什么。因为没什么可说的，没什么好说的。”

丽贝卡感到自己窥见了他的过去。

她能听到几年后的一天，更年长的自己谈论起这段年轻时的可怕往事：宿舍里那个叫卡拉的女孩，新生入学的第二个月，第一次目睹的灾难。整件事在她脑中飞速倒放。

看着最后一粒巧克力豆从空中划过，他们的头碰到了一起。抬眸之时，贴近的脸颊半明半暗。他们笑了起来。塞勒摸了摸她的头发，送来了一个吻。他的唇有巧克力的味道。唇齿相依。丽贝卡永远不知道自己做得对不对。塞勒的手放在她的臀上，手指滑过她腰间的肌肤。她感受到塞勒在触摸她时微微发抖，他的紧张比自信更让人喜爱。这像一个开始，此时此地，一切的开始。激狂的希望让丽贝卡暖意融融。这是年轻人才能体会的狂喜。

女孩们睡得很晚，因喝了卡鲁哇咖啡酒而头昏脑胀。她们一个个醒过来，或小便，或喝水，或吞下床边的一片止痛药，或在又一个万里无云的日子里，在阳光下眯着眼将窗帘拉上，挡住晨光。

她们又爬回床上。

不久后，她们沉入浅睡眠中的生动梦境。

女孩们随后认定，离奇的事发生在正午前后：那时她们的梦跟进了同一段剧情，围绕着同一样东西——一个清晰的声音。同一时刻，女孩们梦到某个人在某个地方尖叫。

几秒后她们睁开眼，为这并入梦境的响声：真的有人在尖叫。

走廊里，女孩们发现了塞勒。他只穿着平角裤，没穿衬衣。她们看到，尖叫令他的肋骨上下起伏。也许这些女孩中，没有一人曾在男孩脸上见过真真切切的恐惧。

“丽贝卡她……”塞勒指向自己的床，丽贝卡红色的鬈发正散开在他的枕头上，“丽贝卡她……她不太对劲。”

THE DREAMERS

-4-

学校里发生了可怕的怪事。在五金店或超市购物时，在树林里遛狗时，圣洛拉的居民交头接耳——你听说学校里发生了什么吗？——他们隔着篱笆与邻居聊，在高中的露天看台上与熟人聊，仿佛大学是一座脱离城镇的岛屿，连细菌也无法穿透它的大门。

沉睡病。当地记者称这种病为沉睡病。一个女孩死了，另一个失去意识，两人来自寝室楼的同一层。

干旱掠过整个加州。九十天无降水，早已超过去年的纪录。没人曾见过圣洛拉湖的水位降到那么低，而沙堤像沙丘一样从湖中抬升。码头老旧而干燥，距离湖岸近二十米。

有人说，这是千年来最恶劣的干旱，乃至更长远以来最恶劣的干旱。五千年以来，或许更长。

不过要说天气，天气倒极为宜人，连续六周艳阳高照。

这样的天气看似不会带来任何损失，仿佛美是抵御死亡的魔咒。但人们知道：峡谷里的葡萄已奄奄一息，草场也一天天变得焦黄——被那温暖了门廊秋千的十一月阳光给烤干了。

至今，仍有人不信：在如此宜人的天气，一个十八岁的花季少女怎么会死去呢？

可圣洛拉这个地方曾蒙受过灾难。

大地易震动，山体易滑坡，森林茂盛丰饶容易燃起山林大火。一些生性谨慎的人会把家人的照片装在前门的旅行包里，以防需要紧急逃生。

曾云游于山林的部落饱受由皮毛商人和一队曾在山中断粮的拓荒者带来的天花之苦。过了十年，在山中勘探到银矿后，第一批木屋建造完成，随后在次年初春被近一米厚的融雪浸泡。你可以在蝴蝶路和克莱因路交界处的古董店里找到证据：一张张照片，印有身着黑裙的女人，披着磨损外套的男人，还有孩子们。他们那么严肃、那么瘦弱，身下的水没过膝盖，眼神饱经风霜。

一次山体滑坡吞没了小镇东侧的所有平房。带有圆顶和钟的小小市政厅只是原建筑的复制品——一场地震震碎了旧市政厅的墙体。

第一个墓地，很久之前就不开放了，里头长眠着西班牙流感的死者。有人说，他们的灵魂还在卡塔利娜大街的宅邸里游荡。那条街如今已破败不堪，被学生们瓜分了。圣洛拉的居民早就知道那场流感要来了。据说它从西飘来，途经一个又一个城镇。居民们试着堵住进入小镇的唯一道路，可流感还是溜了进来，以新消息传播的速度席卷了整个城镇。圣洛拉镇死的人是下一个镇的两倍，这让有些人不免怀疑：从那时起，圣洛拉就被诅咒了。

圣洛拉受诅咒这一想法仍时不时在一些迷信者的脑海中浮现。每当一个青少年溺水，或一个远足者失踪于树林，一些居民便会怀疑：这片土地是否注定多灾多难。如果灾难被吸引到了同一个地方，就像雷之于避雷针，那该怎么办呢？

-5-

第一周的第四夜，如果有个外来者来访圣洛拉，如果他在日落时刻或日落之前散散步，如果他从学校向东漫步十个街区，他也许会看到一栋黄色的大房子。那房子兴许有一百多年的历史，曾一度富丽堂皇，而今只剩下锈迹斑斑的排水沟和一个耷拉着的门廊秋千，门外长满了四季豆。如果他见到了那栋房子，就可能看到一个女孩。他会边走边想——外来者时常会这么做——他会思索女孩在那里做什么。窗边的那个女孩，那么严肃，那么平静，只是站在那儿，往外头看。

窗边的女孩十二岁。她穿着牛仔短裤，非常瘦。黑色的头发，眼镜，手镯，晒斑。她叫萨拉。

她早有预感，自己会记住这一夜很久很久。可她经常有这种预感——潜伏良久的危机感。这是她与父亲共同的思维风格：每个平凡的时刻都潜藏着灾难，你不知道它会何时发生。

今晚，预感的起因是父亲回家晚了。

透过窗户，她看到街上的车辆驶入各自的私家车道。她听到几户邻居家的门打开又关上。装杂货的袋子沙啦沙啦，钥匙丁零丁零，而他们说话的声音是那么平静——别人在同孩子、丈夫和宠物狗说话时，总是那么平静。

“他也许只是在下班回家的路上耽搁了。”妹妹莉比说。妹妹比萨拉小十个月，她正在楼上和几只小猫在一起。小猫五周大，睡在盒子里。

“你总是杞人忧天，但一般都平安无事。”妹妹说。

“他从没这么晚还没到家过。”萨拉回身看着街道。

外头，鸟儿在树林里鸣叫，或许是燕子，或许是山雀。两个慢跑者轻快地跑在人行道上。共享了路口处那座大房子的学生们正在门廊处点燃烤架。可她父亲的蓝色皮卡却还没出现。

她闻到邻居家飘来烹饪晚饭的香味。那栋镶白边、配有纱窗门廊的棕色房屋，里头住着新邻居和他们的孩子。那些大学老师，这是父亲对邻居夫妻的称呼。那些大学老师砍掉了两栋楼间挺立多年的冷杉。父亲追忆往事，这树在他出生前就在了，也就是说在萨拉和莉比出生三十五年前就在了。那是我们的树，父亲常常这么说。他会时不时停下，细细观看残留的树桩。他们的树不该死。

最后一抹天光散尽，昆虫开始冲撞纱窗。

萨拉感到胸闷气短，很难说是因为哮喘还是因为心绪。她从背包里摸出吸药器，飞快地喷了两下。

她再次确认微波炉上头的时钟。父亲已经晚了一小时十分钟。

最后，终于传来了轮胎碾过沙砾的嘎吱声，还有破损排气管亲切的隆隆声。

萨拉打开前门。许多日子看似会转向灾难，实则转向了别的路。

“我们饿了。”她在父亲面前藏起喜悦，“所以我做了两个三明治，莉比一个，我一个。”父亲棕色的胡子日渐灰白，蓝色工作衫也穿得越来越破旧。

父亲关上皮卡的车门。

“我们还喂了猫。”萨拉走上门廊，光着脚站在开裂的木地板上。

“别过来。”父亲说。

她停下脚步，不然父亲会生气。这是真的。不过父亲通常有明确的理由。她等着他开口解释。他没有。他没进屋，而是小跑到后院。他的工作靴重重地踩在沙石上。暮色中，他脚步飞快。

很快，他解开了花园的浇水带，拧开了阀门。

萨拉打开后门。

“你在做什么？”她冲着暮色大喊。她听到浇水带往泥地里喷水的声音。

“给我一些肥皂。”父亲开始解衬衫纽扣，“还要一块毛巾。快点。”

肾上腺素飞速分泌，嗞嗞流入血液。浴缸里有一块细得几乎要折断的肥皂。拿起肥皂后，萨拉又从烘干机里找出一块毛巾。他们总是把干净的衣服留在烘干机里，而不是叠好放进柜子。

“他在外头做什么？”妹妹问。那只最幼小的猫咪蜷在她的掌心，嘴巴张得大大的，露出利齿。你得仔细听，才能听到它那奶声奶气的叫唤声。

“我不知道。我不知道他在干什么。”萨拉说。

她又走下楼，透过窗看着父亲。

光线微弱，透过窗很难看清外头。父亲正站在院子最远的角落，土豆田和西葫芦地的那一头。她又定睛一看，肯定了这件事：父亲站在院子里，几乎全裸。

他只穿着平角裤，手持浇水管高举过头顶。

水流下，他的胸膛看上去瘦骨嶙峋，胡子糊在下巴上。泥地上的衣服散乱丢放，就像从晾衣绳上掉下来的衣物。

萨拉看到隔壁的新邻居坐在厨房里，桌上的红酒杯闪闪发亮，孩子躺在母亲的臂弯里。他们看得见你，她想对父亲说，那个女人看得见你。可她太害怕了，不敢开口。

“把肥皂给我。”父亲说。萨拉听到他在黑暗中瑟瑟发抖，伴着蛐蛐儿尖厉的叫声。几只萤火虫在菜地里闪耀。“别靠那么近，丢给我就好。”

白色肥皂掠过天空，被邻居家门廊的灯光照亮。女人看向他们的方向。

“现在回屋里去。快点。”父亲说。

他用肥皂抹脸，抹手臂、腿和手，抹手的次数最多。萨拉早已习惯父亲异于常人，老是有各种各样稀奇古怪的想法。可一波全新的恐惧袭向她：也许父亲做错了什么事，所以才这么洗浴。

附近的地板咔咔作响，是妹妹穿着袜子走了过来。“到底怎么回事？”她问。

这一刻，萨拉对妹妹感激不尽，为她棕色的眼睛、清脆的声音，还有她常常佩戴的瓢虫耳钉。瓢虫耳钉应该是她们母亲的，但她们不确定。连莉比唇上椒盐脆饼的味道也让她感激。这些都印证了妹妹在她身边。

她们并肩站了很久，一言不发，透过玻璃看着父亲，就同观看浣熊的晚间洗浴一样——那些小爪子动起来是那么不可思议。

莉比不停地问萨拉父亲在外头做什么，萨拉一直摇头。人们说她俩简直就像双胞胎，两姐妹出生的时间这么接近，连一年都不到，而她们的母亲在她们不到四岁时就离开了人世。

最后，父亲关掉浇水带的阀门，从泥地上拿起毛巾。他做的最后一件事是把换下的衣服扔进垃圾箱。她们的父亲，从不丢东西的父亲，将自己完好的棕色腰带扔进了垃圾箱，那腰带仍穿在牛仔裤的裤袢上。

他不会谈论那件事。一开始不会。

他边说边抬起手掌，像是在示意众人向后退。他弓着背坐在厨房的餐桌边，浴巾绕在腰上，胡子上的水滴滴答答落到油地毡上，同家中的每一个水龙头如出一辙。每样设施都微微松动，整栋房子在逐渐解体。“让我想一会儿。”他说。

他赶走了厨房里的莉比和萨拉。莉比上楼去陪猫咪，萨拉仍待在父亲附近，就在隔壁的房间里，等待父亲的解释。

电视里有些东西能抚慰到她。并非节目本身，而是不同的人，不同人的声音，以及了解到自己并不是孤单一人在观看《幸运之轮》[1]。还有数千人也在观看，幅员辽阔的人网。观看节目时，她能感受到他们与她同在，仿佛这一联结在遭遇危机时会起到作用，仿佛他们能看到她并送来帮助。咔嗒咔嗒，幸运之轮转得越来越慢。啪嗒啪嗒，父亲的手指在敲击餐桌。父亲开了一听啤酒。坐在客厅里，萨拉听着餐厅传来的声音，探寻藏在其中的意义和一颗大脑运作的迹象：椅子的刮擦声，叹息和啜饮，将啤酒一饮而尽时罐子的轻响。

电话响起时，父亲没有动，萨拉也任由电话一直响。但她妹妹接了电话，跑下楼，凑到她耳边低语：“有个男孩打电话找你。”

1　《幸运之轮》（*Wheel of Fortune*）：1975年美国首播的一档娱乐节目。

听着窸窸窣窣的耳语，萨拉的身子骤然一紧。很少有人给她打电话——男孩更是一个都没有。

她知道自己的声音在接起电话时颤抖不止："你好……"

"萨拉？我是阿其尔。"男孩说。

阿其尔。一阵惊喜涌上她的心头。阿其尔，学校里新来的男孩，在戏剧《我们的城镇》中扮演萨拉的丈夫。

"嗨。"萨拉说。可她喘得很急，她不知道这样的对话该如何继续下去。

"这是你的手机吗？"阿其尔说得字正腔圆，口音几乎没有，像个英国本地人。可他的父母来自埃及。她听他说过，他的父亲是个教授。"我是说，我本想打你的手机的。"

"哦，我没有自己的手机。"萨拉说。

她立刻反悔了——她干吗说出来，在别的孩子眼里，她一定很奇怪吧。

"哦。"阿其尔说。

莉比在看她，张着耳朵，想听清电话那头在说什么。

"好吧。"阿其尔清了清嗓子。停顿间，渴切之情烁然绽放。"你知道明天的排练是什么时间吗？"

她羞红了脸。这只是个正经的电话。

"我忘记写下来了。"阿其尔解释道。

电话不到两分钟就挂了。屋里的世界涌了回来：父亲围着浴巾坐在桌边。他的眼神透露出，他拒绝解释出了什么事。

《幸运之轮》转啊转。一个谜题解决了，下一个谜题又来了。萨拉感到下颌后方有点疼，这才意识到自己刚才咬牙咬得多么用力。

最后，父亲开口了。

“萨拉。”他的声音从厨房传来。一丝希望飘来。解释要来了，零碎的线索能化零为整了。

“我想让你下楼去，数数我们有几加仑[1]水。”

萨拉在这一刻明白，出事了。

地下室。她讨厌地下室。地下室预示着一切都会失常。这儿储存着许多食品罐头，用以应对核冬天。这儿储存着水源断了后他们能喝的水，储存着用来以物换物的子弹，以免有一天金钱失去价值。这儿还有许多杆枪，当小偷潜入时，父亲会用枪来守卫食物、水和子弹。

难以想象睡在地下室中的日子：光溜溜的灯泡，狰狞的蜘蛛，浮尘的气味，唯一的小窗封得严严实实。不过他们在角落里备了毯子和枕头，以防万一。三张叠好的折叠床正在一旁等候。

下楼途中，萨拉的手抖个不停。她走到地下室深处的水罐边上。她数得很慢。她数了两遍。

父亲总是说气候在变化，海平面在上升，油和水在枯竭，还有小行星。小行星最让萨拉担忧。夜晚躺在床上时，她能看见许多星星，有时她会感到一颗星星越飞越近，虽然那可能并不是一颗真正的星星。

“不过，也许这些事一件都不会发生，对吧？”她经常对父亲这么说。没人能看到未来，父亲亦无法断言。“反正近来一切都好，对吧？”

“也许吧。”他总这么回答，一边摇头，像是在否认，“但或迟或早，要出大事了，一切将不复以往。”

这就是为何，他们在院子里种了蔬菜。这就是为何，当西葫芦成熟，他们要将之塞进大缸；等土豆长成，他们要将之冷冻干燥。这就

1 加仑（gallon）：一种容（体）积单位，在美国1加仑约等于3.8升。

是为何，他们要储备够她用上两年的哮喘用药。放药的盒子置于地下室最高的架子上。

没人知道他们在地下室囤了东西，连父亲的兄弟乔也不知道。乔和父亲都出生在这栋屋子里。乔在离家数年后于去年夏天来访。父亲说他在亚利桑那州吸毒。他到访的整整两周内，他们锁上了地下室。因为对地下室来说，最重要的是让里头的东西不为人知。

细微的声音从身后的台阶上传来。萨拉抬起头，是黛西在门口直直地俯视着她。白皙的爪子伸展开，巨大的影子映在台阶上。

萨拉想起父亲曾说到过猫。他说，当灾难发生时，他们得放弃这些猫，不然食物和水不够分。他说他会人道地解决这件事，可他可能会开枪杀了它们，那或许是疼痛最轻的方式。萨拉想起小猫咪出生时的样子——还未长出牙的小嘴，小巧的眼珠，裹着胎膜，黛西叼着它们走来走去。黛西明白该怎么做，明白该怎么叼起小猫——轻轻咬住它们后颈处的毛皮。

萨拉喉咙一紧，它们还是小宝宝啊，她和妹妹得劝说父亲不要那么做。

厨房里，父亲正望着窗外，目无焦点。他的眼眸透着一种罕见的绿色，比萨拉记忆中他露出的胸毛还要暗沉。

“有多少？”他问。

“五十加仑。我们有五十加仑水。”

“好。”他站在桌边，依然捏着腰间的浴巾，“好。”

事情一点点露出眉目。父亲没有按顺序讲述事情的来龙去脉。真相慢慢浮现。如同那年夏天，妹妹在院子里学会了用柠檬汁写隐形纸条——你得把纸条放在阳光下加热，才能看清上头写了什么。那天晚上，父亲讲述的事情也是这么展开的，需要耐心，需要破译，需要琢磨他遗漏的关键信息。

父亲在工作时遇到了什么事。

“他们什么都没公开。”父亲是一所大学的看门人，“他们连一件操蛋的事都没告诉我们。”

两个女孩站在厨房里，安静地听他讲。

“他们应当告诉我们，为什么要给那些房间喷消毒液。”

他的声音越来越高，几近咆哮。他说得越多，两个女孩就说得越少，仿佛言语的总量如同氧气，是个消耗品。

父亲说：“我本该戴上面罩，戴上手套的。”

萨拉和莉比花了好久来厘清事情的脉络。

沉睡病，父亲称之为沉睡病。一种古怪的沉睡病在学校里暴发了。

“可他们不承认，他们想压下这件事。”

此外，沉睡病在蔓延。

“有人死了吗？”莉比问。她一向冷静，让人安心，淡定地相信一切都好。她不会很快惊慌失措，可现在，她怕了。

“听我说。”父亲使劲抓住两人的肩膀，用尽全力紧紧扣住。她们退了一步。“我不希望你们出门，至少近几天不行，好吗？我们要好好地待在这栋房子里。”

他猛地站起身，像是想起了什么，沿着通往地下室的楼梯飞奔而下。她们听到他在下头火急火燎地翻找东西。

“那上学的事怎么办？”莉比轻声问。萨拉忽然感受到自己是姐姐，即使只比莉比大不到一岁也意义非凡。她从莉比的这个问题中听出了自己与她的不同。学校是她们最不必担心的。她认为，无论需要做什么，都该由自己上阵，而不是妹妹。

父亲回到厨房，掌心里躺着三片白色药片。

“接着。”他往萨拉掌心倒了一粒，接着走到料理台边，把莉比的药切成了两半，她吞不下大药片。

“这是什么？”萨拉问。

“抗生素。”父亲说，“吃完就去睡觉。”

就寝时间，她们听到老鼠在阁楼上闹腾，弄得猫咪很难受。小猫咪都在地上走来走去，头朝着天花板张嘴哭叫，露出白色的喉咙。

这声音也让两个女孩很难受。

“爸爸！”她们从卧室向楼下喊。

没有回应。她们听到父亲在敲击键盘，联网的旧电脑时而震颤，时而发出“哔哔”的声音。

若拿长柄扫帚的柄狠砸天花板，老鼠就会消停一阵子。这是父亲惯用的伎俩。天花板上印满了证据——扫帚的痕迹，月形，半月形，全都是在过去的夜晚弄到墙上的，宛如一张短途迁移的地图，从屋子的这一侧搬到那一侧。

“爸爸！”莉比又喊了一声，“爸爸，快上来！”

萨拉不看都知道，父亲的眼睛正盯着古旧的蓝光显示屏，等啊等，等待网页通过电话宽带加载出来。

“怎么了？”他终于开口，声音像从远方传来。

“老鼠！”两个女孩齐声大喊。

后继的一阵沉默中，萨拉能想象出他的脸，渐渐紧绷，努力耐下性子。

“你们只要熬过今晚就行了。”父亲说。耳边的声音很刺耳，就像指甲抠入墙面的刮擦声，宛如有个小小的囚犯正被困在这栋屋子的某个地方，仿佛刮墙刮上数千日就能逃出生天。“我们别关灯了。”莉比说。她蜷缩在黄色的被窝里。被子是手工缝制的，也许做被子的人是她们的母亲，也许不是。她们一直在留心寻找可能是母亲留下来的东西。

她们所知的一切大多来自报纸上的一篇文章，报纸是她们在父亲桌子的抽屉里发现的，叠放得很整齐：六月的一天早上，有个人在晨跑时发现一个小女孩在一栋屋子的前院里哭，一个年纪更小的女孩站在门口，尿布都漏了。萨拉记得每一处细节：晨跑的人如何发现厨房里没有吃掉的午餐——三个碗里的通心粉和奶酪，和一个昏倒在地的女人。她的哮喘遗传自母亲，这点萨拉心知肚明。

这一晚，听着老鼠一家子闹个不停，她们久久不能入眠。有时巨大的恐惧能放大再微小不过的异常。

天很快就要亮了，但她们不会换上上学穿的制服，不会走去公交车站。当老师点名时，没人会应答。萨拉不会在《我们的城镇》的彩排或练习中念自己的台词，也不会在最后一幕挽着阿其尔的胳膊与他一同走下舞台。

萨拉习惯了彻夜失眠。她总是做噩梦，噩梦会像余晖一般，让她的大脑活跃数个小时。但妹妹也醒着就有些奇怪了。太晚了。莉比正盯着天花板，眼睛睁得大大的。

在这间卧室里，有些话得说出来，但没人说。最后，萨拉开口了。

“别担心。”她安慰妹妹，话语中带着撒谎前的战栗，都不像她自己的声音了，“没事的，我想一切马上会好起来的。”

THE DREAMERS

-6-

能扩散的不只是传染病。第五天，一位洛杉矶的精神科专家接到了一通电话。

她见过类似的事：一个女孩有时能与另一个女孩感觉相通。一种不同寻常的传播方式，就像哈欠能从一张嘴跳到另一张嘴。这是一种共情。达拉斯的某个足球场上曾有一百名拉拉队员接连昏倒，但检查后只有一人生了病。

从市中心的精神病医院出发到圣洛拉，开着车龄五年的沃尔沃汽车要两小时车程。卡在皮革缝隙里的小鱼饼干碎屑发出脆响，女儿的乐高玩具在后座上滚来滚去。

同事叫她凯瑟琳，家人叫她凯蒂，当她走进自己上锁的病房，人们称呼她为科恩医生。

她驶向圣洛拉，渐渐从城市驶入郊区，又从郊区驶入绵延数里的柠檬林。一连串的急转弯将她送上群山，进入厚实松林撒下的阴影中。

广播电台没了信号，手机也没了声音。接着是四十余英里[1]的曲折

---

1 英制长度单位，1英里约等于1.61千米。

道路，夹在连绵不断的树林间。

路边终于出现了一家汽车旅馆，这让凯瑟琳舒了口气。但旅馆的窗户封得死死的，只余一张褪色的彩电广告。

最后，林间出现了一片熠熠生辉的湖，树林尽头豁然开朗。一片校园映入眼帘，学生们散布在草地上，草色棕黄得像麦子。这儿就是圣洛拉。

而她到达的医院，还没那家汽车旅馆大。

沉睡的病人仰面躺着，一条手臂搁在小腹上。屋里很暗。卷帘被拉上了。凯瑟琳从记录表上得知病人叫丽贝卡，她已经睡了六十个钟头。

女孩的母亲——那一定是她母亲——坐在窗边，眼睛布满血丝，瞪得极大。母亲。和病人的母亲沟通是她工作的难中之难。

“我能拉开窗帘吗？”凯瑟琳问。但她没等答话便把绳子一拉，阳光照亮了房间。

听说病症可能是心理上的，母亲似乎松了口气，仿佛精神消沉与生理疾病相比破坏力没那么大。

“你是说她可能没得病？”母亲问。

“我不是这个意思。”

别的内科医生告诉她，女孩的血压很正常，脉搏也正常。这和第一个女孩，也就是死了的那个女孩一样。除了沉睡不醒之外，没有别的症状。看上去仿佛轻微的响动或羽毛般的轻柔触摸就会让她醒过来。

凯瑟琳见过其他失去活力的病人，或因紧张性抑郁症，或因突如其来的坏消息受了打击。当一个人的生命受了不可修复的损伤，那还余一件事可做——至少有人能为她合上双眼。

凯瑟琳忘了女孩的名字，但她觉得现在问已经迟了。她问女孩的母亲：“她焦虑过或抑郁过吗？”

母亲用力摇了摇头，但按凯瑟琳以往的经验，父母从来不知晓孩子的真实状况。

一本《圣经》夹在女孩的左臂弯里，仿佛书中的箴言能穿透皮肤渗入灵魂。

女孩口中发出微弱的声音。母亲一跃而起：“丽贝卡？”女孩的睫毛开始颤动。

凯瑟琳知道，对于健康的个体，这样的眼动标志着快速眼动睡眠，这是最容易做梦的状态。不过，要是不做检测，凯瑟琳很难定论女孩的大脑里正在发生什么。

她预约了核磁共振。她说自己会在两天内回来。

凯瑟琳回到洛杉矶时，她的女儿已经睡着了，保姆正坐在长沙发上看书。不过那一晚，如同上个月的每一晚，她的女儿在午夜后惊叫而醒。她这个年纪很容易做噩梦。

安抚了好一会儿，她才安静下来。

“妈妈。”女儿贴着凯瑟琳的耳朵低语，脸颊被一盏月亮形的小夜灯照亮。“我觉得我的眼睛怪怪的。”

“什么意思呀？”凯瑟琳问。

她三岁的女儿紧紧搂住她的脖子。

“我一闭上眼睛，就会看到很可怕的东西。”

“那是梦，我们以前说过。”

凯瑟琳的母亲曾说：主动想要有个自己的孩子，这是一件多么疯狂的事。自从有了孩子，凯瑟琳终日惶惶，每天都担心自己有什么地方做错了。

不过你瞧，此时此刻不为人知的愉悦——暖暖的小身子紧贴她的胸口，温热的鼻息落在她的脖子上，黑暗中的对话和拥抱——纯粹的治愈。

“这次，我梦到蛇从我的皮肤底下钻了出来。”

“啊，要是我也会被吓到。”

她的一位病人看到过同样的画面，不过是在清醒的状态下。在核磁共振扫描下，人做梦时的大脑和精神分裂者的大脑几乎一模一样。

她再次猛然意识到，孩子的许多恐惧是对日常真实事物的理性反应。

唱了两首歌，拍了拍背，她的女儿又睡着了。

凯瑟琳回到自己的床上，听到手机接收到新消息的提示音，打开一看：圣洛拉，同一寝室楼，第三个姑娘失去意识。

-7-

日出之时，一位生物学教授在圣洛拉的树林里散步。

他的白发理得很短，身披一件穿了十年的夹克，脚穿登山鞋。纳撒尼尔——这是他的名字。

没有狗，没有手机，只有一暖壶咖啡和一只空塑料袋。

天朗气清，林间有蓝鸦、斯特勒蓝鸦和山雀，鸟鸣婉转动听。

小径曲折处，一段圆木被雕刻成长椅。就是这个地方，几个小时后，纳撒尼尔会带着生物研讨课的新生来到这里，为他们讲解一些树木的特征和特有现象，比如松树缠结的根系结构，比如树皮甲虫如何在干旱的助力下在林间大开杀戒，接着是重头戏——僵尸树。

在孩子们面前，他用僵尸树一词来指称这个古老的树桩：没有树干，没有树枝，没有叶片，只有一个空洞的桩子。不过呢，它现在依然活着。树桩的纹理上迸发的绿意是叶绿素——生命的证据，仿佛这残存的树木既活着又死了。“为什么会这样？”孩子们会问，至少聪明的孩子和少数真正感兴趣的孩子会倍感好奇。他带班里的学生来这里已经好多年了，大多数学生听了讲解后都会吃惊：树木竟然有办法彼此沟通，它们会向空中发出化学信号，有时还会救助自己的树邻居。“树桩的亲戚在帮助它活下来。”纳撒尼尔会解释，“它们在向它的根输送养分。”

这一天，纳撒尼尔还在这一带遇到了熟悉的东西——四散的黑色玻璃，也就是啤酒瓶。他带塑料袋来就是为了这事。

他不会责怪孩子们喝酒，更别说责怪他们相比于坐在宿舍的刨花板家具之间，更喜欢在黄松、熊果树、白冷杉和雪松丛生的林间喝酒。他能理解，群山巍峨、群星璀璨、无人打扰的野外是多么清静。可这些垃圾，真是的，这些孩子也够大了，也该懂得捡起自己的垃圾了。

他弯下腰，从泥土中捡起玻璃，突然发现小径边几步远的地方躺着个人。是个男孩，穿着军用夹克、黑色牛仔裤和网球鞋，脸朝下，身上盖着干燥的叶片。

“嘿，醒醒，孩子。”纳撒尼尔说。

他蹲下身，摇动着男孩的肩膀。男孩的皮肤散发出酒精的气味，伴随着醉汉睡着时的震天鼾声。纳撒尼尔为他拉上夹克拉链，将他的头摆成侧位——至少这样，即便他在睡着时呕吐也不会窒息。

回到家，他报了警：“有个男孩醉倒在树林里。”他向接线员详细描述了男孩的位置。“也许他睡一觉就没事了，但我想你们还是知道这事为好。”

一碗燕麦片，一杯橙汁，几片降压药片叮叮咚咚碰撞着瓶壁。这也许与压力有关，纳撒尼尔的女儿这么想。她从旧金山打来电话，说悲痛是种压力。年龄也是！纳撒尼尔据理力争。一切生灵终将面对衰败。

他打开小笔记本，有人管这叫日记，但纳撒尼尔不这么叫。笔记本躺在掌心上，又薄又小，写满一天一行的日记。跨越五年，每天一行。这样写有什么意义呢？亨利曾反问他，才一句话你能表达点什么？但这么做能带来慰藉。在这之中有一种神秘的蒸馏作用，就像从海水中提炼盐，使得日记如最简洁的化学方程式那般完美。他写得很快，不会考虑太多——这才是要点。他习惯成自然地写下："昨天去见了亨利，他的咳嗽看上去好些了。"

一次冲凉，一件运动外套，一双黑色袜子。

车钥匙在手里丁零作响，讲义在包里叠放整齐，他这才歇下来查看邮件。

他打开一则标为紧急的邮件：他的新生研讨课上有位叫卡拉·桑德斯的学生因未知疾病死亡，这种病可能会传染，另有两名学生出现相同症状。事件详情有待考察。

卡拉的名字无法让他联想起面孔，为此他有些愧疚，但这是学年初，他还认不全他们。然而，这事让他有种熟悉的感觉——糟蹋之感。孩子们身上总是发生这些事：自杀、嗑药、酒驾。可这次的事看上去比过去更糟，是不是？

他的邮箱收到了一系列全校范围的警告，关于预防措施和疾病症状。一封邮件说课程取消，校园关闭，开启时间等进一步通知。他们总是对这些事反应过度，看到实际不存在的巨大隐患。去年秋天的校园枪手调查到最后只是个拿着水枪的人；煤气味大多是因为有人在宿舍厨房里烧水；一例离奇的脑膜炎通常是唯一个案。不过随便吧，他又不负责这些事。他向自己的所有学生发邮件重申：今天的课程取消。随后，房子很安静，太安静了。鞋子在木地板上摩擦回响。他略有些找不着北。现在，大白天的，该做些什么呢？

但不久后，他静静地站在面包店前排队，这儿没人讨论疾病。随后他驾车驶向两英里外的私立养老院，副驾驶座上的纸袋包着一个杏仁牛角面包。

“疗养庄园”的喷泉、柱廊以及它俯视湖面的样子有种宏伟的气势。这儿曾是有钱人和结核病人的疗养院，在别的情况下，这段历史倒可能引起纳撒尼尔和亨利的兴趣。不过重点在此：纳撒尼尔每次去看望亨利，都会从他脸上的细微表情中解读出一则针对自己的加密信息：你怎么能把我一人留在这个阴郁的鬼地方？

这天早上，一切如常：病人的助行器通过走廊，发出金属质感的滑行声和敲击声，护士的低笑，别的房间如通风机般运转的电视机……没有任何古怪之处。纳撒尼尔要花一个上午来为亨利念诵《纽约时报》中他最喜欢的栏目，而亨利会一边听，一边像吮吸菱形糖果一样小口啃咬牛角面包。就这样，纳撒尼尔在报纸的最后几版看到一则简短的新闻报道，心头一惊：圣洛拉的这一事件就像打水漂的石片，痕迹已划到遥远的水面上。人们喜欢远在天边的悲剧：一种古怪的病在一个加州小镇的一所大学中初露爪牙。

“她是我的一位学生。”他对亨利说。

亨利听了这消息扭过头，冲纳撒尼尔露出一个无法解读的表情。他的心智就像一群鱼，隐没在黑暗的深水中。不过，时不时也会有东西拉扯鱼线。

那天晚上，纳撒尼尔的女儿从旧金山打来电话。他让呼叫转为语音留言：“是我，爸爸，我看到了新闻，想确认下你是否平安。”他回她：“没事，一切都好。爸爸爱你。”

-8-

丽贝卡。她已经睡了整整五天，一条胳膊连着静脉注射的盐水瓶。

如果她能在这特别的一天睁开眼睛，就会看到身边有一台心电监护仪，四面白墙，两篮鲜花，一个聚纤气球[1]，还有她父母带来的《圣经》和好多好多十字架。在床边的椅子上，她会看到母亲戴着口罩，蹙着眉头，双眼中满是倦意。她可能会听到编织针咔嗒咔嗒的轻响，那是她母亲不想让自己的手闲下来。她还可能听到母亲打电话时柔和的声音那么疲倦："没有，还没有，他们还不知道这是什么病。"

可这一天同别的日子一样，丽贝卡依然闭着眼睛。

几天来，她的血不断从血管流入抽血瓶。护士一次又一次地抽血——为了更多的化验。许多医生进进出出而没有新进展。与此同时，在别的房间里，几个母亲守在自己熟睡的孩子身旁，看着他们呼吸，仿佛他们又变回了新生儿，肺部还对呼吸这一任务没有经验。这些孩子看起来是那么健康，床上的年轻身板是那么结实，脸颊粉嫩，胸膛一起一伏，就像节拍器一样平稳。

1　聚纤气球（Mylar balloon）：彩色不透明气球，形状多样，常印有卡通图案，景区常有售卖。

五个孩子病倒了。

现在他们还活着，但每过一秒，未来就会离他们远一些。时间自顾自向前冲，而没有带上他们。

这天下午，一位牧师来到丽贝卡的房间，和丽贝卡的家人一同握住她的手，祈祷的声音在屋里飘荡。他们将各自的手交叠在她的额头上，祈愿祝福。

他们的手掌按住她的肩膀和前额。她能在梦中感受到吗？她能从触碰中感受到他们的希冀吗？谁知道呢？她一直沉睡着。

那时没人知道，此时此刻，一样更为寻常自然的东西也在丽贝卡体内孕育着——一个别样的“侵略者”。直到后来才会有人发现，一团隐秘的细胞已悬浮在她的体内，小到不足以称之为胚胎，但它正在迅速增殖，准备在她的子宫里扎根。

THE DREAMERS

-9-

在更早的年代，人们会焚烧掉自己的全部所有物，而现在，化学物质代替火焰起到了净化的作用。消毒液的气味下，一定残留着宿舍一贯的气味：古龙水、爆米花、泼洒的啤酒，还有香烟。可梅只从自己的房间里闻出了消毒液的气味，如同荧光灯一般鲜明锐利，刺激神经。

梅住的这一层除了消毒液，还立了新规矩：不许离开。这是当务之急。他们说这是暂时的，为了安全。当然别人也不能进来。

没课可上，也没事可干。梅本来要为院长照顾孩子。电话那头的人听起来很恼火。那谁来照看她的女儿？梅解释不清，她还迷迷糊糊的。院长家的房子很大，屋里的书架上全是书。她的话让梅有些紧张，再说，她不太好意思提那个病。她再次解释了一遍。院长的声音软了下来：等等，你住在那一层？

梅看得出来学院对该怎么做没有把握。一种不安的感觉：发现成人还不如孩子有所准备。

没有人说其他楼层的学生要去哪里。透过窗户，梅能看到外头的实况。十楼下的地面上，没接触过病人的学生像蚂蚁一样陆续离开，背着硕大沉重的行李。一整天，手提箱在路面上滑动。一整天，遥远的声音飘入纱窗。一列巴士停在路边等待。这看起来就像一场疏散。

有些人离开时抬头看了看十层，但大多数人一直低着头，别开视线，仿佛他们与十层没有太密切的关系。没人使用“检疫隔离”这个词，但梅查了下。四十天。有段时期，船只在进入威尼斯港口前要等待四十天——他们希望这段时间足够一种传染病自取灭亡。

在禁闭期的第一天，两个男人从食堂推来一车三明治作晚饭。他们戴着白色的纸口罩，声音像外科医生一样含糊不清。梅看得出他们的想法。他们一人守着电梯，一人把餐盒放在地毯上，仿佛早就商议好了这番行动：要尽快离开这片受污染的空气，越快越好。

这层楼仿佛变小了，太小了。在梅看来，楼里住的学生像是翻了几倍。他们手握门把，手指拂过电灯开关，光脚站在地毯上，往水池里吐痰。碎发在空中到处乱飘。

要有胃口真是太难了。当其他女孩一边闲谈一边抱怨时，梅专心咀嚼，感受三明治的生菜叶触碰牙齿的凉意。

不能做的事，不能见的人。这话题一下子让女孩们变得神神道道。“如果我们习惯了分离，就不会那么难熬了。”一个女孩说。据她所言，她的男朋友住在另一栋宿舍楼。

而日子似乎也比以前长了，超过了二十四个小时，仿佛时间需要在空间中移动才能前行，而现在，时间停滞在了一个小地方。

梅的母亲再次来电。

“你电话打得也太多了。”梅说。她在咀嚼时捂住嘴，仿佛边上有人在看似的。

“我只是担心你，”她母亲说，“我担心得不得了。”

母亲的嗓音，那样着急，那样尖细，却起了安慰的反效果，如同在牙龈肿痛时不断触碰那颗牙。

“我挺好的。”梅说。

她意识到自己的声音在毛坯墙间回荡，像是放大了。她只获准从原来的房间带过来一个包。原来的房间，卡拉病了的那间，如今已被黄色胶带密封。她现在住的是一个空房间，没有任何东西能让声音变得柔和，唯有孤寂的回响。

“他们知道那是什么了吗？”母亲再次问。

外头的走廊上，梅听到有个男孩在跑步，从楼层的一端慢跑向另一端，一次又一次往返在这条临时跑道上。“古怪马修”，这是别人给他的称呼，用来区别其他的马修。不过，跑步看起来倒是个打发时间的好办法。

“我和你说过了，我不知道。”梅说。

她听到了母亲的呼吸声。

“我爱你。”母亲说，但语气有些僵硬。他们家不是那种会大声把爱说出来的家庭。“爱”这个词让他们感觉有点过，它所流露出的，比起温情，更多的是危险。

“我也是。”

在那之后，她听了一会儿那个男生在走廊里跑步的声音。梅无意间听见他说过一次他在练习马拉松。他说他喜欢光着脚跑，就像肯尼亚人、古希腊人，人就该这么跑步。他的脚步落在地毯上。他每次跑过梅的房门，都会有一瞬的阴影，靠近，远去，回来，就像间歇的嘀嗒钟声。

在隔离期的第二天，透过自习室的窗子往下望，会看到停车场上有人用粉笔或面粉写了几个硕大的白色字母：AYANNA。艾安娜，一个女孩的名字。此外还有别的字符，也许是一串密码，或是什么东西的缩写，在柏油路面上万分醒目。附近有个男孩在阳光下眯着眼，等着自己写的东西被大家看到。

梅能感受到那些字母背后花费的工夫、计划和辛劳，以及那个男孩弯下的腰。没有谁的腰也像那个男孩一样为她弯下过。

“真是闲着没事干。”跑步的古怪马修说。他也站在窗边，光着脚，汗流浃背，正拿着保温杯大口喝水。“是吧？”

附近有扇窗“吱呀”一声打开了。来自巴巴多斯的女孩艾安娜，正穿着睡衣向那个男孩用力挥手。她穿着V领上衣、牛仔裤和人字拖，脚指甲涂成粉色，牙齿洁白，皮肤光滑，透着简单而自如的美。她的口音活泼悦耳。所有男孩都喜欢她，也许女孩们也喜欢她，因她漂亮可爱而原谅她——因为她的光芒四射不仅来自她的长相，还来自她的温暖，那种近乎从脸颊上闪耀出来的善良可亲。她是走廊里唯一对梅表露善意的女孩。

一看到艾安娜，停车场里的男孩站起身，举起双臂挥舞，像是个示意直升机下来救援的人。艾安娜向他大声呼喊，可他听不见。他在耳边张开手。很快他们拨通了电话，但依旧在挥手，仿佛两人间用绳子连了两个锡罐。

梅站在窗口看着他们，直到一阵悲伤涌上心头，快得像肾上腺素。她拉上窗帘。

她给老朋友卡特丽娜打电话。现在她明白了，她该和卡特丽娜去伯克利的，或者去加州艺术学院——她本想去的学校。她可以在那儿修习真正想学的东西：绘画、油画，或两者兼修。真邪门！卡特丽娜听了卡拉和其他人的遭遇后感叹。梅当即感受到她的老朋友正在与她渐行渐远。这听上去不像她，她怎么会用“邪门”这种词。其实，每个人都在渐行渐远。

同一天，两个新医生来到宿舍十楼。其中一位是来自美国东海岸的专家。她穿着绿色医护服，套着绿色分指手套，戴着厚厚的奶油色口罩。口罩清爽又干净，像是刚刚拆封。

她检查了他们的眼睛，看了他们的喉咙，还听了他们的心跳。尽管这一层的每个孩子都正常地醒了过来，她看起来依然惴惴不安。

她说：“潜伏期可能会很长。”仿佛他们的身体是个计时器，这点其实不无道理。“它潜伏得越久，就可能传播得越广。”

轮到梅接受检查时，医生递给她一个和自己脸上一样的口罩，松紧带松松地垂着。

“从现在起，你得每时每刻戴着它。”医生的态度像在做实验，仿佛她面对着的不是活生生的人，而是危险的化学制品。

梅看着她的脸，如同看着飞机颠簸时的乘务员：如果他们继续倒咖啡，并不会出什么事——有些骚动只会干扰到没经验或未经训练的人。可这个医生的脸绷得那么紧，像是专业素养，反倒起了反作用。

“而且你不能和他人有任何肢体接触。不能接吻。”医生接着说，“也不能做爱。”

梅的脸一下子变得火辣辣的。有时她觉得自己就像个孩子。

第二个医生跟在第一个医生后面，她是个精神科或类似的专业医生。

这位医生向梅询问卡拉死前的精神状态：“你的室友最近有听到什么令她沮丧的消息吗？”

“我不太了解她。”

“她有表现出什么消极想法吗？”

“在我面前没有。”

“那在其他人面前呢？”医生追问。

梅摇了摇头。

“我也不了解他们。”

在那之后，因为紧紧贴在脸上的口罩，他们看起来都更像病人了。贴着脸颊的纸面让梅感觉很热。你能感受到自己在呼吸，你无法不去想它，不去想那飘忽不定的节奏，仿佛口罩反而提升而不是降低了得病的可能性。同时，另一种折磨在宿舍中蔓延开来——一种梅从未体会过的疲倦。

她花了很长时间从自习室的窗子向外看，望着远处闪闪发亮的湖泊在烈日下萎缩。水退下后，撒满上千件失物的沙滩显露出来：沉没数年的几十年前生产的帆船，锈得只余模糊轮廓的古老卡车……这片曾在她看来如此浪漫的风景，忽然让她心神不宁：位列湖畔斜坡边的树木生病干枯，树体在死后依然矗立，树枝被火烧得焦黑，树干被甲虫从中吃空，正如生物学教授曾讲解的那样。可它们依然屹立不倒，像墓碑一样。

她忽然想到卡拉，想到她的身体，她的骨头。真是荒谬，这种时候卡拉去世的糟心事竟也能跳出来打断她的思绪。

“你在看什么呢？”过了一会儿，一个女孩问，仿佛梅发现了什么秘密的转移注意力的消遣，得分享给大伙而不是藏着掖着。

“没什么。”

一阵风刮起，梅看着风一点一点吹散了写着艾安娜名字的粉笔字。

这时，身后飘来一个男孩的声音。

“想象一列失控的火车。”

“啥？”梅问。

是马修，古怪马修，穿着运动短裤，光着脚。他的口罩斜挂在脸上，一头高一头低。

“想象五个人被绑在铁轨上。”

“天哪。”自习室的另一个女孩说，“别再是那列该死的火车了。”

以前远远看着马修时，梅觉得他的言行举止中透着一种奇异的敏捷，他的身子一定得每天坚持跑步才能那么稳健。

“火车径直冲向那些人。”

马修刚在走廊里痛快地跑了一场，依然满头大汗。梅看到他一绺绺乌黑的鬈发上挂着汗珠，衬衫也渗出了汗水。她还闻到了汗味。

“他们为什么被绑在铁轨上？”梅问。

“那不是重点。”马修盯着梅说。梅不太敢直视他的眼睛。她注意到他衬衫的腋窝下有几个洞。

“现在想象铁轨边有根操纵杆。你一拉操纵杆，就能让火车变道，救下那些人。

“不过搞怪的点来了：那条道上也绑着一个人。

“如果你拉动操纵杆，就会救下五个人，但也会杀了一个人。”

马修全身都在颤动，就像在释放一种他容纳不了的能量，能量还以这种方式释放：对一个从未交流过的女孩说出一大串话。

“你会拉动操纵杆吗？”

如此深入一个问题让梅感觉很好，这也许是她在这层楼上所经历的最长的一次对话。

“我认识那些人吗？”梅问。

这个问题应该挺重要，可马修摇摇头，像是在否认，像是在表示这一点都不重要。

“我猜我会拉动开关。”梅说。

“真的吗？”马修看上去从她的答案或共识中获得了某种释然之感。

走廊里忽然一阵骚动。护士们又来给他们量体温了。

马修接着往下讲。

“可要是没有变道操纵杆呢？如果让火车停下的唯一办法是把某个沉重的东西推到铁轨上呢？如果附近唯一的重物是个大胖子呢？”

梅预想到了问题的走向。

“你会把这个男人推下去吗？”

这个问题比上一个简单。

“不。不可能。”

“可这不是和拉动操纵杆一样吗？无论哪一种，你都要杀死一个人，救下五个人。”

“我觉得这不能相提并论。”

一个护士冲进自习室。“嘿！”她的声音透过口罩传出来，“你们俩靠得太近了，你们必须时刻保持一米五以上的距离。”她边说边晃动戴着绿色手套的手指。她的绿色护理服随着她的走动飒飒生风。

梅退后了一步，但马修站在原地，也许是没听到护士的话，也许是不在意。

别的孩子成天躺在走廊上，等着什么事发生，什么事改变，至少等着下一顿饭送来。没过几天，他们就变得昏昏欲睡，行动迟缓，可谁敢断言这是因为疾病，还是因为无所事事呢？

他们没完没了地谈论天气。天空那么广阔，太阳那么雄伟，午后阳光下的叶子那么晶莹剔透。他们“啪”的一声推开纱窗，不顾蚊虫叮咬。他们将手臂伸出窗台，只为感受外界的气息拂过皮肤。

梅能想象这一幕在外头的人看来是什么样的：从窗里探出脑袋就像火灾的被困人员。不过，梅很快就没必要想象了。停车场上已安置好两辆新闻车，向全国转播实况。孩子们挤在屏幕前，指着自己说：那是我们！那是我们！我们上电视了！

可兴奋劲儿很快就消失了。无聊回来得一次比一次快。这种软禁没有尽头——这种感受迅速缠上了他们。

第三天，一个男孩终于打破了单调乏味的气氛。他是个吉他手，大家叫他“醉汉托德”。他向来爱睡懒觉，因此直到中午，才有人注意到他没有醒来。

他们能听到他躺在担架上时的呼吸，看到他粉嫩得像孩童的眼皮。急救人员像桨手一样，将担架如漂流般运出走廊。他是三天来，第一个离开这层楼的人。

这一次，其他孩子平静地接受了这个消息，仿佛他们生来就时常要面对这种水深火热。他们有的十七岁，有的十八岁。可一些技能会快速习得，就像语法，早已存在，只是在等待被用上的那一天。

那天下午的自习室，梅在读书，艾安娜趴在桌上睡觉。屋里只有她们两人，伴以同一空间的两位读者无声无息的同志情谊。前后发生的事很微妙：艾安娜把书放在手边，划清自己的界限，随后慢慢地把头搁在手臂上。没有昏厥。没有晕倒。口罩好好地戴在她的脸上，洁白干净。

“你还好吗？”梅隔了大半个屋子问。她的心脏开始怦怦直跳。

叫醒一个你不太熟的人像是一种冒犯。梅碰了碰艾安娜的肩膀，轻声叫了她的名字。一片阳光照在艾安娜的背上。

“你还好吗？”梅再次问。艾安娜咕哝了一声，令人宽慰。她轻轻点了点头。她点头了。梅会记得她的点头和那时舒了口气的心情。

梅走回窗边自己的椅子。

自习室的门忽然开了——是马修。一看到那个奇怪的男孩，梅忽然感到心花怒放。也许他又有问题要问她，也许他想知道她的想法。

他的确带了个问题来。问题是这样的：

“这到底怎么回事？”口罩让他的话含糊不清，“艾安娜？”

“她没事。我想她只是累了。”梅回答。她的书正放在大腿上。

“艾安娜！艾安娜！”

这回，艾安娜没有出声。马修开始摇晃她，她的一条手臂耷拉下来，脸颊“啪嗒”一下碰到了桌面，头微微转动，手臂在下头晃荡。

马修转向梅。

“你就坐在那儿什么都没做？”

屋里渐渐被闻声而来的孩子填满，他们的声音就像磁铁，吸引来了别的孩子。“艾安娜！”口罩下不断传出呼唤声。有些孩子害怕靠近她，便远远地呼喊：“艾安娜！艾安娜！”

另一栋宿舍里，喜欢艾安娜的男孩正在做爆米花或洗衣服。也许此时此刻他正在想着她。

“她说她没事。”梅告诉他们，可他们不听。梅口罩下的脸颊火辣辣的，双眼开始灼痛。“她几分钟前还说自己没事的。”

艾安娜的头沉重地搁在桌上。你得靠很近，才能看到她呼吸时背部微弱的一起一伏。这是个令人不安的转折点——一天两起病例。

“还有她。”马修指向梅，“她就坐在那儿看书，像个没事人。”

在急救人员来接艾安娜前，梅逃回了自己的房间，在亮绿色的床单上蜷缩了很久。床单是八月份精心挑选的。她曾希望，床单的主人在大学里不要再像之前那么不苟言笑，要幽默开朗一些，勇敢大胆一些。

她感到喉咙一紧，眼泪落了下来。隔壁传来电视机轻微的震颤声，还有比这更寂寞的声响吗？

在那之后，她独自一人在屋里待了很久，以至于没听到次日的新消息：又有两个女孩病了。

THE DREAMERS

-10-

颤动的眼皮，紊乱的呼吸，明显松弛的肌肉。每来一个新病人，凯瑟琳都会再次注意到这些特征，它们意味着那些沉睡的人可能在做梦。

真是不可思议的病例。好奇心是驱使她不断往返圣洛拉的一部分动力。

在她第三次去圣洛拉时，一位睡眠专家证实了她的观点：大脑活动成像显示，这些沉睡的人的确在做梦。

梦从未如此勾起凯瑟琳的兴趣。精神病学界跨入一片新的领域。她的大多数同事会论证梦毫无意义，不过是由大脑的电脉冲随机生成的心智垃圾。顶多有些人会说，梦就像宗教，是科学领域外的一种力量。

但在那一晚漫长的回家路上，她满脑子都在想孩子们正在做什么梦。

也许他们梦到了失去的人和离去的人、一面之缘的人和亡故的人。他们一定梦到了爱人，真实的，幻想的，那个酒吧里的女孩，那个曾认识的男孩。或许他们会像凯瑟琳一样，时常梦到平凡无奇的日常生活：凌乱的桌子和电脑桌面，往洗衣机里塞衣服，盘子撞得叮当响，修剪杂草丛生的草坪。也许他们梦到自己飞了起来，或梦到自己能杀人。也许他们梦到自己怀孕了并为之欣喜，或梦到自己怀孕了而彻底崩溃。或许，其中一两个人会在梦中解开困扰自己多年的问题，就像十九世纪的德国化学家凯库勒，他坚称自己发现苯的新结构是来自梦的灵感——他梦到蛇咬住自己的尾巴，因此联想到苯的环状结构。

如果哪个孩子梦到自己从高处坠落，那他将会平生第一次在身子落地前没有醒来。反之，他们会梦见撞击，以及撞击之后发生的事。

当然，这些梦的真实内容无法记录。一些病人做梦时的脑波被电极捕获，投射到屏幕上，如同阴世的剪影。凯瑟琳和几位睡眠专家在看到影像后大吃一惊。这些不是正常人睡眠时的大脑，也不是昏迷者的大脑，这些大脑活跃得超乎想象。

当凯瑟琳上路回家时，消息已泄露到了媒体那儿，并从车载广播播音员的口中传出来：他们的大脑活动超过了迄今所有人类大脑的记录——无论是清醒者的大脑，还是沉睡者的大脑。

THE DREAMERS

-11-

同一天晚上，离学校十个街区的某栋灰色大房子的厨房里，一位母亲正在给新生的宝宝唱歌，父亲正在烧晚饭。

他们当然听到了新闻。但此时此刻，还不到十天，他还能享受平底锅里炒成褐色的洋葱的香气，感受掌心中婴儿的小脑袋散发的温暖。他边打开红酒边对安妮说：“看到了吗？越来越顺了，是吧？”

宝宝出生十七天了。

本和安妮都是访问学者，刚刚搬到圣洛拉定居。他们装行李的盒子还散布在松木地板上，书像柴火一样堆在餐厅里，解体的书架等着用螺丝钉修理，安妮的牛皮纸印刷物东一摞西一摞地靠在墙边。还有一个足球，干净洁白，与烤架一同因一时冲动而买下。还有一个后院。你能想象吗？一间单独的婴儿房。一栋大房子。这片空间让他们欣喜若狂。他们还年轻，不过没那么年轻，余生之中也就现在还容他们这么想。

安妮坐在餐桌边，穿着素来一直穿的短袖和短裤睡衣，棉布下的乳房胀鼓鼓的——比以前大了很多，乳头和乳晕变大变深，变化大到让安妮觉得这像别人的胸。

格蕾丝睡在她的臂弯里，一只粉嫩的小脚丫搭在另一只上。

“你能再温一瓶吗？”安妮问。

安妮的奶水来得很慢。她和本就像等待幼崽茁壮生长的两只动物，可有一段时间，孩子每次上秤都比原来轻，给他们一种快要飘走的感觉。第一周有位护士说，她是个瘦弱的小家伙。这话让安妮在医院当场放声大哭，也许是因为荷尔蒙，也许是因为筋疲力尽，也可能是因为一种更简单的东西——爱。

但他们终于拨云见日。孩子的体重总算上去了，多亏了其他母亲的奶水，由母乳多的母亲捐给医院。此前这让本心里很不是滋味——让女儿喝别的女人乳房里挤出来的奶。可如今，为了解燃眉之急，他得给予女儿她所需要的一切。

当安妮的手术切口逐渐愈合时，本无师自通，学会了给孩子洗澡、换尿布，还包揽了一系列洗洗刷刷的活儿——刷碗、刷碟子、洗床单、洗衣服，水池中总有瓶瓶罐罐叮叮当当的响声。活太多，性生活又没有，他还没洗澡，一天就结束了。十七天来，他们经历了一种前所未有的睡眠：倒头就睡，说醒就醒，就像啜饮盐水来解渴。在合眼前，他们总是放不下心，频频起身。每小时都被需要，每一刻都不得懈怠。这正是本所恐惧的在有孩子后会发生的事，但他未曾料想到被如此索取竟那么欢愉。

这样昼夜不分的分分秒秒在今晚戛然而止。在始料未及的寂静中，他们在几周来第一次满心欢喜地意识到：他们总算有空做个沙拉、烧条鱼了。

本在水池边一边洗生菜一边想：现在我和我的妻子在一起，现在我们和女儿格蕾丝在一起——仅仅说出女儿的名字都让他很开心。有些事说出来竟那么令人欢欣，如此简单，如此平实。

要说他们完全不在意学校发生的事也不尽然。几个生病的素不相识的学生，可怜的孩子们，不过没一个在他们的班上——这不过是每天都注定会被忽视的上百件惨事中的一件罢了。闭上眼睛，即能生存。

安妮将头转向后门，说了些什么，可本不太听得清。

“你刚说了什么？”本关上水龙头侧耳听。“你听到了吗？”安妮抱着宝宝站了起来。宝宝感受到动静，开始扑腾——她像鱼一样弓起背，小脸因牵拉背部涨得红扑扑的。“外头的鸟儿要疯了的样子。”后院里，住在空调边的几只燕子惊慌地大叫，它们的巢依附着窗台。那个巢是他们最早的发现之一，比黄昏时在湖面上游来游去的幼鹅还要来得惹人喜爱。他们竟来到了一个如此生机勃勃的世界，连空调都助了一臂之力。

安妮在学校处于临时职位，她要在一个物理实验室待两年，而本只是兼职，教文学。但这有种不卑不亢的魅力，就像脚下扭曲变形的地板，是一种令人愉悦的缺憾。

“也许这附近有只鹰？”安妮说。她抱着蜷在一边臂弯里的格蕾丝，“咔嗒”一声打开纱门。她走得很慢，剖腹产的伤口仍有些酸疼。“也许那只鹰惊扰到了它们？”

她赤脚站在院子里，眯起眼透过镜片往外看，同本一样没有洗过的黑发扎得很松，蜷在她的后颈处。

她扫视淡蓝的天空。日光刚刚开始暗淡。篱笆后是片树林，梨树紧凑地排列在斜坡上。斜坡顶峰，离这儿一英里左右，是一大块焦黑的土地，这是上一场野火留下的零星证据。

院子里，两只燕子正在巢和橄榄树间惊慌地来回跳动。隔壁的黄色房子看上去没有人住。

“嗨，小鸟！”本想逗乐安妮，“你们这群小家伙怎么了？”

他喜欢安妮微笑时的嘴型，喜欢她不太整齐的小小贝齿，还喜欢她涂了润唇膏的光亮嘴唇。

“对啊，你们这群小家伙怎么了？”安妮说。

他们的鸟儿继续啼啭。没错，他们将燕子视作自己的鸟儿。

格蕾丝突然睁开眼，细细的胳膊向两侧弹开，像是受了惊吓。

“你听到了吗，格蕾丝？”本说，“那些是鸟，鸟是唯一能飞的动物。”

育儿建议里有一条，要尽可能对孩子多说话，但就算没人告诉他们，这种冲动已油然而生——把自己知道的一切告诉她。

搬家后不过三个月，他们已经感觉到离开布鲁克林的房子就像跳出了一个樊笼。那栋三百平方英尺的房子见证了太多不快，能来到这里放松身心实在太过幸运。这儿三面环山，被国家森林覆盖，时有松脂的香气飘过篱笆。夜里，他们常常坐在院子里的椅子上，听着树林里蛐蛐儿的鸣叫和孩子们嬉戏的声音。椅子是在一个庭院旧货摊上花十美元买下的。还有星星——你真的能看到星星。还有小屋——这儿真有人住在小木屋里。还有草莓、土豆、鳄梨和玉米，在进入小镇的公路边的蔬果摊上有卖，那儿每天都摆满了从峡谷里采来的水果。他们在这儿待了好几个月，等待孩子降生。

另一个声音响了起来，同燕子的叫声一样急切，或更甚。有人在不停地按门铃。安妮和本眼神一对，心领神会，一切尽在不言中，这就是婚姻造就的效率。

本去应门，看到了门外的人——隔壁的那个小一点的女孩，穿着拖鞋站在门廊上，看上去和燕子一样心烦意乱。

“抱歉。”她话不成句，黑色的眼睛盈满泪水，脸颊粉嫩。

她大概十岁，或十一岁，嘴里抿着自己的一缕头发。本不太习惯和孩子们交流。

“你还好吗？”他问。

妻子突然出现在他身边，接过话头。

“哦，天哪，你怎么来了？”安妮惊讶地捂住嘴。

“出了点意外。”女孩说。她的耳朵上缀着小巧的瓢虫样子的耳钉。

安妮伸出手，想要触碰她的肩膀，但她退了一步。

“我不能碰任何人。”女孩说。安妮瞟了本一眼，眼神一闪。

“你为什么这么说？”安妮问，可女孩没有回答。

他们注意这对姐妹已经有一段时间了。他们常看到两姐妹在早晨走向公交车站，在晚上给地里的蔬菜浇水。他们知道她俩会在那栋又大又旧的房子的窗沿或屋顶平台上坐着看书。两人安静的性子和她们成天扯着嗓门因一棵树的事而发飙的父亲反差极大。无论他和安妮怎么解释，她们的父亲都不相信他们只是租了这间屋，而房屋的主人才是砍倒冷杉的人。

“我们能帮到你什么吗？”安妮问女孩。

就在这时，隔壁房子的窗户“吱呀”一声打开，女孩的姐姐冲她大喊：“莉比！”听到向来安静的女孩大声叫喊，真叫人吃惊。“快回来！快回来！我认真的。”

两个女孩在恐惧——本能从她们脸上看出来。

街对面，一位穿着蓝色护理服的护士刚刚到家。本只知道她的名字——芭芭拉，仅此而已。她看向他们的方向，或许在好奇，或许在思索，但她没有停下脚步，直接进了屋。

“抱歉，”门廊上的女孩说，“我需要进你们家后院，一会儿就好。”

本不知道发生了什么，但无论这个女孩提什么要求，他都会满足。

十年后，他的女儿也会是这样。他一边抱着格蕾丝，一边自言自语，想象自己在对长大后的她说：当你还是个宝宝时，我们住在加州。

“那你就进来吧。”他对女孩说。

女孩不肯进来，所以他们绕了远路，转过屋角。三个人一起——他，抱着宝宝的安妮，还有女孩。他拉开侧院的门闩，用力推开门。女孩跑了进去。

他们不再向她发问。

女孩很快在橡树后的草丛里蹲下身子。他们终于看见：院子的角落里蜷缩着一只白色的猫咪，咬着一只小燕子，齿间垂着一对幼嫩的翅膀。

“松口，克洛。”女孩说，“快点松口。”

随后，本会将这一刻视作arche kakon[1]——劫难的开端，他常常在讲解古希腊悲剧时提到这个词，写到白板上给学生们看。那只猫咪宛如后续一切崩坏的预兆。可安妮会嘲笑他的这种想法。她是个科学家。他的妻子——一位物理学学者——她会说，你太迷信了。可她的物理学不也神乎其神、玄之又玄吗？

女孩捏住猫咪的下巴，直到它松开嘴。鸟儿落到地上。是一只雏鸟。死了。

“我们家的纱门有个洞。”女孩双手将猫咪捧起来，“这只猫老是往外钻。”

她跑出院子，随后传来她家前门关上的声音。

本在鸟儿边上蹲下身。小小的翅膀，纤细的足。他能看到猫的牙齿咬穿的羽毛和血肉的伤口。

---

1 希腊语。

他们的鸟儿一直在上方哀鸣。它们知道多少呢？它们感受到了多少呢？

“那两个女孩，你觉得她们还好吗？”安妮问。她的眼中含着泪水。孩子出生后，有什么东西变了，荷尔蒙或者人生观——谁说得清呢？安妮望着隔壁的房子，咬住手指。这是她的小习惯，因此她甲床边缘的皮肤才那么粗糙红肿。本碰了碰她的手腕，她停了下来。

“我不知道。”他说。忧郁悄悄潜入脑海，沉重而熟悉。“但愿她们没事。”

但你永远无法知晓别人家里到底发生了什么。他们在布鲁克林的邻居永远不会猜到，安妮去年搬来后有多么想搬走。

他们打算继续用餐，可洋葱已经烧焦了。很快宝宝醒了，哭声响彻厨房。

本先前忘了解冻母乳，便立马跑去取来一瓶，将瓶子放在水池的温水里不断翻转；而安妮正试着给格蕾丝喂奶，但流出来的奶只有寥寥几滴。格蕾丝越来越无助，小脑袋不停地从安妮胸前扭开。“我真是不敢相信，你居然忘了温奶瓶。”安妮从本的手中夺过奶瓶，放到水龙头下方，仿佛在她的注视下，奶瓶里雪泥般的母乳会化得更快。本明白安妮的言下之意，也心知自己总是心不在焉。“我们现在有孩子了。”安妮说，“你不能再成天没头没脑的了。”

本早已领会，一个孩子既能将他们联结，又能使他们分离。

随后，安妮带着孩子走上楼，身影消失在楼上。本将一杯葡萄酒一饮而尽，虽然他本不想喝得那么快。有些东西变了。心情被糟蹋了。一个美好的夜晚渐渐脱离掌控，这在布鲁克林又发生过多少次呢？他又喝了一杯。

这一夜，他又做了过去两年反复做过的一个梦：安妮离开了他，和她的论文导师在一起。一些连接紧密的纽带在夜里松开。这场梦里，安妮还带了她的孩子。梦里还出现了新的事件：在梦的尾声，他的牙开始松动。

对那些相信梦有特定含义的人来说，掉牙可非同一般，它象征着焦虑或恐惧。那些人会说，梦预示了次日清晨乃至之后将会发生的一切事。但本一直极力劝服自己的学生远离那类读物，要求他们开拓思路，不要浅尝辄止，不要只图省力，而要求真切实。那些孩子啊，他们只想要现成的答案，一以贯之，仿佛每个故事都不过是一段能解开的密码。

事发后本会告诉警察：出事时他醒着，躺在床上但没睡着；安妮躺在他边上，一条腿从被子下面伸出来；孩子在安妮怀里，呼吸缓慢而平稳。

清晨六点，万籁俱寂，晨光熹微。

一声巨响打破静寂，轰响如雷鸣，但比雷声要近，震得窗框吧嗒作响。有些声音会唤起某些画面，使之跃入脑海。

“怎么了？”昏暗中，安妮猛地坐起。本看得出，她分不清自己是在做梦还是真的听到了响声。汽车报警器在外头响个不停。

他够到灯开关往下按，但灯没亮。断电了。

他的手在颤抖。格蕾丝哭了起来。

他穿着平角裤走到窗边。街对面，护士住的地方出事了，但隔着烟雾看不清楚。

“发生什么事了？”安妮又问。

透过茫茫的烟雾，本看到房子倒了。墙体塌陷，留下一堆黑乎乎的木头，燃着几簇小火。草地上遍地是碎片。

“街对面的房子，看起来好像爆炸了。”

邻居们陆陆续续来到街上，手捂着嘴，小跑到有花园浇水带的地方。水流喷了出来，空中纸屑纷飞。

“爆炸？”

街角的电线杆折断了，电线像花环一样搭在树上。警笛声从远处传来。

随后，当消防员奋力扑火时，警察让人群远离现场。本和安妮穿着睡衣站在其他邻居身边。本抱着格蕾丝，她的眼睛也睁得大大的，收敛了玩心，仿佛也感受到了紧张的气氛。太阳升起，普照大地，街上的每条狗都在吠叫。人们议论纷纷，揣测事故的起因：出故障的电热水器，或是烧了太久的煤气灶。“有这可能，”一个年纪大点的人说，“煤气灶没关，烧了好几个小时。”

所有人都希望护士不在家。也许她在上班，上晚班。但他们都看到，护士的车就停在车道上，挡风玻璃四分五裂，沾满黑色污痕。

“先是那些学生病了，”一个中年女人说，“现在又出了这种事。”

有人试着看向乐观的一面：“至少火势没有蔓延到别的屋子。”人们经常会这么说。有时候，想些更糟糕的事、更倒霉的人，会让人好受一些。

隔壁的两个女孩一直待在屋里。本看到她们在屋顶平台上俯瞰街道。救火车驶来，车光照得她们的脸微微泛红。

同时，她们的父亲在屋外不停忙活。他站在一架梯子上，厚重的络腮胡，没穿衬衣。空中传来锤子和钉子的敲击声。

安妮第一个注意到他。“天哪。”她说，“我想他是想把窗户封起来。”

他看上去像个海员，正在关闭船甲板底部的舱口，似乎在为一场无人预见的风暴做准备。

THE DREAMERS

-12-

第十个和第十一个受害者是在床上被发现的：两个男孩，室友，静悄悄地睡在同一张双层床垫上。他们穿着平角裤，四肢修长，肤色苍白。过去，他们对十层的女孩表现出了极大的兴趣，而今，他们却同床共枕。这让大伙儿深刻地认识到：疾病会暴露出一直潜藏的秘密，它会满不在乎地泄露一个人私密的自我。

第十二个人在淋浴时跌倒在地，温热的水流过她赤裸的皮肤。她的身子压住了排水口，积水流入走廊的地毯，汇成水洼，这才让其他人在第一时间发现了她。他们说她很幸运，没在沉睡中溺死。但她被带走了，身上盖着层浴巾，看上去一点也不幸运。她黑发上的水滴在走廊上，指甲修剪齐整，苍白的大腿上印着浴室地砖的格子图案。

可醒着的女孩们发现了另一件事：她的眼皮在轻微颤动。和其他人一样，她在做梦。这一想法飞快传开。做梦这件事似乎很重要，仿佛那些沉睡的女孩正身处另一个时空，在那里，你在梦中的所见所闻恍若真实。

此刻，传染病专家已相继前来，住满了圣洛拉包住宿和早餐的所有房间。

这些科学家曾沿着刚果河漂流而下，抵达出血热[1]频发的村庄；他们曾在中国华南地区最为偏远的洞穴里擦拭蝙蝠的唾液；他们曾在非洲刚果民主共和国的森林中进行博士研究，得了疟疾并挺了过去；他们还知道穿上覆盖全身的防化服像个宇航员一样呼吸是什么感受。令人惊讶的是，这些踏遍世界各地的人如今将注意力转向了一方从未关注过的土地——加州小镇圣洛拉，人口有12 106人。

这些专家不相信病因是精神上的。

他们怀疑是脑膜炎，这病在大学宿舍里暴发并不罕见，经由亲吻和淋浴的热水就能传播。也可能是昏睡性脑炎——另一种奇怪的沉睡病，出没于二十一世纪早期，不过症状不太对得上。

这不是禽流感、猪流感或“非典”，也不是单核细胞增多症。他们已知的是这病传染性很高，如同麻疹：当你走过一间屋，若这间屋里十分钟前有位感染者咳嗽了一声，你就会被传染。

同时，患者持续处于稳定的深睡眠状态。他们经由鼻饲管进食。他们的皮肤被素不相识的人戴着手套的手护理得很干净。

没人愿意当即说出来，可有一个想法已渐渐出现在一些科学家的脑中，如同不祥的预感变成现实：这可能是一种前所未有的疾病。

---

1 出血热（hemorrhagic fever）：由流行性出血热病毒（汉坦病毒）引起，以鼠类为主要传染源的自然疫源性疾病。以发热、出血、充血、低血压休克及肾脏损害为主要临床表现。

THE DREAMERS

-13-

第十二天，万圣节，天气终于有所转变，下起了三个月来的第一场雨。豆大的雨点落在林间，漫林碧透，窸窣作响，渗入路面的雨水散发出不太熟悉的味道。加州的地面干得连雨水都吸收不了。下雨太稀罕了，这让在屋顶平台看雨的萨拉心生一种不祥的感觉。她看见雨水汇入对街护士家的浴缸；浴缸完好无损，露天立在爆炸的残骸中；黄色的警示带在风中十分醒目。

萨拉的愁绪又添一分：一栋房子会自燃。“那个护士可能得病了。”她的父亲说个不停。萨拉和莉比亲眼看到消防员将护士盖着被单的尸体从房屋的废墟中抬出来。“她可能在睡觉前忘了关火炉。”

可此外没人谈论那种病。

外头，街上的生气流动起来：一位穿着蓝色防风衣的女士正在遛她的贵宾犬；邻居家那个有孩子的男人正在把垃圾桶拖过车道；萨拉的校车早已从她的窗前驶过，车上坐满了身着奇装异服的孩子，如同每一个万圣节。

“把这罐子放进你房间。”父亲对萨拉说。他穿着三天没换的红色法兰绒衬衫，套着旧牛仔裤，光着脚。他们的房子到处在漏水。

在萨拉和莉比的卧室里，莉比正俯身看着地板，一点湿迹正在她头顶的天花板上漾开，萨拉将罐子放在漏水处的正下方。

“你的剧本被打湿了。”莉比对她说。

雨水打湿了《我们的城镇》，一张张纸粘在一起，首页上黄色荧光笔的痕迹糊成一片。过去一段时间，萨拉一直将中午的时间用于排练，而不是一个人坐在校园里。

莉比帮她将一页页纸分开晾干。这时电话响了。

一张脸跃入萨拉的脑海：阿其尔。这真是个愚蠢的想法，他现在不可能给她打电话。现在是星期二上午十点，她对阿其尔在哪儿心知肚明，即便不在场都想象得出：他正在基础代数课上不停地啃咬铅笔，一只脚在桌下的地毯上上下晃动，离她三排远，总是最早完成功课。

电话又响了。萨拉接起电话。

“你是萨拉吗？”来电话的是个女人。这样的嗓音会让萨拉恐惧——太清脆了。

“请问您是？”

莉比站在门口看着她，对她做口型：是谁？

“你父母在家吗？”电话是学校的考勤办公室打来的。

“爸爸！你忘了给学校打电话。”萨拉大喊。

这些天学校的铃声遥遥传来，让她觉得如同心跳。她感到自己的影子在按学校的作息度日：基础代数课的每日小测，咖啡馆排队时的嚷嚷，下课时在卫生间里躲猫猫，《我们的城镇》在她缺席的情况下排练了三次。

一想到候补的阿米莉娅念诵起她背好的台词，她就心烦意乱。“就她？”得知萨拉得到那个角色时，阿米莉娅这么反应。“真的假的？”她大声对朋友们说。这时，一个可怕的想法在萨拉脑中闪过：

坎佩尔太太也许是因为同情她才让她参演。

楼下，她听到父亲正和那个女人通话。

父亲说："还用我向你解释？"

因为去年的一次误会，他不能再次进入学校。他总是说带枪不犯法，可持枪进校园是明令禁止的。楚太太在一次家长会上发现了他大衣下头的枪。只因那把枪被她的老师瞄到了一眼，随之而来的是一位社会工作者一连串的来访。

"你们都该小心点。"父亲对那女人说，声音越发响亮，"但愿你们都福大命大，大难不死。"

随后，萨拉听到电话"啪"的一声挂掉了。

"这镇子上他妈的没人知道发生了什么。"他也许在自言自语，也许在对两个女孩说话。他的大脑总是陷入悲惨未来的泥淖，进退两难。

父亲把三个挂在地下室的防毒面具像衣物一样摊开。萨拉、莉比和他一人一个。他们一周都没出过门。

父亲告诉她们，一种病菌正在空中肆意飘荡，无处不在。你一旦把它吸进去，就会死掉。

"如果这跟上次一样呢？"莉比对萨拉轻声耳语。

上次是六个月前的太阳耀斑。父亲说那些耀斑会引发磁暴，让全世界断电几周乃至数月，甚至永远。他说没人知道这件事，因为媒体被下了某种禁言令，这种事在这个国家成天发生，你要是不信，那就太天真无知了。那天他让两个女孩留在家里，以防暴力或抢劫。三人等着收音机突然安静，等着一道道极光划过加州的天空，而萨拉吓得连饭都不敢吃。可电灯依旧闪亮，如星光一般平稳，天空依旧晴朗安宁。那晚，眼见危机显然过去，上楼回房时，父亲说："今天我们运气好，但谨慎点终归是好事。”

敲门声响起时，他们正在餐桌边吃花生酱三明治。

“别开门。”父亲说道。他试着拿到自己的防毒面具，椅子重重地刮擦过油地毡。防毒面具拿出来已经好些天了，但他们一直没什么戴上它的理由。萨拉和莉比的防毒面具比父亲的小，那是为儿童特别定制的，父亲让她俩自己装饰。这样一来，防毒面具的深绿橡胶上，两个女孩用发泡彩胶写出来的名字熠熠生辉。

“上楼去。”父亲说。敲门声又来了，比刚才更响。

两个女孩站在楼上，看着父亲戴上防毒面具，拉紧系带，接着走到门边。

他打开门，只开了一道缝，保险链绷得紧紧的。父亲戴着面具的样子让萨拉感到一阵尴尬，面具下方露出的一绺绺胡子就像一丛杂草。这是他们面对陌生人时的独特准备。

门口台阶处，来的是一位警察，萨拉确信她从来者的制服中看到了未来：他会带走她的父亲。

“这儿一切都好吗？”警察问。

从卧室的窗子里，两个女孩能看到他的帽顶，他沾着雨点的棕褐色衬衫，还有停在后头的车。

隔壁传来奇怪的声音，淹没了父亲与警察的对话。是锯子的声音。萨拉向窗外看去——是那位大学老师在门廊上切割一个南瓜的顶部。

父亲的嗓音拔高了。他对警察说：“我没威胁到任何人。”

“好吧。”警察语速缓慢，措辞谨慎，腰带上别着一副叮当作响的手铐。“学校的那位女士对你的言语很不放心。”

隔壁的切割声逐渐放缓，停了下来。大学老师望着警察，他的妻子也在，带着孩子。萨拉很想对他们说：你们别看了。

“一派胡言。”父亲脱口而出。萨拉想下楼劝他冷静一些，挫挫他话里的锐气。他总是在简单的方法可行时选困难的路子。不过也许她能翻译一下，就像移民者的孩子那样，理解他内心真正的想法。“我是好心警告她。你不知道发生了什么事吗？”

警察点点头，脸色像雪一样平静。他说他知道，他了解学校的情况。

莉比一边听，一边盯着墙纸发呆。你能看到像年轮一样的不同层次，最底下是房屋新建时天鹅绒质感的绿色涡纹，上头贴了一层又一层，每一层都比上一层简单朴素。家里的钱一年年减少，一层层墙纸将他们引向了这一局面。一个警察站在门口说：“你的孩子们在吗？我想和她们说几句。”

“你没这权利，想都别想。”父亲说。

可萨拉和莉比早已站在楼上偷看了。

“女孩们，你们还好吗？”警察看到了她们，大声问。

“我们没事。”莉比说。

“对，我们没事。”萨拉说。

雨越下越大，水不停地滴入罐子，滴答滴答的水声在整个屋子里回响。

警察对父亲说：“你跟人说话时得注意点，知道了吗？”一丝希望在萨拉心中骤然升起。看着警察慢慢转身，望着他在雨中穿着制服走过院子的背影，听着引擎启动的悦耳轰鸣，真是让人大舒一口气。

父亲给门上了锁，回到屋里。他的防毒面具平放在桌面上，他的双肺呼吸着屋里安全的空气。

傍晚，万圣节来讨糖的捣蛋鬼渐渐涌上街头。先是年纪小的，披着风雪大衣跟在父母后头，湿漉漉的叶子粘在鞋子和披肩上，然后是岁数大些的，矫捷得堪比入室窃贼，枕套松垮垮地搭在肩上。

“天哪！”父亲透过窗子上封条的缝隙往外看，“那玩意儿今晚就要传遍整个小镇了。”

萨拉近乎想象得出这番景象：随着一只只小手触摸盛放糖果的碗，疾病从一个人身上跃到下一个人身上。她曾看过一档追查凶手的节目。节目中的警察用一种特殊光线让看不见的血迹在黑暗中发出绿色荧光。一个乍看之下干净整洁的房间，霎时布满斑斑条纹。她想象中的病毒也如出一辙。它在小镇里蜿蜒前行，留下一串绿色的痕迹。

当门铃响起时，要不要回应还用说吗？“他们很快会离开的，把灯关了。”父亲说。

反正他们也没糖可给。

透过卧室的窗子，萨拉看到两个同班男孩正站在她家门口，打扮得像骷髅，一人的胸口还插着把刀。萨拉早就知道，男孩们总爱装扮成这副模样，仿佛他们不知道，无形无相的东西才是最可怕的。

如果今年她和莉比也能打扮成万圣节捣蛋鬼，她们会和往年一样，再次打扮成华冠丽服的美人，穿上阁楼上亲戚的裙装。裙子用别针按她们的体格调整过，下摆的卷边一年比一年脏。

男孩们再次按响门铃。萨拉希望他们不知道这里是她的家。最后，男孩们作罢，转向隔壁新搬来的邻居家。那儿有两个南瓜灯在夜色中闪闪发亮，前门开了又关，关了又开，母亲抱着女儿站在门口——小女孩打扮得像个小南瓜。

“我叫你们把门廊的灯关了。”父亲说。余下的夜晚，萨拉一直待在屋顶平台上练习《我们的城镇》的台词，一次又一次来到接近尾声的地方。她死了，在某个类似天堂的地方告诉艾米丽——那个刚因分娩而去世的漂亮姑娘，不要尝试回顾她的一生。“当你在这儿待久了，”她凭着记忆，用坎佩尔太太教她的缓慢而深沉的语气说，“你会看到我们在这儿的生活，就是为了忘记那一切。”她一边说，一边望着街区的灯光。门廊上闪闪发亮的南瓜，大学教学楼黑色的剪影，远处医院暗沉的主楼，病了的孩子正躺在那里，做着离奇玄奥的梦。她喜欢坎佩尔太太对她最后一句台词的解读：活着的人身在生活之中，却不知生活的美好。这一次，她把台词念得缓慢悠远，仿佛参透了其中的智慧。“没错，亲爱的。”她温柔的话语中暗含朦胧的怀旧之情，“他们不懂。”

她没有看到是谁摘了他们家前院的西葫芦，在屋子侧边砸了个稀烂，也没看到是谁用剃须膏在他们家的车道上写上“装神弄鬼”。

当门铃不再响起，寂静笼罩着街区，萨拉发现父亲猫着腰坐在老旧的电脑前，和往常一样，在等待加载的页面。

电脑的速度太慢了，慢到两个女孩不能像别的孩子那样使用自如。别的孩子总是在谈论网络上曝光的消息、风流韵事、烧杀抢掠，那是一个广阔的第二社会，在她所熟知的社会中神秘回响。“我在想，”她对父亲说，“我参加的表演怎么办。”

“什么表演？”父亲问。

从背影看，他显得更老了：短袖下的肩膀精瘦干巴，头顶上已有一块斑秃。

“学校的表演，我跟你说过的那个。”

他在打字，打得很慢。他一直以来都这样，打字只用一根手指，在键盘上找个字母都要花上好几秒，仿佛一移开视线，上头的字母就会全部打乱似的。

“我没听你说过这事。”

“就在这周五，你想起来了吗？”

父亲停止打字，没好气地说：“一个塞满人的剧院？你在开玩笑吗？你不知道那玩意儿在那样一个空间里传播得能有多快？”

夺眶而出的泪水惊到了萨拉。这只是个傻乎乎的表演，她出演的也不是最精彩的部分。她迅速擦干眼泪，用力咬住下唇。父亲在慢吞吞地敲键盘。突然，猫咪黛西出现在她身边，用脸蹭她的下巴——看来猫咪能感受到她内心时而涌起的悲伤。

随后，莉比会好心地避免提及她的泪水。

“别做梦了。”父亲说，“这里是唯一一个安全的地方。”

THE DREAMERS

-14-

第四次到访圣洛拉，即将驶离医院停车场时，凯瑟琳接到一个护士的电话。

“有个生病的学生……”护士说了一遍又一遍，上气不接下气。“有个学生……”凯瑟琳能听到骚动的声音。“有个学生……他醒了。”

被发现时，男孩正穿着住院服在大厅里游荡，静脉注射的导管拖在身后。他赤脚走在油地毡上，在荧光灯下眯着眼睛。与此同时，在他身旁的房间里，其他生病的孩子仍在沉睡。

可父母们从椅子上一跃而起，蜂拥而入，来看这个男孩走路，仿佛他方才起死回生。凯瑟琳能感受到他们身体里放射出的希望。

但这个男孩，他看起来不太对。他才十八岁，可他走路的样子却像个迟暮老人：步态缓慢，四肢僵硬，还微微弓着背。

他不停地摇头，像是想弄明白什么东西。他开口说话，如耳语般轻不可闻。

“这不可能。”他轻声嘀咕。他四处张望，接着摸了摸下巴上的胡楂儿。

“你在医院里。”楼里唯一的精神病医生凯瑟琳说，“你已经失去意识四天了。”

男孩脸上闪过一丝狐疑。他说：“比这可要长太多太多了。”

对妄想者你得温柔以待，最好别跟他们杠上。

她告诉他，感到困惑很正常。不过要说困惑嘛——用这词真不太恰当，男孩的每句话都夹杂着奇怪的自信。

他说：“我在这儿已经待了很久了。”他的脸色显得十分疲惫。

“你什么意思？”凯瑟琳问。

他不再开口。凯瑟琳感觉他一直在自说自话。一种古怪的想法冒了出来：他把她当成了一个幻象，一场梦的一部分。

她带着男孩回房间。男孩想要喝水。一个护士拿来一个杯子。

此刻，男孩平静地坐在床上。

凯瑟琳走出房间，给家里打电话。她告诉保姆计划有变，今晚她不回家了。这样的事对方早已习惯，凯瑟琳值晚班本就是安排好的一部分。她的女儿接过电话，问：“妈妈，你什么时候回家啊？”她的声音是那么甜美清澈，让凯瑟琳心中腾起一阵向往，泪水夺眶而出，模糊了她的视线。这个男孩的父母，她想起来，得通知他的父母。

别的医生正聚在大厅里讨论。当她回来时，男孩的房间空了。

“我叫你们看好门的。”她对护士站的护工说。她习惯了精神病院的管理方法，可这只是一家常规的医院，没有看守病人的体系。

护工反驳道：“我看着啊。他没从屋里出来。”

男孩的房间忽然飘来一阵轻风，吹得百叶窗飒飒作响——窗户是开着的。她记得这间房在三楼。在其他医生跟随她涌入房间时，一种毛骨悚然而又确定无疑的预感蹿进她的脑海：男孩脑中发生的一切将永久封锁，无人知晓。

她在窗边停下，惧怕即将看到的画面，不用想也知道：他在那里，三层楼之下，趴在马路上，散开的住院服浸在一摊血泊之中。

他赤裸的脚底白如月光，血液被路灯照亮。他的脖子，从这一高度也能看清，显然折断了。

-15-

之后，有人会说政府反应得太慢了，不过跟进措施的确在逐个落实：制作名单，计算人数。毕竟疾病有其数学规律：一个病人传染三四个人，每个病人又传染三四个人。

统计调查在静静地展开。第一个女孩病倒后第十三天，一位护士戴着手套按响了安妮一家住所的门铃。

护士问他们有没有听说学校里生病的孩子。

肾上腺素猛地飙入本的血液。

穿着绿色护理服，戴着干净手套的年轻护士站在门口，看上去很紧张。

她的手臂下夹着一块写字夹板。她问起两人的孩子。

“你们的女儿，她在这儿吗？”

“为什么问起这个？”本问。可那些草草收听的报道细节忽然涌入他的脑海。小婴儿能让整个世界收缩到她的颈周。

“我们在尽力采取预防措施。”护士说，“我们在监控任何和病人接触过的人。”她说起话来就像在背新学的剧本台词。

“我们认识的人中谁病了？”本问。他的喉咙骤然一紧。

护士扭开头，仿佛真相让她难以启齿。

“没人打电话通知过你？”她扯了扯项链，小巧的银色十字架耀眼夺目。

本曾做过失去孩子的噩梦。他醒来后会感觉空无一物的双臂十分空虚。

护士说是母乳，医院提供的捐赠母乳。

“天哪！”本惊叹。他们有一冰箱的母乳，一排又一排的瓶子，盛满了其他母亲的奶。此外还有满满一袋旧瓶子，那是格蕾丝已经喝掉的。

“有一位捐赠者，”护士说，“她可能接触过患者。”

本会记住安妮下楼时的表情，担惊受怕前的最后一刻——舒畅的神情，光洁的脸颊。

她抱着格蕾丝，一手放在孩子小小的后脑勺上——那小脑袋，你能感受到颅骨的骨板间一处处仍未闭合的柔软凹陷。一旦涉及孩子，恐惧的感觉摇身一变，变得锐利了许多。

“孩子一直都好吗？”护士问。

“哦，天哪！”安妮捂住嘴，“天哪！”

护士说打扰到他们很抱歉，她没做过这种事，经验不足。她精致的项链碰到写字夹板，叮当作响。但本和安妮只是太过在意自己的女儿了。

“我想问一问，她睡得有没有比平时更久？”护士问。

“什么意思？”安妮问。她还想说下去，却忍不住哭了起来。最近她总是这样无声地哭泣，可此前她从未这样哭过。她通常是两人中更理智的那个，总是四平八稳、从容不迫。可现在，本接管了这一职责，就像个翻译。

“她睡得很多。”他说。

乃至现在，孩子正穿着日光服[1]在打盹儿，嘴巴张开，窝在安妮的臂弯里。

“我需要测量她的体温。”护士说。

这个护士没有孩子——本确信这一点。她和他们说话时太过小心，太过疏离。日后，他都靠这一点来感受谁有孩子谁没有，仿佛他能瞬间看到联结人与人的纽带。

护士很快拿出一个棒状物，放在格蕾丝额头上方几公分处，没有接触。同样的温度计还用在格蕾丝生命的最初几个小时，那时她仍在学习如何调节体温，习惯了水下生活的四肢慢慢扭动，像个在水流中移动的水母。

“他们说这是消过毒的，我想这些母乳应该已经消过毒了。”本说。

拿着体温计时，护士的手不停地颤抖。她站得尽可能地远。她重新试了好几次。

“出了点小故障。抱歉。”她说。

在她身后，门廊秋千在风中剧烈摇晃。不知何处有只狗在吠叫。格蕾丝的嘴开始一张一合，像条小鱼。

最后体温计嘟的一响：没有发烧。两人轻轻松了口气。

但明早还会有人来量体温。护士说，每天要来两次。

同时，他们不能再给孩子喂捐赠母乳了。他们得把剩下的全扔了，改用配方奶粉。

还有最后一件事：“请你们不要带女儿出门。”护士脱下手套，一

1 日光服（sunsuit）：儿童在热天穿着的背带短裤或背带短裙。

步步往后退，“还有，请你们不要离开小镇。”

好几周来，他们都在学习怎么哄格蕾丝睡觉；怎么裹她，她会更舒服；以什么节奏摇她，她会更喜欢。他们有一只壳里会发光的乌龟，还有一只播放轻柔音乐的海马。但女儿在听着他俩的心跳时睡得最好，这就是为何两人愿意花那么长时间，让格蕾丝小小的脑袋靠着他们的胸口，弓起背，捏紧拳头，安然入睡。本和安妮一人给另一人递水、咖啡或几口焗芝士，另一人则尽力一动不动，生怕吵醒格蕾丝。

可现在，他们害怕她闭上眼睛。

本在一个小时内浏览了近两周来关于沉睡病的全部新闻报道。对于该病是十万火急还是无关紧要，各报道莫衷一是。他无法确定死了多少人。他很难找到切要的事实。

但大腿上格蕾丝温热的身子——这是事实；还有她的目光在他脸上的游移，还有笔记本电脑的光——这也是事实；女儿胸膛的起起落落是事实；得知空气正每分每秒进出她的双肺也是事实。

“是我的错。”安妮说，“这是我的错。”

“这是医院的错。”本说。

他正在阅读冲泡配方奶粉的说明书。配方奶粉已经在橱柜里放了很久，以备捐来的母乳也用光了这一不时之需。

安妮试着给女儿喂奶。他们了解到，母乳有其神奇之处：抗生素和荷尔蒙，还有神秘莫测的讯息。安妮能给予的每一滴奶都是她理应给予的。可她的奶一如既往，很快就没了，格蕾丝很快从她的胸口别开脑袋，到处寻找别的奶源。

她很快喝下了配方奶粉。在得知孩子的肚子吃饱后，本和安妮感到一种动物般的本能慰藉。

她是个安静的孩子。每个人都这么说。可她是不是比平日的夜晚更安静了？也许那东西早已潜入她的血流，也许恰是现在，它正要溜进她的小脑袋。

他们在抚摩她时没戴手套，他们在她呼吸时没保持距离。那一夜，他们根本没想到这一点：他们的孩子也许是个威胁。原因还用得着说吗？孩子出生不过三周，这条真理已在两人间不言自明：如果女儿出了什么事，那么，他们随后就算也出了事又有何妨？

第二天早晨，安妮量了量格蕾丝的体温：正常。她看上去也很正常。大大的眼睛，粉嫩的脸颊，同往常一样在婴儿床上摇摆的双腿。多么玲珑可爱的小东西——头上的针织帽子，身上的连袜睡衣裤，还有咬在嘴里的细嫩手指。太不可思议了，他们的身体竟然知道如何把她制造出来。

可格蕾丝的尖叫一下子穿透了本的耳膜。她有时会情绪失控，这种时候只有安妮才能让她安静下来。

过了一会儿，本为自己的这个想法感到羞愧——他想逃离。对于如何爱一个孩子，他学到了一点：为了与她相处时更加愉悦，离开她的时间也极其重要。

“我再去给她买点奶粉怎么样？”他对安妮说，手中的车钥匙已在丁零作响。

安妮正在仔细查看女儿小小的额头。“他们提到皮疹了吗？”

“她经常发皮疹。”本说。本第一次抱起她时就看到了这些小红点，在手术室的白光下，他还看到了女儿脸上诧异的样子，还有油地毡上安妮的血。

他匆匆忙忙找了顶帽子盖住一周没洗的头，又匆匆忙忙地系好鞋带。他已经两天没出过门了。

他关上身后的门，来到了外界。最初几分钟的独处时光让他心潮腾涌，随心所欲的感觉让他心满意足，连车平稳地倒出车道也是这种满足感的一部分。孩子出生后他意识到，外面的世界是多么安静，多么井然有序。一群黑鸟排成一字飞越群山，公共电台的轻柔声音正在介绍一首爵士乐曲。一股轻盈的感觉在他开车时油然而生，就像麻了嗓子的第一口威士忌，心平气和的感觉快速扩散。

街坊邻里在路上遛狗。这个小镇看起来不像是个疾病正在蔓延的地方。你可以从旁人如常的状态中得到慰藉——如果疾病真的在传播，邻居还会耙他们的草地吗？邮递员还会投放邮购商品目录吗？

他沿着湖边驾驶，绕了远路。他在一家咖啡馆前停下车，感到一种渴望，在格蕾丝出生后从未有过的渴望：趁热喝下一杯满满的咖啡。

可还没等他来到药店婴儿区的通道，他就开始担心，就开始想念她。书里写了，三周大的孩子还不知道离开视线的东西依然存在。本也有类似的感觉，仿佛女儿一离开他的视线，就会哧溜一下离开这个世界。

-16-

到目前为止，网上已传开各种各样的说法：是政府干的，或大型制药公司干的；一定是某种病菌从大学的某个实验室中逸出了。

好好想想，难道你真的相信，一种前所未有的病毒会出现在地球上最强大的国家，而科学家却对其一无所知吗？也许这就是他们自己研发出来的；也许他们在故意传播这种病毒，用以测试一种生物武器；也许他们手中就掌握着治疗方法。

有些人在网上发帖称，也许根本就没有沉睡病这回事。圣洛拉不是个营造骗局的完美地点吗？一座孤立的小镇，森林环绕，一条路进一条路出。至于电视上那些患者，也许他们是雇来的受害者，是拿钱出演的危机演员[1]。所谓的沉睡病？得了吧，装睡谁不会啊？

有人说，也许圣洛拉不是一个真实存在的小镇。有人听说过这个地方吗？查一查就知道，史上从未有过一位叫圣洛拉的圣徒，这是杜撰的。那鬼地方也许不过是卡尔弗城的露天片厂的某处布景。那些房子看上去是不是古雅得有点过头？

1 危机演员（crisis actor）：被聘用于假新闻中造假的演员。在美国，有人发现很多重大新闻中的受访者在不同新闻中重复出现。

还有人说：动动脑子行不？根本不需要布景。所有片段可能都来自一个偏僻的剪辑室。你凑近点看，就能看到有些房子的外形重复了。

现在请问问你自己：谁是这件事的受益者？终归是为了钱，对吧？庞杂的医药工业利益共同体。你觉得是谁花钱聘了那些报道假新闻的“记者”？等着瞧吧，不出几个月，大型制药公司就要出售疫苗了。

-17-

很难说谁是负责人——比轮班站在电梯边的校园警卫级别更高的那种——但确实有某个人在某个地方下达了指令：是时候让梅和别的孩子离开宿舍了。谣言不胫而走：水或通风系统里有病菌，或是地毯和油漆里有毒。

在短短几天内，梅对这些已经麻木了：每天早晨贴上胸口的冰凉听诊器，像读盲文一样触摸后颈腺体的戴手套的手，护士绿薄荷味的呼吸。她连耳后因口罩松紧带而皲裂的皮肤也开始适应。类似的变化，也许正在她脑中演进。

他们在走廊上跑来跑去，经过一间间空房。这些空房每间都被黄胶带封得死死的。整层楼弥漫着心力交瘁的气息。

可现在，有人让他们收拾行李。

一出寝室楼，梅站在阳光下眨巴眼睛，仿佛这几天她一直被关在地下，不见天日。校园里空无一人。干枯的叶子飘过宽大的草坪，孩子们不久前还在草坪上扔飞盘。或另一个时刻，这些新生曾穿着背心，光着脚，懒洋洋地躺在草坪上。

她对再小的感官刺激都很敏感：秋日的微风吹动她手腕上的汗毛，不知名的鸟儿抑扬顿挫地鸣叫；还有太阳，火热而清爽地照在她的脸上，迎面而来。

同时，这儿还来了一大批警察。他们的巡逻警车停在人行道上，腰带上的搭扣在阳光下闪闪发亮。

一排新闻车等候在一旁，卫星蝶形天线指向高空。很快她的父母就会在晚间新闻上看到这些照片：梅，又瘦又小，行走在其他戴口罩的孩子之间，像个人质。

孩子们按指示站成一列，两人间隔几尺，像蛇一样慢慢地走出弃置的校园。

身后突然传来“啪”的一声，是旅行包掉在路面上的声响。嗒嗒的飞奔声。一阵冲刺。

梅在回头前就想到了这人是谁：马修。正是他，撒腿冲出了队伍。他的脚步声很快被二十来个警官的吼叫声淹没，那些警官追了上去。其他孩子停下脚步，看着马修褪色的棒球帽从头上落下。在阳光下这个男孩飞速迈动的步伐中，在他扯下口罩的样子中，有一种荣耀，或绝望——谁说得清呢？口罩缓缓飘落到他身后的地上，慢得像片花瓣。

看着远处马修的身形越来越小，梅心中爆发出一阵嫉妒。这是她从来不会做的事。

马修还年轻，跑得快，小镇的屋顶轮廓线依稀可见，就在小教堂和图书馆的那一头。他不停奔跑，就算他心中没有一个目的地，那又何妨？追求无限的可能——这是梅和其他孩子所欠缺的，所以他们为他欢呼，鼓动他向前奔跑。

可警察突然从餐厅后面蹿了出来，吓了马修一大跳，拦住了他的去路。看着警察制服马修，把他按到地上，队伍中的孩子同时叹了口气。

警察把马修送回队伍。他的脸颊上有一道长长的红色刮痕。从那刮痕，从那伤口里的星点沥青，曾一度存疑的一点得到证实：这些孩子毫无话语权。

梅身后有个男孩开口问："喂，你为什么没有——"

梅意识到他在对自己说话："你说什么？"

"你为什么没有从房间里出来过？"男孩透过口罩说。

"我出来过。"梅的脉搏开始加快。

男孩狐疑地看着她，仿佛她在撒谎。他面具的边缘露出胡楂儿——有些男孩没有继续刮胡子。

"我无意冒犯。"男孩说，"但我都忘了你跟我们住在一起。"

梅曾听说过，人们有时会在非常时期建立纽带，可她似乎反其道而行之。一张友善的面孔闪过她的脑海——英语班上的珍妮弗。要是珍妮弗在这里陪着她就好了。她没有那么了解珍妮弗，但她们曾在下课后一起吃过几顿午餐。想到珍妮弗也许是她在学校里唯一的朋友，她感到有些窘迫。

她把行李包从一边肩膀换到另一边。本来该是她的手来提着包的。

他们走了一小段路，等抵达目的地时，一阵失落。

"体育馆？我们现在得住进体育馆？"女孩们问。护士们回答说这只是暂时的。她们戴着乳胶手套，穿着绿色护理服，看起来忐忑不安。人们怀疑宿舍的通风系统被污染了。

进入体育馆的各个入口都开着，因此无须用手触碰金属门把。据说，细菌能依附在一个表面上生存五天；病毒嘛，甚至更长。"也许他们没有告诉我们真相。"马修在警察松开他，放他进体育馆时说，

“也许我们楼层的其他人都死了。”

“你别瞎掺和。”女孩们说。

可梅和马修想的一样。想知道正在发生什么非常困难，想知道什么是真的也非常困难。

体育馆内，许许多多的绿色折叠床安置在篮球场上，布局就像新闻报道中的飓风避难所。折叠床一个接着一个，从一侧的篮球网排到另一侧。每张床的边上有一块卷紧的蓝色毯子。

“你还好吗？”梅在马修路过时问。可马修什么也没说，径自走开。

其他人在挑好的床上放下包，宣告其所有权。谈话声在广阔的空间中回响，鞋子在磨光的地板上吱吱嘎嘎。与此同时，梅爬上了球场的露天看台，一直爬到最高的那一层。她立于高处，给母亲打电话。

“我都给你打了一上午电话了。”母亲说，“我害怕得吃不下饭。”

梅把脚搭在装行李的帆布袋上，帆布袋的紫色尼龙因连年的网球课越磨越薄。她轻声说：“让我想想该怎么说。”

她停了下来，难以启齿。来到这里，来到这所昂贵的学校上学是件大事，牵涉到奖学金和许多事。从梅所坐的地方往下望，十排座位下方，孩子们的行动就像来去匆匆的老鼠一样不可思议。

“嗯，”梅再次开口，“我在考虑，等这一切结束后就搬回家。”

仅仅这一想法就让她安心，如同爬上了自己的床。

但她的母亲默不作声。她常以沉默来表示反对，每当听到不合她意的话语时，她就一言不发。

“也许，我能申请加州艺术学院。”

下方传来一个女生尖细的笑声。

现在居然还能笑出来。

“妈妈？”

依然没有回应。

她垂眸看了眼手机屏幕：没电了。

有人大喊：“嘿，你！”声音从下方传来，是学校的一个保安。“就是你！看台上的那个。”一张张脸齐齐转向梅的方向。“快从上头下来，所有人必须待在下面。”

梅很快发现，体育馆内的插座全都被别人的手机给占了。

很难说这是谁的主意，似乎一群人在喝了一个男孩从宿舍偷偷带出的伏特加后欢欣雀跃，同时冒出了这个主意。一股兴奋之情立刻附着在这冒出来的六个字上：真心话大冒险。

梅抱着速写本窝在自己的折叠床上，无意间听到了这件事。她很擅长在听到时装作若无其事。手中的铅笔轻轻划过纸面。她正在画一系列的鸟儿。

一片阴影落在纸上，棒球手站到了她身边。梅记不清他叫罗恩还是叫罗布。透过口罩，梅能看清他嘴巴的暗色轮廓。

“你得和我们一起玩。”棒球手说。

通风系统的副产物——一阵机械之风吹过体育馆，让天花板上悬挂的横幅沙沙作响，也让餐厅刚送来的晚餐比萨香味四溢。

“不用了，谢谢。”

“你会听到我们的秘密，”对方说，“而我们也会听到你的。”

棒球手身后传来金属刮擦木头的声音，其他人已将折叠床拖到了体育馆的边缘，这样他们就能在中场围成一个大圈。梅立刻感受到：自己无法说不。

可有人似乎不为所动：马修。他正在角落里读哲学类的书。“你真的在读课程的阅读材料？”棒球手问。马修一言不发。他的右脸上贴着一块蝴蝶形创可贴。

一个女孩先开始玩。

“真心话还是大冒险？”棒球手问。

“真心话。”

还未开口，棒球手的脸上已洋溢出玩味，第一个问题像一个烟圈，慢慢从他嘴里吐出来：“你有没有亲过女生？”

梅能从周围感受到，大伙儿都喜欢这个问题。男孩们挪动的身子，女孩们口罩下的轻笑，全都透露着期待。任何形式的触碰都成了危险的举动。空间中有一种电流在涌动——一种渴望。

“没有。”良久，女孩的声音从口罩下传出来，“我从没亲过女生。”

下一个是塞勒，他选了大冒险。

“脱裤子露屁股，你有这胆儿吗？”刚刚那个女孩说。

皮带扣“叮”的一声解开，塞勒拉下牛仔裤再迅速拉上，苍白的皮肤一闪而过，动作一气呵成，仿佛这是个他已表演过无数次的把戏。人类还真是什么事都做得出来。

秘密一个接一个地被抖搂出来：谁是处女谁不是，谁和谁做过。有个因胸部尺寸而受人喜爱的女孩，她的大冒险是脱下衬衫。她照做了，在圆圈的中心站了一会儿。她穿着白色的蕾丝花边文胸瑟瑟发抖，双臂交叠，紧紧抱住小腹。

有个男孩的大冒险是亲一个女孩。“不戴口罩。”棒球手提议。这引起了大伙的反对。这触及了禁区。

“你们这群家伙，这是不对的，这不安全。”一些女孩说。

可那个男孩和那个女孩想接吻，梅看得出来。女孩往嘴里放了块口香糖。男孩把口罩扔到地上，而女孩把口罩四四方方地叠好，塞进牛仔裤口袋。

仅仅是双手的触碰，仅仅是呼吸同一片空气，就能让那东西在两人间传播。来了，瞧他们，唇齿相依，似乎危险反倒为之增添了情趣，如同跳水者双脚离开悬崖那一刻的快感。他们吻啊吻，仿佛众目睽睽也为之增添了情趣。大家起哄得那么尽兴，直到校卫冲进体育馆，恰好错过了刹那间分离的双唇。两人难堪地重新戴上口罩，宛如两个青少年一丝不挂地在地下室被抓了个现行。

“安安静静地待在这儿。半小时后熄灯。”校卫说。

当大家玩乐撒泼，肆意闹腾时，梅满头大汗，一直坐在原位上。离她越来越近了。这游戏太蠢了，他们已经过了玩这个游戏的年龄。一个清爽干净的主意飘进她的脑海：站起来，回自己的折叠床。

但她待在原地没动。

当她被问到是选真心话还是大冒险时，她静静地坐在地上，抱着膝盖，想象自己双腿的动作：伸直膝盖，站定，离开圈子。可她没这么做。她最终开口：“真心话。”

“好的。”棒球手说，“如果你必须跟这儿的某个人勾搭，你会选谁？”

笑声此起彼伏。梅的脸越来越烫。她已经和这些人共住了八周，可他们还和当初一样，全是最近的陌生人。

她低着头，默不作声。

其他孩子都看着她，等她开口。虽然透过口罩看不清表情，但她能感受到空中蠢蠢欲动的戏谑。远处，马修正在埋头看书。

“等等。”梅改口，“我改变主意了。大冒险，我选大冒险。”

“没问题。”棒球手说，“那你敢不敢溜到外头去？”

她是个循规蹈矩害怕后果的人，可现在，大冒险真是比真心话让她心安得多。这句话让她舒了口气。

走向在大门上方发着绿光的出口标识时，她的心中感到一丝刺激。也许她真的能离开这里，逃出生天。其他孩子聚在她身后等待。

她探查了下外头的情况：守卫在外面，没在监视。她伸出颤抖不止的手，拉动金属门把，却感到一阵阻力。轻微的丁零声，像是锁链。

她用力一拉，心中升腾起一阵恐慌。“门上锁了。”她说，“我们被锁在里面了。”

其他孩子不相信。男孩们把她推开，自己动手拉门把。他们的身上飘出酒味和汗味。

马修也飞快地从床上冲到门边。“该死的。”他把门把拉得哗啦响，手腕上青筋暴露。他脸颊上的创可贴松了，挂在他的脸上，伤口已经开始结痂。

“着火了岂不是很危险？”一个女孩说。

游戏就这么结束了，体育馆里一片阴郁和颓丧。很快，自主权丧失后的又一次打击来了——外头的人让他们关灯。

随后，梅在邻床窸窸窣窣的声响中睡着了。刚刚接过吻的那一对，正在邻床上耳鬓厮磨，动个不停。

不久后，梅被黑暗中的尖叫声吵醒。一开始，她记不清自己身在何处。她的心智从深处缓缓升起。有金属撞击木头的叮当声。很多人在说话。

“停下！”有人在尖叫，声音在广阔的空间中回响，“停下，塞勒。”

她猛然回神：体育馆。

太暗了，看不清，可不同的声响很快拼接成一幅画面：折叠床在地上拖动，互相砰砰撞击，就像暴风雨里的小船。

“停下！”很多人在黑暗中大喊，“停下！”

最后，有人摸到了开关，荧光灯嗡嗡一响，照亮了地上一堆横七竖八、翻来倒去的折叠床，缠结的床单拖在地上。所有人都眯着眼，除了塞勒。他双目圆睁，缓缓穿行于那些障碍物，对其视而不见，绊倒了一次又一次。

“他没醒。他时不时会这样。”他的室友说。

他在梦游。

塞勒睁着双眼——可那就像盲人的眼睛。他正走向体育馆外侧的露天看台。

“可这次不太一样。”塞勒的室友说。塞勒正在说一些大家听不懂的话。他的室友接着说：“一般来说他立马会醒过来。”不用谁开口说出来，这一定是沉睡病。“他从来没有梦游这么久过。”

塞勒·埃里克森，十八岁，一个农民的儿子，主修英语。特别之处在于：他是加州圣洛拉报道的第一位梦游者。

当护士将他的手腕绑到担架上时，他又踢又叫，其他人不由得想象，他的梦里一定在上演类似的剧情。

可他们很快有了另一个发现，一个更糟糕的发现：有两个孩子还在折叠床上沉睡，没有正常人会睡得像他们那么久。

很快，同先前那些孩子一样，他俩也被带走了。

THE DREAMERS

-18-

他们睡觉的样子就像孩子，嘴巴张开，双颊红润，呼吸像涌动的海浪一样均匀起伏。

患者的父母不能进病房了，他们只好透过双层玻璃看着自己的孩子。隔离——医生们称之为隔离，从源头入手隔绝疾病。可每一次睡眠不都是一种隔离吗？我们何时还会如此孤独？那些沉睡者不会一直静静地躺着。慢慢扫过床单的手臂，偶尔扭动的脚趾——这些动作让父母心潮腾涌，同样令他们激动的还有孩子在梦中呓语的难得时刻，就像做了噩梦的人想在夜里张口说话，可声音哽在喉头，如同被困在井底。

抵达医院时，塞勒依旧在睁着眼梦游。他弓起背，试着挣脱担架的束缚带。一位医生像个驱邪的法师般守在他身边。

护士们推着梦游状态中的塞勒，穿过一大群持摄像机的记者，他们纷纷向护士们大声提问。塞勒胡乱摆动的四肢和呆滞的目光很快会通过卫星传遍全球。

等他终于平静下来，便同其他孩子一样被隔离了。他所躺的地方离丽贝卡不过几步远。他认识她不过几周，可他身体的一部分已悄然停留在了她的身体里。

在丽贝卡到达医院后的头几天，医生们对她的状况一筹莫展，可在另一个更平常的地方，一项复杂的进程正在行进：一团细胞已在她的子宫壁上着床，将自身与她的血流紧紧相连。从她的鼻饲管输入胃部的养分喂养的不是一个而是两个人，其中一个还不及一粒罂粟籽大。大体上早已注定——棕色的眼睛、雀斑、不太齐的牙齿，也许还有冒险感和对语言的喜爱。一个女孩。这些全都装载在那团细胞中，如同一颗米粒上描绘的一幅肖像画。

同时，在玻璃的另一边，丽贝卡的父母正将《圣经》置于胸口，望着女儿的眼皮柔和而轻巧地颤动。几步外，塞勒的一只脚正在床单下抽搐。眼下，他们的秘密正与他们一同沉睡着。

同一天晚上，玻璃的碎裂声骤然响彻医院的走道。随着一声沉闷的“砰”，一位护士晕倒在地。她身下的油地毡沾满暗沉的斑斑血迹，她的护理服也是。人们花了好一会儿才找到血迹的源头：护士摔倒时压碎了身上带着的小瓶子。

最终，和其他患者一样，睡眠也扩散到了她的身上。

-19-

湖。曾经闪耀着神秘的蓝色，而今污浊泥泞，在烈日下日渐萎缩。曾有部落在治疗仪式上使用这个湖的水，在他们的语言中，这片湖叫小松树湖。疗养院过去的宣传册中称这个湖为“疗养之湖”，用蓝色草书字母印刷。该疗养院在稍加装修后，变成了一家私立养老院。这个湖后来又换了名字，连同新生的整座城镇，命名者是这座小镇的开发者。那人想取个西班牙语发音的名字，他将小镇建造为使命派风格[1]，与他创造出的圣徒相配：圣洛拉。

大多数游人常在距离圣洛拉湖三十英里的地方止步——那儿有个更大更有名的湖，他们可以在湖里游泳划船。

可这个群山环绕的小湖却赫然成了圣洛拉大学的徽标，刻在指示牌上，印在短袖上，绣在夹克衫和帽子上。

三十年前，纳撒尼尔第一次望见这片湖，那时他还是个年轻的生物学教授，他的女儿还窝在妻子的臂弯里。不到一年，他们的婚姻已

1 使命派风格（mission style）：源自十九世纪下半叶，特点是朴素自然，富有田园风情。

走到尽头。这只是一份临时的工作，这儿只是一个驻足之地。若不是亨利，他几年前早就离开了，他完全没想到自己会在中年坠入爱河。他所在意的东西是格外的简单纯粹：亨利。这一片湖是他们喜欢一同散步的地方，一走就是三十多年。

萨拉和莉比在这个湖的浅水区里学会了游泳。每年夏天，浅水区都会用浮标标示出来，年轻的救生员会到处巡视。在她们的母亲为数不多的照片中，有一张的背景就是这片波光粼粼的湖：母亲的发丝拂过脸颊，她手握一束雏菊，穿着奶油色的及膝婚纱。照片中，母亲用一根手指勾着一双高跟凉鞋，父亲站在她身边，穿着简朴的灰色西装。两人都光着脚，在沙滩上眉开眼笑，仿佛他们的一生，如常言所道，就在前方。

这片湖没过去那么大了。它每一年都在缩小，显露出它过去几十年吞下的东西：数量和海贝不相上下的罐子，沙滩椅和冷藏箱的残件，还有一台半埋在土中的福特T型车的残骸。

可这片湖，还有每年春天在湖面上游来游去的一队队鸭子，依旧让本和安妮在来圣洛拉的第一天就为之着迷。梅和她的父母也同样在校园导览结束时被这片湖深深吸引。

湖里的水曾用于扑灭山林火灾，特殊设计的直升机像鹈鹕一样把水吸上去，再泼洒到山丘的火焰上。

这个湖还负担了圣洛拉四分之一的供水。这掀起了新一波传遍小镇的谣言：也许水被污染了。

不过这才是真相：第十四天，洛杉矶某个政府实验室的一位研究者在培养皿内分离出了圣洛拉沉睡病的病原体。灾难的真相得以揭晓：不是精神失常、中毒或细菌。圣洛拉正被一股非生也非死的力量笼罩——一种病毒，一种科学界未知的病毒。这种病毒不会顺着自然活水游动，而是像麻疹、天花和流感一样传播。这东西——它会飞。

空气传播。医院里，这一消息证实了医护人员几天以来的怀疑。两位医生和四位护士躺倒在自己的病人身边，陷入沉睡。通风系统已经关闭。

这一天，也就是第十四天，医院关上了所有的门。

检疫隔离。

锁在里头的有二十三名沉睡者、六十二名其他疾病患者、四十五名探访家属、三十八名医护人员，还有别的工作人员和一位来自洛杉矶的精神病医生：凯瑟琳。她和其他人一起被困，困在离她女儿一百多英里的地方。

-20-

同一夜，有人看见一大团烟雾从小镇外的树林里飘了过来。这一夜狂风大作，空气干燥。圣塔安娜风[1]正从沙漠向西推进：火险天气。前几个夜晚，消防车的闪烁灯光照亮了圣洛拉的街道。紧急广播时常骤然响起，播报又一起山林野火席卷了干燥的古老树林的灾难。在一个已然人心惶惶的城镇，破空的警报声惊醒了睡眠中的健康人。

可打鼾的宝宝没有醒，她睡在婴儿床中，距她以往醒来喝奶的时间已经过去了一个小时。本也没醒，他在透过婴儿床的栏杆看女儿呼吸时，不知不觉在小地毯上睡着了。安妮也不例外，她在本身上盖了块毯子后，在他身边闭上眼睛，也同他一样睡去了。

本和安妮，他俩曾在许多地方并肩躺下。大学期间在好些单人床上，他们双腿缠结，呼吸交融。在地下室的充气床垫上，那儿是安妮的家，她常常在父母上床睡觉后，溜到地下室去和本幽会。在墨西哥的睡袋里，大学毕业后的夏天，他们还那么年轻气盛，那么正经严

1 圣塔安娜风（Santa Ana wind）：一种极其强劲、干燥、炎热的离岸风，起源于大盆地高原的气团，影响沿海的南加利福尼亚州，因扇动地区野火而臭名昭著，又被称作“魔鬼风”。

肃，每一夜两人都是这么度过的：安妮一遍又一遍地为本解释弦理论，本则大声朗读普鲁斯特的书。在喝了太多威士忌和红酒后一醉方休的睡眠，在抵达罗马后在旅馆睡了一下午倒时差的睡眠，还有数年后在吊床上的白日打盹儿——吊床在缅因州安妮一家房子的后门廊，还有布鲁克林无数个周日一丝不挂的相拥而眠。还有前年安妮刚开始与导师一同加班到很晚时，本睡得焦躁不安，妒火中烧。当安妮坚称她和导师间什么事也没发生，只是要加个班来探究一些问题时，他只得窝火而眠。此外还有寂寞的不眠之夜，那次安妮在父母家待了两周，一个电话也没打来，本在两人的工作室里孤独难耐，彻夜难眠。接着是安妮决定回来，向他请求原谅时那痛苦又释然的难熬夜晚。他们曾那么多次在汽车、火车和飞机上并肩小憩。他们曾在墨西哥的海滩上共眠，留下度蜜月的晒斑。无数次睡眠中有噩梦，有美梦；有彼此分享或没分享的梦；有从未记住也永远不会记住的梦。在两人的头相距不过几英寸时，许许多多的梦从他们的脑海中穿行而过。

而在过去的三周，他们历经了一种前所未有的睡眠：片段式的深睡眠。倒头就睡，说醒就醒，大起大落，效率非凡——谁知道宝宝何时会睁开眼哭叫呢?

可这一晚，尽管警报声依旧刺耳，宝宝却没有醒来。这一晚，宝宝没有哭叫。

反之，在关了灯的婴儿房里，三人深深沉入各自的睡眠中，思绪飞速发散。连婴儿床上的格蕾丝也不例外，她那不为人知的梦令她眼皮翕动，嘴唇微颤，还有一条手臂在轻轻颤抖。

当外头的警报高声鸣响时，隔壁房子里的萨拉和莉比很快醒来，猫咪一家也是。“爸爸！”两人在黑暗中大喊。

不过她们知道该怎么做，知道该去哪里。这种事每年都会发生几次。再过一会儿，她俩就会等候在外头的卡车里，看父亲拿浇水管在屋顶上冲水。在这个火灾季节，一小块带火星的木块就能乘风飞过一里路，点燃一栋像他们家这样的房子。

“我们不能丢下小猫咪。”莉比说。

她试着把所有猫咪抱起来，可它们从她瘦弱的双臂中挤了出来。有两只像松鼠一样蜷缩在她的床底下，背上的毛直直立起，白色的尾巴像掸子一样膨胀起来，小小的眼睛在黑暗中闪闪发亮。

萨拉冲向大厅尽头父亲的房间。他向来开着窗睡觉，不顾季节。高音警报伴随着父亲一直放在床边的警用无线电通讯器的静电干扰声，让他的整个房间震颤不止。

“爸爸。”萨拉唤道。站在门口时，她忽然心生胆怯。

借着街灯暗淡的灯光，萨拉看到了父亲的剪影：他侧身躺在那张宽大的旧床上，在昏暗中显得那么安详。

一阵干燥的狂风刮来，吹得窗帘啪啪作响。

“爸爸？”

萨拉打开灯，看见父亲双眼紧闭，皮肤松弛。她捏起被单为他拉好，接着戳了戳他裸露在外的消瘦肩膀。近几年来，他竟变得如此瘦骨嶙峋。

“醒醒。”萨拉轻声说。

太奇怪了。他脸上的触感，皮肤上连日来的汗味，还有打鼾时呼出的污浊气息。太奇怪了。

莉比跑了进来，拨开脸上的发丝。“你们帮我把所有的猫抓到一起吧，它们跑得到处都是。”

“爸爸没醒。”萨拉说。

莉比在父亲耳边大声喊叫，可毫无回应。她又使劲拧了拧父亲的胳膊。

“你轻点，别伤着他。”萨拉说。可父亲的脸上丝毫没露出痛苦之色。

莉比俯身靠近父亲的脸，确认他还在呼吸。她的鬈发拂过父亲的前额。

“这是那种病，对不对？”莉比问。她的双眼已蒙上一层水雾。

此时此刻，她们本应在楼下背着包，穿好鞋，整装待发。只要森林火灾初露苗头，父亲就会带她们离开城镇——这是一片危险的狭长地带，只有一条出路。最安全的地方是远离此地，最安全的时间是比别人更早撤离。

她们闻到了烟味。

火灾时绝对不能待在卧室里。三楼是最危险的地方。

“我们不能把他一个人丢在这里。”莉比说。

警报声不绝于耳。萨拉看向窗外，太黑了，看不清烟从哪儿飘来，看不清起火点是近是远。一种可怕的冷静降临到她身上。有一连串决定得当机立断。父亲一定希望她们尽快离开，抵达安全地带——她确定无疑。至少要下楼，准备随时逃跑。但她不会这么做。

“我们不能丢下他。”萨拉说，“无论发生什么事，我们都要留在这里。”

屋外，风吹弯了桉树的腰，桉树的树枝刮擦着屋顶，像是在寻找靠山维持平衡。

“你想想，在这栋房子建起后这儿被多少场野火席卷过。”萨拉来到妹妹身边，“你想想，这栋房子在这儿站了多久，一直屹立不倒。”

就这样，她们穿着睡裙坐了下来，握着父亲松弛的手，等待即将到来的一切。

三条街外，警报声将纳撒尼尔从噩梦中惊醒。

梦里的场景是三十年前，他和亨利刚刚相识，两人都是年轻的大学老师。在纳撒尼尔离婚后租的小公寓里，他两岁大的女儿正在小地毯上堆积木。梦中的亨利正在寻找什么东西，他在公寓里翻来覆去拼命地找。纳撒尼尔一下子就明白了亨利在寻找什么：某种毒药。亨利找毒药是想喝下去，可纳撒尼尔无法理解原因。亨利哀求纳撒尼尔帮忙，苦苦哀求，他不停地说，这个样子他会活不下去。可纳撒尼尔领会不了他的想法：这个样子指什么样子？在梦里，他不知道亨利痛苦的来源。最后，他跟着亨利进了房间，房间的样子是纳撒尼尔的祖母在密歇根州的房子的起居室，纳撒尼尔突然有了确定无疑的感觉，毒药藏在角落里嘀嗒作响的大摆钟内部。可他不会告诉亨利。你为什么不告诉我？亨利不停地质问。他的脸很年轻，可写满痛苦的双眼却像个老人。你为什么不帮我？

醒来时，纳撒尼尔浑身紧绷，出了一身汗，湿透了被单。

若他在别的时间做了这个梦，他也许会将之视作预言。抑或在过去的特定时刻，他会将之视作上帝传来的讯息。

若他在五十年或一百年前的弗洛伊德时代做了这个梦，该学派的权威专家也许会论证这个梦与亨利无关，而与纳撒尼尔自身的童年经验关系匪浅，比如儿童期被压抑的性冲动。这场梦的真实含义被压抑在他的潜意识里，需要经分析后才会显露。

同时，那个时代拥护荣格[1]的人会给予截然不同的解读，他们坚称梦不能被如此武断地简化，并非一切事物都与欲望相关。正如亨利喜欢对学文学的学生说的那样，诗就是诗，无法翻译。荣格学派的人会指出，梦里出现的意象是集体无意识的一些原型：父亲、孩子、钟表。

可这些是另一个时代的思想。

现代的科学家们对梦没那么大的兴趣。

对身为生物学教授的纳撒尼尔来说，关于亨利的梦不过令他稍感沮丧，略微分神。他很快思索起别的事来，把梦抛到脑后，再也不对其多加思考。

在这个火灾之夜，找到另一个焦点很容易，这几乎是种解脱：空中的烟味、警报的尖鸣，以及有事要做这一事实。

没过多久，他站到了院子里，用水管冲刷屋顶。

医院里，烟味仍未被察觉。隔离的十二小时内，另一种更紧迫的危险飘荡在灯光大亮的走廊中。五分之一的护士未能幸免于感染，还有一名因肺炎入院的老人也与其他人一同睡在隔离区内。

困在医院中的病患家属没有足够的床位，便在走廊上席地而睡。这么晚了，没人能看出人群中谁病了谁没病。

一些小问题已成了大威胁：两个厕所不再能冲水，一向按时送来的食物中断了——司机被新闻吓得不敢靠近医院楼。

楼里，凯瑟琳将口罩戴得紧紧的，手上套了两层手套。精神科的训练只让她比其他人多了一点点心理准备。一种想法时常在她脑中浮

1　荣格：指卡尔·荣格（Carl Jung），瑞士心理学家，曾与西格蒙德·弗洛伊德合作，一同发展及推广精神分析学说，后与弗洛伊德理念不和，分道扬镳，创立了荣格人格分析心理学理论，主张把人格分为意识、个人无意识和集体无意识三个层面。

现：如果沉睡病带走了她，那她女儿将会没有一丝一毫与母亲在一起的记忆。刹那间，感觉将她带到这个无依无靠的世界显得有些自私。

她试着给女儿写点什么，以防万一，好让女儿长大后看见。但一落笔，她能写下的唯有那句最言简意深又平淡无奇的话：你正被爱着。

体育馆中，没人在睡觉。黑暗中，有二十六个清醒的孩子，比前一天少了四个。一种想法在孩子们之间传开：梦本身就是毒物，梦就是原因而非结果。如果你一直不合眼，那你怎么会染上那种病呢？梅躺在自己的折叠床上，缩在毯子下颤抖。毯子很硬，像旧大衣一样粗糙。她把手机握在胸前，如同握着一个十字架。有人在角落里窃窃私语，有人在黑暗中咀嚼糖果。

在宽敞的空间里，渐响的警报声被无窗的墙壁挡住，听不清晰。可微弱的烟味很快飘进了体育馆。

“你们有没有闻到什么味道？”一个男孩的声音从体育馆另一侧传来。梅能看到出口标识的黄光映照出他的剪影。他拿手抵着门，感受热度。

火。随着这个词传开，体育馆变得嘈杂起来。光脚踏上光滑木地板的声音此起彼伏。

“我们得离开这里。”有人说。

门外的守卫冲里头大喊：“所有人冷静！”声音同之前一样与这里隔得很远，因为守卫们害怕与孩子们呼吸同一片空气。“远处的树林着火了，不过我们看着呢。”

体育馆中涌起一阵抗议。他们听到外头飕飕的风声越来越响。他们必须得出去，看看外头到底发生了什么，瞧瞧起火点到底在哪里。

一些孩子聚集到前门。守卫一边后退一边说：“你们不能越界。”

可烟味越来越浓。

“就算我们被活活烧死，他们会在乎吗？”马修说。这时梅穿上鞋，背起包。

马修一马当先，快步走到守卫跟前。“停！”守卫说。可接下来的一幕霎时清晰地落入旁观者眼中：守卫不敢碰他。马修继续往前走——他走出了前门。

随后大伙儿也意识到了这点，他们仅凭精神的力量，像踏过热炭一样迅速而坚定地走出大门。在此之前，梅从未感受到自己与别的孩子有如此紧密的联结。有些恐惧，有些刺激，还有刹那的目的感。梅听到守卫通过对讲机请求支援。

感受到风击打脸庞，一些人当即扯掉口罩，任其像重获自由的鸟儿般飘到身后。谁知道有多少孩子已经感染了沉睡病——那个当下正在他们的血液里疯狂复制，等待着发作那一刻的东西。

可眼下的这一夜，他们感到很快活，无比快活！他们开始尽情奔跑，所有人，包括梅。她的背包不停地撞击她的背，夹杂着些许烟味的空气涌入她的喉咙。狂风大作——一阵圣塔安娜风，几乎吞没了她的呼吸。

就算守卫正在后头向他们大喊，也没一个人能听见。耳边的气流声太响了。

马修知道接下来怎么做——这个想法促使梅在黑暗中跟随着他。见他停下，她也停下。图书馆后门的阴影中，那个又高又瘦的男孩斜靠在墙上，像个陌生人。

“我们能去哪儿？”梅问。刚刚那阵狂奔让她呼吸急促。

火比她想象的远得多。远处林间有一片微弱的光，上头有直升机监视。刹那间，一切昭然若揭：促使他们逃跑的并不是火。

“我不知道。”马修说。他一直在环顾四周，脸庞半隐在街灯投下的阴影中。“我不知道。”

其他孩子鱼贯而行，踢踢踏踏的脚步声在黑暗中飞速前进。

“这太荒唐了。”马修一边搓手一边说，“他们随时会派出反恐特警组。”

不过梅想到了一个惊人的主意，她喃喃低语：“我想我知道个地方。”

“什么？”马修在风中大声问。

梅放大了点声说：“我知道一个我们能去的地方。”

她永远不会明白马修脸上闪过的惊讶有什么意味，就像那些曾经把她当小孩看的男孩头一回看到她在足球场上能跑多快时的神情。

马修什么也没问，两人直接上路。

给了这个男孩他当下所需要的东西，真是又兴奋又刺激。

当他们到达目的地时，脚下的草坪一片濡湿。这些草比其他院子里的草健康得多，连干旱都不怕。一排白玫瑰随风摇摆，花瓣像五彩纸屑般撒在草地上。

“我在这里照看小孩。”梅说。车道上的奔驰开走了，但门廊的灯亮着。“房主去外地了。”

一切简单得不可思议：轻而易举地转动钥匙，轻快敏捷地输入防盗系统的密码。

屋里的空气闻起来就像洗好的衣服，给人以安全感，仿佛没有烦恼和痛苦会造访这样一个设施完备、井然有序的家。这种感觉，来自偌大的白色厨房里的大理石厨台和不计其数的铜锅，来自每道窗沿上摆着的玻璃瓶里精心培育的多肉植物，来自顶灯照射下闪耀光辉的木地板。顶灯根据定时器运转，让屋里看起来有人。而此刻，屋里的确有人。

“我们得脱鞋。”梅说。

马修脸上将信将疑，却当即踢掉了脚上的拖鞋。他的两只拖鞋用带子连在一起，没有别的男孩穿这样的拖鞋。当他俩进入起居室，踏上奶白色的地毯时，梅努力不去关注他的脚有多脏。

梅把鞋子放上鞋柜的架子，像是在舞台上用肢体语言说：至少我们要把鞋放好。这时马修开口问："屋子里住的人去哪儿了？也许他们知道的比我们多。"

"他们去坐游轮了。"梅说。

马修似有若无地笑了笑。他已摘下口罩，梅第一次留意他的嘴：薄薄的嘴唇，刚冒出的胡楂儿，瓷砖般排列紧密的牙齿，像是矫牙矫过了头，不太自然。

"你有想过为什么他们需要这么大一栋房子吗？我是说，他们要这么多东西做什么？"马修问。

他从钢琴上拿起一个小鸟的雕塑，像个孩子一样托着小鸟飞翔。

"小心点。"梅说。

也许她不该带他来这里。

壁炉上挂着一把闪闪发亮的蜂蜜色吉他，琴箱上文着一个签名。这不能碰——这是梅对住在这里的小女孩说的话。小女孩才两岁，刚刚懂得什么能做什么不能做。不能碰，小女孩每回路过吉他都会说，不能碰。可马修来了，他伸手够吉他，想拿下来弹奏一曲。

"嗯，那个，你能别碰吉他吗？"梅说。

她不该这么说。太尴尬了，对这种身外之物的在意，还有句末上扬的语气，像在质问，像在告诫他不该碰吉他。

"放轻松，他们不都在大洋之上吗？"马修说。

他全身都在活动，手在打响指，脚在踩节拍。他转而将咖啡台当鼓面打起鼓，随后爬上小女孩的摇摆木马，怪模怪样地跨开双腿。他的行为有种冒险精神，他的狂野似乎有那么点感染力。

“我想把窗帘拉上。”梅说，“这样邻居就看不见我们了。”

这栋房子有很多窗户。

随后，梅在厨房里找到了马修——左手握着一瓶红酒，右手拿着一个开瓶器。

“你真不该这么做。”梅说。

下一刻，软木塞“砰”的一声弹了出来。紧绷之感传遍梅的全身，谁知道这家伙还会做出什么事来呢？

“在别人拥有那么少时他们却拥有这么多，这是不对的。”马修说，“我们可以把红酒倒进下水道，以示抗议。”

他没有说到做到，而是将红酒倒入两个咖啡杯，将其中一个杯子推到梅的面前。

“不用了，谢谢你。”梅说。

他笑了笑。梅现在明白了，带他到这里来就是个错误。

“喝吧。”马修说。

马修就站在那儿一瞬不瞬地盯着她，所以她抿了一小口。红酒的口感令她惊喜：清凉爽口，和她在卡特里娜喝过一两次的醇厚红酒截然不同，舌尖上的那一丝暖意似乎永远尝不够。在那时，脑子别犯浑似乎无比重要。可现在，这听起来极其幼稚，狗屁不通——马修会这么说。

“我们得记得走的时候把酒瓶带走，这样他们就不会知道我们把酒给喝了。”梅说。

“那大可不必担忧。”马修说。

梅又抿了几口。也许她不想继续做原来那个循规蹈矩的女孩了。

警笛声时不时从远处飘来。直升机破空飞行。

马修打开电视。他们沉入舒适的长沙发，掌心传来真皮的凉意。

“看，我们上电视了。”马修说。

屏幕上是他们的学校，播放的是直升机的航拍画面。学校被警车包围，警灯闪个不停。记者说，未经证实的消息称，有二十多个学生离开了隔离处。

坐在这条长沙发上，情势越发显得没那么严峻。说实在的，还有些好笑。马修一次次为梅续杯。

他说起美国历史，谈到了那该死的检疫隔离伦理，还有公民自由。

有那么一刻，梅很想闭上眼睛。可没过几秒，扫弦的声音响了起来。壁炉台上的签名吉他已经横跨在马修的大腿上。

“我觉得这只是个装饰品。”梅开口道，可她已经融化在了长沙发里。

那瓶红酒立在咖啡台上，几乎见底。

“这玩意儿完全不在调上。”马修说。

他不该玩吉他的想法停留在这片空间的某一处，可这只是个观念，而不是感受，就像个理论性的东西，与她毫无联系。

她感到越来越疲惫，太累了，也许她一生中从来没有这么困过。一闪而过的恐惧让她不由得皱眉：如果这是那种病在让她渐渐失去意识，那该怎么办？可这种担忧很快烟消云散。一切可能性都渐渐淡去，除了掌心下冰凉沉静的皮沙发，还有后脑勺那软绵绵的垫子。

“嘿，等等。”马修说，“你睡前最好喝点水。”

可已经晚了。她已经坐在马修身边睡着了。那是一段如海洋一般的幽暗睡眠：深沉，寂静，空旷得没有一个梦。

-21-

女孩们。她们从体育馆奔向停车场，光着脚或蹬着人字拖，头发在风中飞扬。她们三五成群地坐进车里，冲向主干道。一辆车立刻被警察拦住；一辆被发现停在一个女孩的男友家外头，女孩们正在屋里吃比萨；可另有一辆车穿越重重阻碍，向镇外飞驰而去，不知所终。车里洋溢着熟悉的狂喜之情，自由飘浮的快感如暗流般涌动，蕴含在他们和着广播的大声歌唱之中。疾驰的车不停地转弯，闪耀的车灯照亮了沿途的森林。有朝一日，她们一定会讲起这段历程，侥幸脱险的亢奋之旅。她们飞速驶过小棚屋和野营地，直到四面八方除了树林别无他物。她们紧急转向以避开一只梅花鹿，鹿的眼睛倒映着车灯的光。一种无法抵抗的感觉忽然降临：爱，彼此之间的爱，对自己的爱，还有对生活的爱！一切都是爱的一部分。群星，树林，空中的烟味，逼近的危险或对危险的感知，都不过只是为这飞驰在黑黢黢的道路之上的十八岁特别之夜增添了乐趣罢了。

她们行驶了二十多英里，来到邻近的小镇，那是路边的一个小地方，居住着二百五十人。她们在加油站停下，下车买口香糖。一个女孩用假证件买了一提六瓶装的伏特加柠檬饮料，钱从她赤裸的手中滑入营业员赤裸的手。另一个女孩在一个陌生人耳畔轻言密语，像是在调情，两人的呼吸交融在一起。他们的手掌拂过柜台，他们的手在取冰激凌和红酒时碰到了冷藏柜的把手，他们的手指触摸了挂在收银台边的钥匙扣。

此时此刻，她们仍对自己带来的危险全然不觉。在这个夜晚，这种心情下，她们不可能（不可能！）想象到再过一天，她们就将在路边的复古汽车旅馆中抵挡不住睡意，或想象到几天后，那位营业员会在值夜班时倒在那个柜台后头。疾病还会传染给那个外地人。在独自一人背包旅行数日后，他会在睡袋里陷入沉睡，身处树林的极深之处，在那里躺了整整两年都不为人所知。

THE DREAMERS

-22-

一开始，你不会知道一场野火会造成多大的损失。待太阳升起，眼前只余下数公顷死气沉沉的树林，在蓝天之下焦黑枯败，一片荒凉，树枝上的针叶零落殆尽，仿佛常绿树也迎来了冬天。

再晚些时候，官员们在追踪扩散的疾病时，会追溯到这一夜，追溯到那二十多个学生翻过山丘、穿越树林、驶入小镇时呼出的气体。

可到了这里，时间线越发含混，传播途径越发模糊。叙事者的言语总有漏洞，这是探究真相的限制。在一些支离破碎的线索中，推断会在缝隙中扎根。

火灾次日，天光初亮之时，萨拉正舒展着身子躺在木地板上，在睡梦中轻轻转头。

有一只小猫咪正在舔地上的东西。这让萨拉醒了过来，视线平行处是小猫白花花的爪子，啪嗒啪嗒，似乎很急切。除此之外，屋子里很安静。阳光照了进来。

床上的父亲没有变化，依旧在安静地沉睡。

“爸爸。”萨拉轻声呼唤。没有回应。

前一夜的恐慌以另一种形式卷土重来：终结。父亲感染了沉睡病——毋庸置疑。

萨拉心中涌动着另一种感觉：她似乎早就见过这一切，早已期待了数年。确切来讲她期待的不是灾难，而是一些不可避免的丧失，一些突如其来的崩坏，仿佛以往那些忧心忡忡、彻夜难眠的夜晚都是这件事的彩排。

床上的父亲看起来平静而年轻，或比以往年轻。他的前额像被单一样光滑。他这么闭着眼睛躺下身子休息的样子真是少见。

萨拉注意到，父亲的眼皮在颤动。

她想知道父亲在做什么梦。梦见了灾难，还是没有？梦见了不同的生活，还是原本的日常？

当萨拉和莉比拉开父亲身上的被子时，尿味飘了出来。

“我觉得我们得打电话找人帮忙。”萨拉说，“比如911。”

“不行，他不希望这样。”莉比说。

的确如此，两人都知道父亲会怎么说：警察就是一帮满口谎言的家伙，医生过来就是为了钱，整个社会体制都在控制之下，与他们对着干。

“他们还会把我们带走。”莉比说，“我们会被收养到不同人家，再也看不到对方。”

这些设想是父亲灌输给她们的。他警告过她们好多次，被社会工作者带走会有怎样的下场。

没有祖母可以打电话求助，姨母也不行，亲朋好友没一个会知道该怎么做。一直以来，只有他们三人在这栋房子里一起生活。而现在，可以说只剩两人了。

最后，问题回到水上头。父亲的身体需要水，不是吗？可她们没办法给他水。

最后打电话呼救的是萨拉，她撒了不得不撒的谎。她说她来自明尼苏达，正住在自己的祖母家。她告诉应急车辆调度员，她的父亲住在自己的房子里，他可能病了，得了那个沉睡病。她问能不能派人去检查一下他的情况。

不久后，萨拉和莉比坐在马路边小山丘上的树林里，膝盖紧紧蜷到胸口，看着自家的房子，仿佛她们只是坐在干燥泥地上的邻家女孩，正在一边捡松果一边等待。萨拉看到了自家屋子在邻居眼中的样子：窗户封得死死的，雨水沟锈迹斑斑。

“那又如何，我才不在意他们怎么看呢。”莉比在傍晚的阳光下眯着眼说。

湖面上吹来一阵风。在屋里待了这么多天，她们没想到外头这么冷。

空中飘来松脂的清香，昆虫的嗡嗡声，邻居家孩子的哭声。母亲正抱着孩子在门廊上来回踱步。她的脸凑近孩子的脸颊，嘴巴在动，像是在唱歌。

“我从没见过这么小的婴儿。”莉比说。

小婴儿脸蛋红扑扑的，眯着眼睛，裹在白色的针织毯中。

在离开房子前，两人将所有猫赶进地下室锁好，开着前门，好让救援者进屋。她们的计划只延续到几个小时后。她们会先在外头藏一阵子。明天是一片黑暗，后天是一片空白。

远处终于响起汽笛声，萨拉攥紧妹妹的手——有人来帮助她们的父亲了。可当救护车的双层门打开时，眼前的一幕却出乎意料。

莉比倒抽了口气，只见四个人走下救护车，通体蓝色衣装，让萨拉觉得很像宇航员。是男是女看不出来，更别提他们还戴着护目镜和口罩，套着连领帽。他们还戴着从手延伸到胳膊肘的绿色橡胶手套，甚至鞋子都套了塑料鞋套。还有围裙，每人的衣服外还套着一条干净的塑料围裙，仿佛这些人是屠夫，要来这里切点肉似的。

“他们要对他做什么？”莉比问。

“他们会帮他。”萨拉嘴上这么说，心里却不确定。父亲的恐惧突然在她的脑海里绽开，猛然而来的内疚让她腹部一紧。

“我跟你说过，你不该打电话的。”莉比说。

可现在已经太晚了。那些穿着防护服的陌生人穿过前门，很快再次出现，只见楼上的窗户蓝光闪动。防护服只能透过木板间隙的玻璃依稀可见。

邻居家的婴儿又哭了，可母亲没有继续摇晃她，而是一动不动地站着，盯着女孩家发生的这一幕。母亲拿起一只手捂住嘴，像是得知了坏消息，或受了惊吓。她任由裹着宝宝的毯子松开，粉嫩的小脚丫伸了出来。

当女孩家的前门再次打开，他在那里——她们的父亲躺在担架上，担架在护工的手中像个棺材一样晃来晃去。

他在担架上毫无遮蔽，任人摆布，胸膛赤裸，只穿着一条平角裤。莉比不喜欢担架运到路上时父亲的头上下颠簸的样子。

并非生活中发生的一切都可消化。一些事会完整而长久地停留，一些画面永远不会离开脑海。

“他不会想要这样的。”莉比男孩子气地用小胳膊往树林里投了一颗松子，“他厌恶这个样子。”

“可除了这样，我们还能怎么做呢？”萨拉说。可紧绷的感觉传遍她的全身，后悔之情也节节传递，一次一块肌肉。

父亲那结满老茧、一直以来脏兮兮的脚底心消失在洁白的救护车里。一位护工正将某种烟雾喷洒到其他护工身上。

隔壁的女人连同孩子消失了。

在救护车离去前，一位护工拿着一个罐头似的东西回到门前。女孩们听见他摇晃罐头时的金属声，还有喷漆从喷嘴中喷出时“唰——唰——”的声响。

“嘿，他们在做什么？”莉比耳语道。

一个巨大的黑色叉号显现在前门布满裂缝的门板上，仍在滴落油漆。她们又听到了晃荡声和喷漆声，是那位护工又在房子侧面喷了个叉号。

两人过了好久才意识到自己饿了。当太阳落下山丘、蟋蟀开始呼唤彼此、街道几近全黑时，她们蹑手蹑脚地回到家，像小偷一样悄无声息，还不敢开灯。她们一个十一岁，一个十二岁，待在一栋大房子里，无依无靠。

THE DREAMERS

-23-

本正驾车等候在车道上，车上装满了尿布和食品杂货，这时他想到要查看一下手机。也许他对即将看到的麻烦有所预感吧——来自安妮的两个未接来电，一条未读信息。“是我，快点回家。”她在留言中说。

他在停车场给安妮打电话。她没接。

他开足马力向家驶去，儿童玩具在后座上滚来滚去。

一种漂浮的感觉。

昨晚，他梦到自己和女儿漂浮在海洋上。没有木筏，没有陆地。他用一条手臂护着孩子，另一条手臂划水前行。女儿的头不断沉下水面，而梦的主体就是让女儿的鼻子一直处在涌浪之上。可她很快沉了下去。接下来的梦境全是本在拼命划动双臂，在幽黑而冰凉的水中寻找女儿。他折腾了好几个小时。我们对梦的原理知道些什么呢？也许，在现实的房间里，他睡在婴儿床边的地板上，宝宝的鲸鱼闹钟不过嘀嗒了几秒钟。

他快速驶过小镇，迎向那片湖。在等红灯时，他又给安妮打了个电话，依然没回应。

他驶入家门前的车道，把食品杂货留在后备厢里，连车也没锁就直冲楼梯奔去。

他在见到妻子前就听见了她的声音：急切而恼怒。

他没有注意到邻居家房子上的标记。“你终于回来了。”妻子的声音从楼上传来，“我打了好几个电话。”

“格蕾丝在哪儿？”本问。可孩子就躺在往常的地方，侧卧在婴儿床里，睁着蓝色的眼睛，生气勃勃。他将女儿温热的头凑近自己的脸，问：“她还好吗？”她还那么小，小到两只手时不时消失在袖子下头。

有时，回想起自己曾不想要孩子，本会感到恐惧。仿佛时间有时会倒流，回到一个人生转折点，那时一切都能一笔勾销，代之以无限的可能性。

“邻居得了那种病。”安妮说。本感到腹部一紧。

“什么意思？”本问，可他知道妻子的意思。

安妮说：“他们刚刚把隔壁的父亲抬出来，他不省人事。”

那东西能随风飘荡，从一扇开着的窗飞入另一扇吗？那东西能从不久前刚站在他家门廊上，离宝宝仅几步之遥的那个女孩的喉咙里飘出来吗？

“还有穿着那种防护服来的人。”安妮说，“就是通体塑料，不露一丝皮肤，他们应对埃博拉病毒时穿的那种。”

“天哪。”

在其他的日子，他可能会担心隔壁人家的两个女孩，可今天，他满心挂念的只有自己的女儿。此刻女儿正倚着他的胸膛软软地扭动，她的免疫系统还未完全成熟。成人的身体能快速清除的东西可能会在新生儿的身体里疯狂肆虐。他晃动着臂弯里的女儿，仿佛她需要一些安慰。

“我们离开这里吧。”安妮说，“我们上车，赶紧走。”

安妮念叨个不停：格蕾丝也许没有被捐献母乳感染，可如果一直留在这个小镇，她一定会从别的途径染上病。

她把格蕾丝的衣服堆在床上，折叠打包。

“可他们说我们不能离开这里。”本说。

安妮叹了口气，沉重而刻意，仿佛她已经和他吵了一整天。

“我就知道你会这么说。”

她的语气有些刻薄，还含着一些前所未有的东西。

“你想留就留下来，反正我要带她走。”

只有安妮说得出这样的话，仿佛她和孩子依然共住于同一个身体里。

她从柜子顶部拉出一个手提箱。“让我来吧。”本说。她现在不应该抬扛任何东西。

本接着说：“如果我们要走，那么越快越好。”距护士再次来给宝宝测体温只剩一个小时了。

可收拾必需物品要花费很长时间。在摇篮、尿布、干净的奶瓶、配方奶粉、包巾、奶嘴和挤奶器全都在后备厢放置好前，喂奶的时间又到了。这意味着门铃响起的那一刻，格蕾丝正巧喝完一瓶冲泡奶，她的眼皮随着最后一口奶耷拉下去，她就这样在安妮的臂弯里睡着了。

本觉得他的脸色会透露出他们即将离开的秘密。“自然点就好。”安妮在门铃再次响起时轻声说。谎言已经上路。本确保自己在开门前脱下鞋子，这样他就会光着脚应门，像个即将过夜间生活的男人。

门阶上站着和以前一样的护士，可她穿得比以往更加全副武装：连体绿色防护服，纸口罩，延伸到手肘处的蓝色手套。

“处理程序一直在变化。”她的声音从口罩后面传出来。她用手腕后部拂去眼前的几根发丝，问：“你们准备好了吗？”

当看到安妮怀里打盹的小女婴时，她轻轻倒抽了口气，问：“她睡多久了？”

“她吃饱后经常这样。”安妮回答。

护士在写字夹板上记录了一些东西。

安妮想从长沙发上站起来。

“你待在那里就好。”护士坚定地抬手制止，“我能站在这里量她的体温。”

当护士对格蕾丝的额头举起体温计时，所有人一言不发。唯一的声音是风吹树林的沙沙作响声，还有更近的，与之并行的——不断从女儿肺部进进出出的气流音。

最后，体温计响了。“还没发烧。”护士说。

本不喜欢这种说法，不喜欢“还”这个字，仿佛她能从体温计里看见未来似的。

“依然没有别的症状吗？”

护士已经在向大门走去，防护服随着她的移动唰唰作响。即使戴着手套，她也让接触到门把的手指尽可能得少，就像在用一把钳子开门。

“我明天上午九点再来。”

“没问题，明天见。”夫妻俩点点头。

可在那之前，他们就会抵达百英里之外的圣地亚哥，和安妮的姐姐待在一起。

开车时，安妮和女儿坐在后座，一直以来都是这样。有一点超越了任何事，让两人达成共识：最糟糕的莫过于让女儿在世上感到孤独。

“我想如果她因捐赠母乳受了感染，那她应该已经发病了。”安妮说。这听起来合情合理，像科学一样确凿无疑。可你无法每次都把合理的推断和虚无的希望区分开来。

她看向后视镜，寻找本的眼睛。她的手里抱着他们的孩子，他的小家庭。

“你怎么看？”安妮问。

在经过大学前，格蕾丝又睡着了。他们这才看到已经在校园大道上停了一周的一排新闻车，车体侧面在阳光下褪成粉色。坏消息无形地通过新闻车车顶的尖塔传送出去，其中一些从本和安妮正在听的车载广播中传了出来：一名当地记者报道，目前已有三十九个病例，几乎是昨天的两倍，但发病原因依然不明。

本关掉广播。

离开小镇的路只有一条，他们一路行驶，沿山路盘旋而上，下到对侧山谷。随着路面抬升，房子越来越少。有那么几分钟，在古树的阴影下，他们有种免受沉睡病困扰的解脱之感。

“我们会在八点前抵达圣地亚哥。”本说，仿佛危险来自那块土地本身，他们所需的是一种地理疗法。

可一次转弯后，长长的一排刹车指示灯映入眼帘。长长的一列车正在昏暗的灯光下等候。

“我没瞧见有车祸啊。”本握着方向盘的手开始出汗。

“别胡思乱想。”安妮说。

一丝微弱的希望在两人之间流动：这有可能只是一场普通的事故，只要清障车到位，双方司机协商好保险信息就能解决。

没错，他们认同这是场车祸。

但他们从未见过这条路上有那么多车。

十分钟过去了，二十分钟过去了，车轮只往前滚动了一点点，以至于速度计没有探测到丝毫移动。有些司机关掉了发动机。

夕阳快速下沉。格蕾丝在轻轻打鼾。

睡觉时，她看起来没有生气。本做了安妮也一样会做的事，低头靠近女儿的胸口，听她双肺运转的声音。别打扰她，他们在女儿睡着时对彼此说，别打扰她，别打扰她。可他们还是这么做了，不是本就是安妮，这是两人自女儿出生以来共有的冲动。

“我想叫醒她确认一下。我能叫醒她吗？”安妮问。

前头有很多车，两扇车门打开，下来一个男人和一个小男孩。两人一同沿着路边走来。他们在本的车边停下，男人指了指树林，男孩独自一人步入林中。想必你明白他要去做什么。他在一棵树边停下，拉下裤拉链，背对着主路。

男孩的父亲双臂环胸，冲本点了点头，微微一笑：“他忍不住了。”

本此前从未意识到，同为父母，竟会生出这般同志情谊。带着孩子的陌生人不像陌生人——他不必对他们的生活了解颇多后才能了解他们。

本向他打听：“你知道这儿发生了什么事吗？”

男人走近几步，踩在泥地上的鞋子吱嘎作响。

“前头有个检查站，他们在搜寻那些孩子，在学校处于隔离状态的孩子，逃走的那些。”

他们可能藏在树林里。男人边说边环视四周，仿佛孩子们正在看着他们似的。可男人没有指责他们，而是说：“我们也在试着逃走。”

男人注意到后座的格蕾丝，问：“她多大了？”

“三周。”本说。

男人摇了摇头，仿佛本的话勾起了他的痛苦。

“珍惜这段时光吧，你无法相信它多么短暂。”男人回头瞥了眼自己的儿子。

本点点头，礼貌地一笑，接着摇上车窗——不用说也知道，一个婴儿能多么有效地证明岁月的无情。

当他们终于能看到排在最前头的车时，天已经黑了。真正的黑暗，如同深海，不同于他们熟知的纽约的夜晚。他们能看到漆黑天幕上的星座，可星星的光亮却不敌警车顶部光芒刺眼的聚光灯，还有警察手里挥舞着的手电筒。

一群大学生围绕在路边，一位警官正往他们的后备厢里投进一束手电筒的光。

“你觉得是他们吗？那些逃走的孩子？”本问。

可后座安安静静的。本转过身，正好看到妻子的头沉重地一耷拉，靠在窗户上，双目紧闭。

“安妮。”

没有反应。

“安妮！醒醒！”

本连忙下车，拉开后座的门，在黑暗中大声呼喊安妮的名字，眼中全是她。他不停地晃动安妮的身子。安妮的头向前落下，被安全带束缚住。

后头那辆车里的人正看着他们，一个男人和一个女人。他们问本需不需要帮助。可是本没有听见他们的话，也没看见他们。他的眼里只有安妮，她松弛的皮肤，紧闭的眼睛，而他们的女儿还在她身边呼呼大睡。

“安妮！”他又大喊了一次。

女儿被吵醒了，开始哭叫。最终唤醒妻子的不是他的声音，而是女儿的声音。

“怎么了？出什么事了吗？”安妮问。

本松了口气，心脏跳得飞快。

难以启齿。

“你为什么拿这种眼神看着我？”安妮问，旋即她的脸上露出恍然大悟的神情。“我没事，我只是太累了。”她打了个哈欠。

的确，几周以来她都是这么睡觉的——倒头就睡，不加声明，无关乎时间。宝宝睡了你就睡——书里如此建议。可现在，本压根没想到过去的几周里，安妮会坐在椅子上睡着，而他也会顾不上吃晚饭，顾不上换睡衣就睡过去。

本回到驾驶座的动作带着怒气。他有种摔门的冲动——一种情绪而非只是想法。“没有你我做不到。”他看向前方。他不必多加解释。

通过后视镜，他看到安妮把一个奶瓶举到格蕾丝嘴边。

“没事，你做得到。”安妮说。女儿的小嘴“啪”的一声碰到了奶瓶的塑料瓶身。“你必须得做，所以你做得到。”

在队伍最前头，一位警察让本出示驾照。

“孩子呢？”警察问。本感到一股血流涌上自己的脸。

“她才三周大。”

“我需要每一位乘客的名字。”警察说。于是本报出了女儿的名字——姓，中间名，名。念出这个名字感觉新鲜又奇异，仿佛这是个刚刚创造出来的东西，倒也可以说的确如此。

“请稍等。”警察说。

他低头看了看写字夹板，接着神情一变。

他从车边退开几步，戴上了纸口罩。

本对当场抓包始料未及。他想道歉，想解释，就像个想买啤酒的少年。可安妮从后头碰了碰他的肩膀。什么都别说。安妮的手告诉他。

警察再次开口，声音从口罩下传出来：“她在名单上。”他冲格蕾丝的方向点了点头。

安妮接过话头，从后座车窗探出头问：“什么名单？她好好的，看见没？”

那一刻，格蕾丝正盯着自己座椅内侧软垫上的警告标示，上头画着婴儿座椅的安全气囊弹出时小婴儿的头向前扑的示意图——你绝对不可以忘记，如果你掉以轻心，疏忽大意，那将会有多么可怕的事降临到孩子身上。

“你必须掉头，先生。”警察的语气像是在对罪犯下令。他指向另一条东行的车道。“你必须回家。”

之前没有任何一辆车掉头，可他们却得这么做。本转动方向盘，用力往左打，回正，又一次往左打。他感受到其他司机在看着他。

当车子在黑暗中顺畅地驶下山路时，本开口说：“我跟你说了我们不该离开的，我们就应该待在家里。”

一片月光出现在视野中，可亮度不足以照亮树林。

“要我说的话，我们压根就不该来这个地方。”安妮说。她僵硬地坐在座椅上。

来了。几个月来未曾开诚布公的心里话。

本没立刻开口，生怕自己说出不该说的话。

安妮在纽约有一份工作录用函，可在当时看来，离开那个两人嫌隙久结的地方比什么都来得重要。

现在安妮在对女儿说话。

“爸爸想惩罚我。”

窗户纸捅破了，几个月来的枷锁打开了：现在看来，一切未说出口的东西，无论是出于喜爱还是恐惧还是别的原因，依旧全部哽在心底，等着从他们的喉咙里跳出来。

可难道他们没在这里快乐过吗？

“我们受够了纽约。”本说。

“是你受够了纽约。”

本突然怒不可遏。

“想用捐献母乳的人又不是我。我一直觉得让孩子喝陌生人的奶怪怪的——谁知道她们平时吃了什么？谁知道她们的身体是否健康？”

母乳，这对安妮来说有别样的含义，一种他不理解也不包含他的深刻意蕴。

安妮默不作声，本得寸进尺。

“你应该更努力地用母乳喂养她，也许你只需要多下一点点工夫。”这是他从未有过的想法，连说出口后都显得不真实。

也许那样，我们就不会面对现在的局面了。他嘴上这么说，心里却已后悔不迭。他不敢继续往下说，可他说的话只是他真实想法的表象：我害怕我们的宝贝女儿出事。

“去你妈的。”安妮说。

余下的夜晚一片沉默。

本希望安妮能据理力争，可她没有。而本觉得自己也开不了口。

到家后，安妮去格蕾丝的房间睡觉了。本也想过去，睡在妻子和女儿身边，可门上了锁，他连旋开门把都不敢想象。

这一向是安妮最严厉的惩罚：让他一个人睡觉。他躺了好久才睡着，可睡了不到几分钟又醒了过来，因为他闻到了安妮在夜里常喝的茶的浓烈气味——薄荷和桉树叶的味儿。妻子的味道飘到床边，可香气又飞快散去，快得不真实。医生曾告诉他，这是幻嗅觉。这种病从小到大一直伴随着本。可有一点是真实的：安妮不在房间里，而他则孤零零地躺在两人的床上。

与此同时，同一个夜晚，在小镇的另一角，管风琴悠扬的乐声飘到了路上。一排伴娘站在教堂外瑟瑟发抖。这场婚礼后的每一场都要取消或者推迟，但这一场会照常举办，立下最后的婚礼誓约。

新娘一整天都头昏脑胀。她的母亲说这很正常，只是紧张罢了。再说，她昨夜睡得很晚，白天工作了一整天后——她是一名护士，晚上还要定下座席安排。那她如此疲乏也不足为奇。伴娘们也认同，她看上去是有些憔悴，可涂点脂抹点粉就能让她的脸恢复血色，多来一层遮瑕膏就能盖住她的黑眼圈。

可那天与她用了同一支口红的，借了她的眼线笔的，那晚亲了她脸颊的，与她贴身共舞的，或与她碰了细长香槟杯的，还有执起她的手欣赏戒指的，在落幕时抓住花束的……所有人，无一幸免，全都接触了病毒。

传递喜爱、友谊和爱情的途径，也让沉睡病迅速传播。

THE DREAMERS

-24-

传染病史册中记载着一种现象——超级传播体：一名感染者，因命运或生化方面的突变，比别的感染者传染了更多的人。

人们发现，仍处于睡眠状态的丽贝卡就拥有这种传染力。

不像别人的家属，丽贝卡的亲人都在她的身边：母亲睡在她的邻床，父亲也失去意识，躺在一旁。角落里，她的两个上中学的弟弟像孩子一样蜷缩在床上。所有人身上都连接着好些弯弯绕绕的管道。

如果对许多宗教经文烂熟于心的这一家子醒着，他们也许会想到《马太福音》第九章。当一个刚失去女儿的父亲来到耶稣面前求助时，耶稣却在治疗女孩前对围着她的哀悼者说："退去吧！这闺女不是死了，是睡着了。"

与此同时，同一间屋里还有个小东西在游动，小到还不能做梦。像个芝麻籽——丽贝卡会看到书里这么写。细胞正在组织成胚层，不久后器官将开始成形。一周后，微乎其微的心脏会分成几个腔。两周后，面部轮廓渐渐浮现。三周后，手脚逐渐发育生长。

如今所需的只有一样东西：时间。

THE DREAMERS

-25-

接着一切都加速了，仿佛增加的病例被时间按了快进键。

一切都发生在一天之内：

在圣洛拉路德教会布道宣讲时，一位衣衫布满褶皱的男人失去意识，摔倒在地。由于经常有人在教堂长椅上打瞌睡，过了好一阵子才有人注意到他不对劲。一位女士在阿拉梅达一栋翻新的维多利亚风格的房屋中打扫时，发现主卧中有两具“尸体”。“他们死了。”她在电话里轻声说。但屋里的两人——主任牧师和他的妻子，经重新诊断后被确认并没有死，只是睡着了。正午时，一个花匠的小货车加速冲向湖心，刹车未踩，司机没有试图逃生。十来打玫瑰在水面上漂流了数个小时后，才被陆陆续续冲上河岸。

同许多故事一样，这些故事迅速增殖：一位慢跑者四仰八叉地躺在路边，而他的宝宝在婴儿车里哇哇大哭。公园管理员躺在林间一条近乎废弃的铁轨上，身子蜷缩，体温极低。还有这个流传甚广但未必属实的故事：湖心，一名渔夫在开船时靠着舵轮睡着了，他的狗在月光下吠叫不止，而小船漂得离河岸越来越远，再也无法望见。

沉睡病飘啊飘，飘入基督教青年会和高中的通风系统，扩散到了医院的重症监护病房。

一些联系渐渐明朗：花匠曾为一位护士的婚礼送了花束，而主任牧师在那周从花匠那儿买了一枝兰花。

该事件开始在国家级广播节目中频频出现，事件细节冲上了网站主页的头条，在上百万条全球新闻中夺人眼球。标题一次次发布，评论接连不断：神秘疾病在加州小镇飞速传播。

既有信息已无法满足大众对消息的强烈渴望。从市长到总统，政客们冲在前头，用新闻发布会来填补空白，而脱口秀主持人也将全部节目时长投入这一主题。他们的声音带着有力搏动的兴奋之情，如同过山车一寸寸爬坡时咔嗒咔嗒的声响。人们议论纷纷：该怎么处理这件事？该做些什么？一个个问题被提了出来：疾控中心为什么不早点应急处理？医护人员穿了安全有效的防护服吗？政府怎么能跟丢处于隔离状态的二十多个孩子呢？

THE DREAMERS

-26-

第十七天下午，在私立养老院湖畔的阳光房里，那个纳撒尼尔曾坐在亨利身边与他共度许多时光的地方，一个九十岁的老太太坐在轮椅上打起盹儿来。她的呼吸虽像往常一样带些喘鸣，但有力而稳定，让工作人员不忍打扰。让一个老太太睡觉，有何不可呢？一整个下午，电视都开着。九重葛沙沙刮过百年老窗，阳光缓缓拂过湖面。黄昏时分，晚餐的碗碟开始在餐厅里叮当作响，老太太还在睡，头歪倒在肩上。当护士将她抬回床上时，她看似微微醒转，嘟囔了一些自己孩子的事。这番言语，加上短暂的睁眼，推迟了给医生打电话的时间。第二天早晨她没有醒来，又过了好几个小时后，才有人意识到这是沉睡病。在这里，在睡眠中死去被视作最好的离世之路。

在那之后，新的措施即刻落实：该养老院不再接收访客。

同一天下午，纳撒尼尔从停车场值班的保安那儿得知了这一消息。

“只有一名患者而已，”保安似乎想安抚他，“安全起见。”

纳撒尼尔将亨利的名字写在白色纸袋上，纸袋里有个热腾腾的杏仁牛角面包正在冷却。“你能把这个转交给他吗？”他把纸袋递给保安。

随后他驾车驶出前门，只感到微乎其微的担忧。在他看来，这有些大惊小怪，小题大做。他们去年不是把学校封锁了两次，两回都是虚惊一场吗？——这才是这个时代真正的通病。

他在树林里散步的时间一天比一天长，靴子踩在松针上，发出干巴巴的嘎吱声。这些树也要睡去了，可以说是被干旱和树皮甲虫逼到了这一地步。他告诉学生们，这种破坏已经持续了好几年，可没人谈及这种慢性的损耗。这些树早在冰川期历经生生死死，它们的旅程太过漫长，慢到令人类近乎无法感知。当一条树根在地下的土壤中悄然前行，我们的历史正飞速展开。

他的课程停了两周，有好多日子要打发。

可今天下午，他脑中冒出一个想法，让他顿时感到一阵轻松：浴室水池下有根管子需要修理。他有事可做了。

五金店里，柜台后的男人戴着白色的医用口罩和蓝色的乳胶手套。

“口罩卖光了。”一见纳撒尼尔进门，店主立刻对他说，“手套也卖光了。”

他感受到笼罩小镇角角落落的惊慌和愁闷。他们不就在期待这种戏剧感和刺激感吗？他对店主说：“我只是想要个截止阀。”这是最微小的部件，一个七美元，可缺了它，水池中的一处渗漏就能让整栋房子水漫金山。

店主很吃惊，也许还挺失望的。在这种非常时刻，竟然还有人在忙活这么日常的事。

这栋房子本来是亨利的，后来才成了他俩的，纳撒尼尔永远不会给自己选这么个住处。逼仄的小房间，两两相连，每间都塞满了家具：翼椅、大摆钟、铺满台布的红木书桌、波斯地毯、维多利亚风的墙纸、烛台。

他们曾讨论过源源不断地送来的报纸、旅行杂志、法国和意大利的诗歌刊物，以及装有从清屋拍卖会、车库旧货售卖会和古玩店搜罗来的乐谱和钢笔的盒子。亨利为每一种酒都留了一个鸡尾酒杯。他搜集的书越来越多，从餐桌、起居室地板到最上层的楼梯平台，到处都堆满了书。他的烹饪菜谱总从厨房的橱柜里掉出来，书页上沾着过去三十年夜晚留下的红酒和橄榄油印记。

可如今的餐桌少了亨利凌乱的杂物，赤裸裸，明晃晃，却并不让人舒心。干净的床单和被单也同样如此。过去，床上的东西总是乱七八糟，亨利总会忘记毯子底下有夹好的文稿、读到一半的书或自己的老花镜。

纳撒尼尔的女儿上次来访时说："哇，这儿看起来压根儿没人住！"

为了够着水池下的水管，他必须在瓷砖地上躺下，两腿分开，肩膀挤到墙边。这个水池是个古董，某年夏天由亨利买回家，美感重于功能。亨利说，它的线条、剪影和下方的红木橱柜中有种不可言喻的美。

橱柜中，在维他命和阿司匹林后头，被推进角落的是一瓶速可眠，那是亨利被确诊后开的药。亨利带有一些糟糕的基因，他的父亲有这种病，叔叔也有，他知道自己即将面临什么。他一次又一次地对纳撒尼尔说："当我记不起你的名字时，就给我这药。"

可橱柜里的药瓶从未开封。没什么原因可解释，只能说每个人都有所能及，也有所不能及。

管壁结满铁锈。这活比他想象的更难弄。在修理水池时，他听到亨利网购的翻新老式收音机中传来的公共电台广播：最新消息，又多了十名确诊患者、五名疑似患者。

纳撒尼尔突然感到轻微乏力，很难说是因为广播提到沉睡病给他的心理作用，还是只是时间的缘故——他经常在下午犯困。

他给自己磨了些咖啡，继续干活儿。在好不容易把损坏的部件弄松后，落在额头上的冰凉水流让他心头一惊。他过一会儿才想明白原因：他忘记关水龙头了——这就是问题所在。忘记做这么简单却重要的事着实让他有些恐慌。可实打实的证据已出现在脚边：浴室地砖上正积起一个小水洼，并变得越来越大。

这时电话响了：是亨利的一位医生。

不过医生的声音不太对，听上去像是另外一个人，可纳撒尼尔知道电话那头的是一直以来为亨利看病的查维斯医生。

“我有些新消息。”医生说。纳撒尼尔坐在床边，感到一种具有灭世之力的强大恐惧。“真的在我们的意料之外。”

他已经几个月没听到亨利的声音。亨利，伶牙俐齿的亨利，吟诗颂歌的亨利，变得安静无声。可一种相应的感觉忽然间掐住纳撒尼尔：他无法靠记忆拼凑出亨利的脸了。

医生说：“一开始，我以为这是个误会，觉得可能是护士弄混了病人。”

在过去的几个月，他曾希望自己满足亨利的请求。应该会很快：十分钟入睡，四小时安眠。对两人而言都是安静的解脱。可如今，一种更熟悉的感受奔涌而来：不顾一切的暴怒，想让亨利活下去。

“他还好吗？”纳撒尼尔问。

医生回答：“我想提醒你，我们觉得这和沉睡病有关，因此还无法下定论，但眼下，他出现了其他患者没表现出的反常症状。”

纳撒尼尔口干舌燥，呼吸困难，等他说下去。

“大约一小时前，亨利开口说话了。”

余下一天的大部分记忆终将模糊不清：开车到养老院，保安放他进去。医生的话里满是犹豫和告诫，他说亨利的情况很特殊，他目前的状态能否持续尚不知晓。可医生语气中颤动的兴奋和他的用词实在是超乎寻常。可纳撒尼尔会永远记住亨利脸上温和的神情，同生命中其他要事一样鲜活生动地铭记在心。亨利凝望着他，久别数月的眼神，忘却已久的神情，在这一刻回归脑海。这一刻，使得亨利病后他所摒除的不理智想法变得合情合理：亨利可能会恢复，就像去散了个步旅了个行，他可能会醒过来。也许这就是为何纳撒尼尔一直没让亨利吃速可眠的原因。这一天让这种背叛有了意义：都是为了这一天，是吧？亨利，都是为了这一天。亨利就在他的眼前，看上去比生病前年轻一些，也瘦弱一些。他穿着过去爱穿的红色旧衬衫，说话声缓慢、含糊而安宁：“纳撒尼尔。”他的眼中满是释然。他向纳撒尼尔张开双臂，从椅子上站起来，宽大的胸膛压上了纳撒尼尔的身子。他说了些别的话，但不太听得清。他又说了一遍：“纳撒尼尔，你到哪儿去了？”

生物学充斥着自相矛盾的反应。某种药物，既能让正常的大脑兴奋，又能让亢奋的大脑平静；镇静剂有时起不到镇静的效果，反而让人烦躁；有些抗抑郁药已知与自杀有关。

在将亨利的东西收拾进一个盒子时，纳撒尼尔的脑中循环着各种事例——无数的联系而非一种解释。他收拾的东西大多是书。书、巧克力、茶，这些是亨利讨要过的东西。

纳撒尼尔觉得针对亨利的研究会持续数年。亨利，圣洛拉病人中的少数，病毒在他们身上起到了截然相反的作用，他们的意识没有丧失，而是变得更为高涨。

养老院至今已有四人患病。一栋闲置的翼楼被临时改装成隔离区。当其他三人还躺在床上沉睡时，戴着白口罩和蓝手套的亨利正在回声荡漾的走廊里行走。他长手长脚，总是人群中最高的那一个。而今，他回来了，容貌恢复如常，比其他居住者年轻二十来岁。他也许走得慢了些，还微微弓着背耸着肩，可大体上和从前一样。他会哼哼，会嘟囔，还会在同护士讲话时引用艾米丽·狄金森的诗句。

“我挺好的。”亨利不停地对大伙儿说，口齿一天比一天清楚，“我觉得自己和以前一个样。纳撒尼尔，你觉得我看上去还好吗？”

不过，曾有几个著名的紧张症病例，病人突然莫名其妙地恢复正常，很快又重回发病状态。医生们说，亨利需要留院观察，他不能回家。

至少他们同意亨利和纳撒尼尔一起在花园里散步。小山坡一侧种着金盏花，忍冬像蕾丝一样缠绕着篱笆，山坡那头的湖依稀可见。这番景象，总让人心安神定。

“我把你的桌子挪到了你喜欢的地方。”纳撒尼尔说。现在是十一月，但天气依然艳阳高照，温暖宜人。

“我得病的时候是个什么样子？”亨利问。

亨利见过那个样子的父亲，见过那个样子的叔叔，他一定知道自己那时是什么样子。

“感觉就像你走了一样。”纳撒尼尔说。

有一些他不愿触及的想法，其中一个是：退去的潮水，总会再次奔涌而来。

“我应该冲你发火，你没有遵守承诺。”亨利说。

纳撒尼尔等亨利往下说，但他知道亨利的意思。他无法直视亨利的脸，只好望着湖面。远处，一艘帆船悠然浮动，仿佛圣洛拉镇上没发生什么大不了的事。

“可我没有，我没有生气。”亨利说。

这句话——要的就是这句话。有些树木需要一场熊熊燃烧的森林大火来炸开种子。

亨利压低声音，轻如耳语：“我有个主意。”曾经的叛逆不羁回来了，同掌心亨利的手传来的温暖一样熟悉。“我们逃吧。”

令人惊讶的是，这居然那么容易。

没人阻止他们。没有保安紧追不舍。没有警察。他们直接推开大门，坐进车，就这么离开了。

他们没有听新闻。他们没有遵循传染病的防治协议。如果亨利让他喝一口自己杯中的威士忌，纳撒尼尔会欣然接受。他们没有分床睡过。

日子一天天过去，亨利的步伐越来越稳健，声音越来越有力。亨利坐在翼椅中看书。纳撒尼尔为他沏茶。这一天，两人在树林里并肩散步。

这片树林——如果课程照常进行，今天纳撒尼尔将为大家讲解树木的费洛蒙。要想吸引本科生一分钟的注意，就得用像这样反直觉的知识点：如此寂然无声的树木，竟然有许多种相互联系的方式，包括交流的渠道和警告的体系。宇宙平白质朴的真理如魔术般尽数展现，令人有种说不出的满足。亨利会进一步指出，我们的大脑如何受既有观念的束缚——过去，人们期望看到鬼魂，眼中就出现了鬼魂。房子里的亨利，树林里的亨利，激起了纳撒尼尔的另一种深切的渴望，他希望女儿在他的身边。不仅是现在的她——一位居住在旧金山的成年女性，纳撒尼尔正给她打电话，说："真的，真的，实在是难以置信。"还有曾经的她——戴着蓝色蝴蝶发卡的六岁女孩，在过去的无数个夜晚，同样在这片树林，跟在他和亨利后头。女儿会像背教理问答那样背出许多树木的名字：黄松、熊果树、白橡。她的口袋鼓囊囊的，塞满了松果。

他的女儿，身居旧金山的成年女子，听上去并未理解纳撒尼尔在电话里说的话。"他康复了？怎么可能？"她有一肚子纳撒尼尔不想思考的问题。

纳撒尼尔心中腾起一股无名火，横扫过一切。

"不说了，就这样吧。"他对女儿说。

在第三天或第四天，纳撒尼尔的头脑开始变得雾茫茫的。他和亨利在门廊上喝威士忌，同过去的日子一样，亨利正在讲一个错综复杂的故事：在二十世纪三十年代的西礁岛，一个男人坠入爱河，他爱上了一个死去的女人。

"最初，他照管那个女人的坟墓。"亨利边说边靠到椅背上，"接着他把女人的遗体移到自己的房子里，放置了好多年。"足足七年。他接着说："他为女人的遗体做了防腐处理。那女人就像个玩偶。"

纳撒尼尔怎么也回想不起故事的开头，也想不起来亨利为何讲起这个故事。又来了，雾茫茫的感觉，混混沌沌。头一次，纳撒尼尔担心自己也染上了沉睡病。

"你还好吗？"亨利拍了拍他的背。

亨利刚刚恢复，若自己恰巧在这时病倒，那也太过残酷了。但大自然没有反对残酷的律法。实际上，亨利会用他维多利亚风格的房间和研究托马斯·哈代[1]的研讨课来辩驳，有时候，自然就会朝着反对残酷的方向运行。

混沌的感觉还伴随着一个奇怪的声音。纳撒尼尔对亨利说："像水滴。你听到了吗？就像什么地方在滴水。"

可亨利没有听到。屋里很干燥，太阳已下山，可奇怪的声音不绝于耳，挑动神经，难以解释：就像水花轻轻碰上小船，哗啦哗啦，声音绵绵不绝，越来越响。

1　托马斯·哈代（Thomas Hardy）：英国诗人、小说家，一生共发表了近二十部长篇小说，代表作有《德伯家的苔丝》《无名的裘德》《还乡》和《卡斯特桥市长》。

-27-

两天内，病人从一百二十个暴涨到二百五十个。很快，病人就破了五百人。

医院不再接收新病人。新来的病人被分配到大帐篷里，如同在一个遥远的战场上倒地的伤患。

志愿者连同物资从其他地方涌来，给予唯一能保障的治疗：让沉睡者的心脏保持跳动，让他们的身体不脱水、不缺营养。清醒的人能自己完成的事，沉睡者全得靠他人帮忙，这是个大工程。监护不够，床位不够，帮病人翻身的护工也不够。故事已传到了天南地北。电视评论员在加州地图上圈出圣洛拉：此地距洛杉矶仅七十英里，距洛杉矶国际机场仅九十英里，如同纽约、伦敦或北京的一个居民区。

人们都感受到，急需采取措施，重大措施。

第十八天，三千英里外，观看晨间新闻的人会看到加州圣洛拉镇的一系列航拍图。

从直升机的驾驶舱往外看，圣洛拉大学的校园宁静安谧：十六栋砖楼，亮着橘色的灯，空荡荡的停车场。那片湖，或残存的湖，在月光下闪耀光辉，昔日的水线在黑暗中看不清晰。此外，街道如网格般铺展开，游泳池在冬季封闭，旅行车停在车道上。一个午夜时分的寻常小镇——除了一长列堵住出入小镇唯一道路的军用卡车。此外，透过树林只能隐约看见：林间站着一列士兵。

此刻，圣洛拉的居民睡得正熟，无论是健康的还是患病的。几个小时后，他们中的大多数人才会听到缅因州、宾夕法尼亚州和佛罗里达州的人现在得知的消息：防疫封锁线，全方位封锁感染区域，宛如一条止血带。该方案已经一百年未曾实施。

从空中俯瞰，所有街道都一模一样，房屋像牙齿一样紧密相挨，人工草坪与因干旱而变棕色的天然草坪别无二致。不过，在一条大街上，一户屋顶下，一个婴儿正在黑暗中大哭。

楼上的本被哭声吵醒，他心知妻子已经去了孩子身边，女儿很快会在她的怀抱中平静下来。

他迷迷糊糊，半梦半醒，可哭声又吵醒了他。

他翻了个身，开始琢磨这回的哭声是不是和过去夜里的哭声有所不同——更急切，更尖厉。沉睡病，他突然想到这点：如果这是沉睡病的发病症状，那该怎么办？

他坐起来，下床，心脏跳得飞快，不见到女儿便无法放缓。他想此刻就见到他的宝贝。可女儿的房间没人。本意识到母女在楼下——哭声从楼下的厨房中传来。

他摸黑走进厨房，说：“可怜的小家伙。”这是他和妻子打招呼的一种方式。他知道妻子就在这片黑暗中的某个地方，或许正抱着蜷在怀里的孩子来回踱步，或许正在用从书上学来的特别方法摇晃她的身子。上次吵架过后他们没怎么说过话，可本已把那事抛到了脑后。

“她这样已经多久了？”他问。

没有回应。哭声更响了。这时他踢倒了什么塑料制品——一个瓶子骨碌碌滚过地板。

他的手指在墙上摸索，寻找灯开关，“啪嗒”的揿按声证明了婴儿的哭声是最真实可靠的交流：出事了。

他眯着眼睛，看到妻子躺在油地毡上，双目紧闭，四肢僵硬。女儿正以一种不自然的姿势蜷在她的怀里，小脸哭得通红，眼睛面对亮光眯了起来，脚部的裹毯松开了。

他托举起两人的宝贝女儿，将她搂进怀里。在他的臂弯里，女儿立刻安静下来。

可放松是短暂的。妻子的前额有一道长长的瘀伤，眼皮在疯狂抽动，仿佛她正在历经一场惊心动魄的噩梦。

他呼唤妻子的名字，捏她的肩膀。他没有听到直升机在小镇上空嗡嗡盘旋。

他想到往安妮掌心塞一块冰块。这是他们在产前课上学来的，用冰块的轻微刺激来模拟阵痛，辅助练习生产呼吸法——安妮对此十分厌恶，她没忍几秒就会受不了。也许这能唤醒她。眼下，只有冰块才可能让她有所反应。冰块在她温热的掌心飞快融化，而她仍置身于无法叫醒的睡梦之中。

-28-

扬声器断断续续的声音，夹杂着静电噪声，词句粘在一块儿，听辨不清，如机场广播般邈远，飘摇在圣洛拉的大街小巷上，飞入一栋栋空房的窗子，也飞进了一栋白色大房子的窗户。昔日，梅曾在这栋房子里帮忙照顾孩子，而这天早晨，她睁开眼，一个人躺在特大号的双人床上。

“你听到了吗？”马修的声音从走廊传来。梅穿上牛仔裤，推开门。马修与她擦肩而过，奔向窗户，他鼻息里的牙膏味让梅的心头小鹿乱撞——在那一刻，她满脑子只想着一件事：他离她那么近。

起初，他们不知是什么东西在响。耳边除了回响的人声，还有马路被压过的声音，越来越响——有什么东西在慢慢向这边驶来。

词句渐渐从静电噪声中浮现。卫生部，隔离，强制。梅听到了这么几个词。

“整个小镇？”梅问。

“他们过了这么久才行动才让我惊讶呢。”马修说。

一辆军用悍马，漆成便于在沙漠隐蔽的颜色，正轰隆隆地驶过一个个门廊、门廊秋千和一片片人工草坪——引擎盖上安着一个扬声器。

“军方的人，想都不用想。”马修说。

人行道上，两个小男孩一路追着悍马跑，两人的影子在秋日的阳光下拉得很长，宛如这辆悍马是辆冰激凌车，沿街缓缓驶来，一路掀起无数干燥的叶片。

广播重复播报，食物和水即将分发，还提到了一个网站。

“是国民警卫队，会在飓风中出动的那个。”梅说。沿街的门一扇扇打开，人们走出工匠风格[1]的别墅，站到门廊上，手捂着嘴。

人们有种预感：这个早晨将被载入史册，事件的规模瞬间升级，不再只是一所大学一栋宿舍楼一层楼里的一个故事。

广播里说：如果你病了，或发现有人病了，请立刻拨打911。

四个士兵驾驶着悍马。他们戴着墨镜和白色口罩，赶走了车边的孩子。就算他们冲孩子们笑了，透过口罩也很难看清。

“他们不该晃着枪到处转悠。”马修说。他掏出了笔记本电脑，正在查找新闻。防疫封锁线，这个词，这一消息已传遍网络。

“他们没有晃枪。”梅反驳。不过她能看到那些士兵和他们膝盖上又长又黑的枪支。

广播说：不要聚众。避免出入公共场所。如果你认为自己接触过病毒，请拨打以下电话。

“你知道吗？美国政府曾因伤寒隔离了一个华人聚居区，接着放火将整个地方付之一炬。”马修说。

“他们不会放火烧了这里的。”梅说。

“他们做过这样的事，夏威夷，1930年。”

1　工匠风格（Craftsmans）：十九世纪初开始推广的一种建筑风格，朴素自然，由于设计与施工较为自由，外形独具魅力，很快就在美国流行起来。

“有人会知道该怎么做的。”

“真不敢相信你那么天真无知。”马修说。他下巴上新冒出的胡楂儿下面的皮肤很光滑。

沿着街道，街坊邻居聚在门廊或车道上谈天，双臂抱胸，仿佛要听取各方消息，兼听则明，就像任何信仰都部分基于他人的看法一样。

“他们根本不知道发生了什么。”马修站在梅身边说，梅能感受到他在强忍冲那些人大喊的冲动。这个男孩体内运转着一种不可抗拒的逻辑，可有种比逻辑更强大的东西将那些人捆在了一起。

在梅看来，空荡荡的门廊才颇为不祥——谁知道在多少寂静无声的房屋里，住户已经睡去，身体正在睡梦中逐渐脱水。

她的电话铃响了。

“我还以为你关机了呢。”马修说，“若有人追踪我们的手机，我们就暴露了。”

打电话来的是梅的母亲：“你在哪儿？”

梅回答：“我没事。”

母亲说：“我们接到了警方的来电。”

悍马车渐行渐远，越来越小，录音也随风消散。

“你得待在一个他们能照顾你的地方。”母亲说。梅能从母亲的哽咽中感受到她快要哭出来了。

就在这一刻，梅看到了同军用悍马一样令人吃惊的一幕：一小队穿着凌乱西装的人，手拉着行李箱，手臂上搭着外套，缓慢地行走在人行道上。他们走得很慢，疲态十足，像是已行路数日。行李箱的轮子划过路上的凹坑，咔嗒作响。每个人的脖子上都挂着一块塑料身份牌。

在这片居民区的街道上，这些旅客正一同拖着行李，走过一条条街，路过一个个消防栓，看上去与现实格格不入，宛如梦中的场景。

“如果你病了怎么办？”母亲问。可更令人担忧的是外头那些有气无力漫步街上的人。其中有个穿西装的女人还赤着脚，她的鞋去哪里了？梅很想知道。可对于陌生人，你很难听到他们的故事。

THE DREAMERS

-29-

两周。两个女孩已经两周没出过门了，除了每天半夜去给花园里的蔬菜浇水，还有在父亲被带走的那天晚上，打着手电去看屋子侧面的巨大叉号。

她们拉紧窗帘，压低声音，生怕直升机配备了望远瞄准镜。

她们还不知晓隔离的消息。她们整日整夜开着电视机，但不看新闻频道，只看电视购物和烹饪节目。这不是重点。孤零零地待在偌大的房子里，听到另一个房间传来不同的人隐隐约约的说话声，能让她们更为安心。

地下室里应有尽有——花生酱、金枪鱼、通心粉、奶酪、饼干、谷物、燕麦棒，足够吃上一整年。罐装蔬菜和水果、成堆的厕纸，还有好几架更稀罕的东西，每样都出自父亲漫无边际的想象，等着证明他超人的预见力：抗辐射衣、辐射探测器、碘化钾胶囊。也许她们应该睡在地下室的折叠床上，而不是楼上的卧室里，可地下室里有很多蜘蛛，有一个光秃秃的灯泡，还有从土里飘出来的泥土味，没有父亲的陪伴，她们不敢睡在这里。

她们不知道父亲被带去了哪儿，什么时候能回家。可忍受独自生活在这栋房子里的唯一念想，就是每时每刻盼望他归来。

这天早上，萨拉清洗着父亲那散发着尿骚味的床单。有种善良在于闭口不谈，有种爱在于隐瞒。

当她合上洗衣机的盖子时，危机感才猛然来袭：她会因闻了那气味而感染吗？她来到水池边，开始洗手，洗了足足五分钟。

莉比正在厨房里和猫咪待在一起，喂火鸡肉条给它们吃。

“别把我们的食物给它们吃。”萨拉说。她在牛仔裤上把手蹭干。

“可我们没有猫粮了。”莉比说。

在木地板上滑来溜去的四只小猫，总是嗷嗷叫要食物的两只大猫，这些猫咪让她俩频频分心。有只小猫总在地毯上呕吐，另一只老在楼梯上撒尿。但照顾猫咪让她俩感觉很不错——这种感觉可不常见。

“肯定还有多的猫粮，再仔细找找。”萨拉说。但她立刻想起，父亲的生存计划不包括猫。

一只猫咪从另一只的嘴角叼来一片火鸡，忙不迭地吞下，像是怕被抢回去。油地毡上一阵扭打，一声声不满的嘶吼。

“我们得给它们弄点吃的。”莉比说。

“我们没法出门。”萨拉说。

不过她立刻到地下室打开了保险柜的锁，从父亲放置的信封中拿出了两张二十美元的钞票。

“我们带着这个，”她边说边往背包里塞了两个防毒面具，“还有手套。”

她们钻出后院的围栏，穿过树林，出现在湖边的小路上。这样邻居就不会见到她俩离开房子，这样就能隐瞒只有她俩生活在屋里的秘密。

再次出门的感觉真奇怪，鞋子碾过泥土，湖泊在阳光下闪耀。仅在两周前，她们还和带着金属探测器的父亲走在同样一片沙地上。由于湖水面积萎缩，几十年前消失在水中的硬币，而今只掩藏在薄薄的土层下面。

两人刻意走得很慢，如同行走在高台跳水板上。她们有种迷了路的感觉。两架直升机盘旋于小镇的另一边。一些军方车辆正在通过前面的一个十字路口，车载扬声器在播报消息，可她们听不懂它在说什么。

还没过马路，她们就看出杂货店不对劲。她们从未见过这么多车兜来兜去找车位，也从未见过这么多堆得快要溢出来的购物车——入口处有个女人正靠着购物车使劲推，想让轮子滚起来，就像要把一辆抛锚的车推下山坡。还有些人同时推着两辆车。

"也许我们不该进去。"萨拉说。

"我们必须进去。"莉比说。她在人行横道上快步前行，牛仔靴踢踏踢踏地响。

她们应该戴上防毒面具——萨拉这么想。

太尴尬了。她们到了这里，萨拉已经见到两个同班女孩，要是戴上防毒面具走进拥挤的杂货店，实在是太尴尬了。

"我们至少戴上手套。"萨拉说，"只买猫粮，别碰别的东西。"

进了杂货店，货架间的过道挤满了人，等着付款的队伍像蛇一样弯来弯去，绕了大半个店。店里比平时吵得多，工作人员正扯着嗓门管理黑压压的人群。

只有少数人戴着口罩。

天花板传来的叮叮咚咚的音乐声倒和平时一样。萨拉和莉比的父亲总喜欢指出，这家店的音乐并非真正的弦乐器或键盘乐器演奏，而是电子合成音，是人造的，就像果蔬区里亮光光的大苹果，经基因编辑改了颜色而没改口感。

可这一天，苹果全都卖空了，香蕉也是。在果蔬区靠后墙的位置，自动洒水器正冲着一排空篮子洒下一片水雾，那儿通常装着芹菜。

罐装食品区同样被扫荡一空。紧绷的感觉在萨拉肚子里蔓延。这一幕正如她们父亲所料。

只有寥寥几袋猫粮还软塌塌地躺在货架上。两个女孩各背了一个大包，能拿多少拿多少，一刻不停。

最好走的路是糖果区的步道，当其他货架间挤满了人时，只有这条道没人。如果她们置身于巧克力棒和棒棒糖之间，如果她们盖住耳朵，就能当这个小店和从前一样，包装食品区清清爽爽，走道宽敞干净。如此简单。

莉比停下脚步，从货架上拿下一大包软糖虫。

“我们不需要那个。”萨拉说。

家规不允许她们吃糖。

可莉比依然将软糖虫夹在瘦弱的手臂下。

突然，边上有个人轻声呼唤萨拉的名字，是个男孩：“嗨。”

萨拉转过身，看到阿其尔站在走道尽头，牵着一条黑色的小型斗牛犬。她刹那间欣喜若狂，可又心生冲动，想藏起戴着手套的手，捋平没洗过的头发。

“嗨。”

她从没见过阿其尔的父母，但想必是他们没错：穿着灰色西装的男子，穿黑色裤子、围绿色涡纹围巾的女子，两人正推着手推车在店里艰难地穿梭。

“前段时间你俩去哪儿了？”阿其尔问。许久未曾体验的喜悦奔涌而来，强烈到让她不敢承认。

她不知不觉就撒了谎：“我病了。”

“演出取消了。”阿其尔说。

扬声器高声播报：尿布卖光了，所有尺寸都卖光了。

阿其尔身后，他的父亲看上去极其恼怒，他大声说：“这太夸张了。”

“我没想到他们能封锁整个小镇，”阿其尔用一向轻快的语气说，“倒不是把整个州都给封了。”

“他们在做这种事？”萨拉大吃一惊。又一阵紧张袭来，这对上了父亲另一个黑暗至极的猜想。

阿其尔的母亲打断了他们，口音醇厚悦耳，她的脸上闪过一丝担忧：“来这儿的就你们俩吗？”

萨拉觉得阿其尔的母亲早就习惯了应对危机。阿其尔曾对班里同学说，他们一家曾不得不离开埃及，因为他父亲写了某些东西而被捕入狱，待他出狱后，他们抛下一切，搬到佛罗里达，随后又来到这里，以便他父亲在大学任教。也许圣洛拉发生的一切，相比于过往的经历，对这个女人来说算不上什么。她的穿着透着冷静，比如完美中分的黑发，金灿灿的贝壳形耳环。不过在这两个没有母亲的女孩看来，每位母亲都透着些许奇异的风情。

“我们的爸爸知道我们在这儿。”萨拉说。这番话勾起了渴望——渴望这一愿望能成真。

对方话语一顿，像是有所怀疑。直到这时，萨拉才发觉莉比的黑色运动衫上沾了好多猫毛。她听到妹妹嘴里嚼动软糖虫的声音。还没付钱呢。

“姑娘们，照顾好自己。”阿其尔的母亲说。陡然一转的口气为她的话语增添了别样的分量。

阿其尔的父亲也表示认同：“你们得赶紧回家。”

“好的。”萨拉说。

阿其尔欲言又止。他向她们微微一笑，随后便同自己的小狗和漂亮的母亲走远了，他的父亲跟在他们身后。

旁边一条过道上，一个男人正跪倒在地，试着够底层货架里的某样东西。

“嗨，小姑娘。”他在萨拉和莉比经过时问，“你们能帮我够那个盒子吗？”

男人一转头，立刻揭示了两件事：他是两人的邻居，那个大学老师；他带着他的孩子，孩子裹在襁褓里，紧贴着他的胸膛，小嘴正有节奏地吮吸着奶嘴。

倘若他认出了两个女孩，那他就是没表现出来。他看上去变了，下巴上冒出了东一块西一块的胡楂儿。他的动作又笨拙又温柔——由于孩子窝在胸口，他够不着盒子。

“我来吧。”萨拉说。

那是最后一盒配方奶粉，萨拉用运动衫的袖口捏着盒子递给对方，以免盒子接触到她的皮肤。

就为了这么一丁点儿小忙，男人却千恩万谢，让人感到一种莫名的可怕。

孩子突然放声大哭，奶嘴从她嘴里掉下来，仿佛哭声如蓄水的水池般被上了塞子，越积越多，突然间释放。

“该死。”那位大学老师抚摩着孩子光溜溜的后脑勺，慢慢地弯下腰——像个孕妇。萨拉看得出来他还不习惯这么抱孩子。莉比帮忙捡起奶嘴，塞进小宝宝的嘴里。

可大学老师猛地抓住莉比的袖子："别！别碰她。"

宝宝似乎也同莉比一样怔住了。她安静了片刻，接着继续号啕大哭，哭声更响了。

"对不起。"大学老师揉着自己的眼睛说，"对不起。"

他看上去随时会崩溃，可两个女孩不必讨论接下来该怎么办。她们同时想着同一件事——赶紧离开这个男人，越快越好。

排队等着付款时，萨拉感到四肢异常疲累，特别是腿，还有背，仿佛身体的每块肌肉都在叫嚣着要休息。

"你还好吗？"莉比问。

再等一会儿就好，萨拉这么想。可队伍又长又慢，怀里的猫粮又那么沉。

"我还好。"她说。

接下来发生的事起始于她没听清的一声响动：有鸡蛋在地上磕破了。"我的天哪！"乳品区有人尖叫。时间停滞一瞬，随即所有人都转向声源，他们看到一个女人缩在地上，脑袋边淌着一摊鸡蛋黄。

当大家如浪潮般涌向前门时，萨拉抓住妹妹的手，同其他人一样飞奔。两人一边跑，一边紧紧抓住胸口的猫粮。

前头有个瓶颈口——自动门不断试图合拢，可有太多人在同时往外挤，警报器响个不停。萨拉再一次见到了隔壁的大学老师，看到他的脸一闪而逝，涨红的脸上写满绝望。他被挤到一面窗户墙上，双臂紧紧护住女儿的头。"别推了！"他大喊，"我怀里有个婴儿！你们别推了！"

两个女孩冲出门外，一口气跑过了两个街区。

到外头后，一开始萨拉觉得舒服多了。清凉的空气拂过皮肤，暖阳融融，腮帮子里的软糖虫沁出丝丝甜意。她没事，她边走边自言自语，她没事。

可当离家只有几个街区时，她的胃里突然一阵绞痛，痛感很快扩散到背部。密集的疼痛迫使她赶紧躺下，眼前恰好出现了一片草地，仿佛躺下的愿望得到了响应。

“等我一会儿。”萨拉对莉比说。说罢她就地坐下。

“你带吸药器了吗？”莉比问。

“跟那没关系。”萨拉将膝盖紧紧蜷向胸口。

她顺其自然地闭上眼睛。

“天哪！”莉比惊呼，“不要啊！”

可萨拉很难感受到妹妹的恐惧，因为刹那间，她对世界的认知全部缩聚到一点上：席卷全身的剧烈疼痛。从很远很远的地方，传来妹妹将猫粮放在路边的声响。

“求求你，千万别生病，求求你了。”莉比哀号。

彻骨的疼痛只持续了一分钟，旋即一切相较于疼痛黯然失色的东西又重新涌入感官：青草的气味，双腿下干燥的泥土，妹妹言语中的恐惧。

回家的一路上，疼痛时来时隐，她们不得不在树林里再次歇脚。

她们悄悄地潜回家。一进门，莉比就对她说：“你不能睡着。绝对不能。”

但萨拉想躺下，她咬着牙走上楼梯。

把身子蜷成某个姿势会让她好受一些。很快，她不再听得到楼下猫咪的哭叫，也听不到妹妹倒猫粮时如冰雹砸落般的哗啦声。

她蜷缩在自己的四柱床上，把绿色的旧被子拉到下巴处，一只仍穿着袜子的脚伸在外头。她的马尾辫在枕头上散开，运动衫的帽子绕着脖子皱成一团。她闭上眼睛，张开嘴，唾沫从唇角溢出，呼吸轻浅而平稳。

杂货店的恐慌和喧闹远去了，软糖虫的价格淡忘了，队伍后头第三个女人的脸和入口处推着手推车的男人的脸也在渐渐消逝。

如果你在沉睡病暴发的前几个月询问专家，为什么人类每天都有一段时间处于无意识状态，你会听到可追溯到古希腊时代的答案：有个理论认为，我们睡觉是为了遗忘。

专家会告诉你，人睡觉时，大脑会筛选白日的记忆，扫除不重要的东西。萨拉记忆中留存的，有阿其尔问她前段时间去哪儿了时的神情，有他的母亲如音乐般优美的嗓音，还有和妹妹小跑回家时妹妹汗湿的温暖掌心。

和其他一睡不醒的人不同，睡了不知多久后，萨拉睁开了眼睛。

她被叫声吵醒，是莉比在床脚大声尖叫。

“你为什么不醒来？”

萨拉依然迷迷糊糊，半梦半醒——梦和她的母亲有关。她穿着绿色的开襟羊毛衫，和萨拉曾在抽屉里的照片上见过的一样。还有厨房，他们一家子坐在厨房里。可是用语言描述梦境只会让残留的印象瓦解，就像你盯着天穹某一方的星星看时，那些星星就会消失。

她恍惚了几秒才回到现实。她在卧室里，日光照进上了封条的窗户，闪烁不定；妹妹在她身边，小脸哭得通红。

“你必须去医院，你在出血。”莉比拉扯床单，床单上印着棕褐色的斑斑血迹。

此时萨拉脑海中的梦已全然消逝，唯留下一道痕迹，如冰刀滑过冰面的残痕——悲伤。

“等等，让我想想。”萨拉坐起身，感觉到腿间潮湿的牛仔裤。

厘清头绪后，她微微松了口气：“我没生病。”

萨拉并没有期待这一天的到来。自从在学校看过相关影片后，她就怀有这么个想法：但愿这事永远别降临到她身上。会这么想很自然，为什么这么怪诞诡奇的事一定要变得稀松平常呢？

“我没想到会出这么多血。”她隔着卫生间的门对妹妹说。

一波肾上腺素推动她完成最初的几步：换掉牛仔裤，先垫上几层卫生纸，最后换成一块对叠两次的面巾，在水池边吞下两颗泰诺。她感到些微叛逆的愉悦，因为父亲对这一过程一无所知。

萨拉压不住怀念母亲的念头。阿其尔母亲的脸闪过她的脑海——也许她能给予帮助。

隔着门，萨拉听得见妹妹在大厅里的响动，一声奇怪的鼾声。

“你还好吗？”萨拉大声问。没有回应。

推开门，她看到莉比四仰八叉地躺在地上哈哈大笑，笑得说不出话来。

“这一点也不好笑。”萨拉说。

莉比乐不可支，捧腹大笑，仿佛肚子不捧住就会笑得掉下来。

“别笑了。”

可莉比还是在笑。

“别笑了！”

“我的天哪，我刚才居然以为你要死了。”莉比的声音引来了几只猫咪，它们亲昵地用脸蹭她的肩膀。“瞧你的牛仔裤。”

可这一刻，萨拉的感知被一种模模糊糊的感受占据：茫茫宇宙间生命的淡漠。自然中的一切都同病毒一样无情，复制，复制，再复制，无休无止。

THE DREAMERS

-30-

父母。小镇外一英里处，在高速公路通入树林的一个休息站中，渐渐聚集起一群父母。这里是士兵允许他们到达的离圣洛拉最近的地方。

这太耸人听闻了，父母们交头接耳，这侵犯了他们子女的公民自由权。他们与律师联系，与众议员和参议员联系，与媒体联系。他们望着沉重的军用车辆缓缓往返于小镇。一名父亲尝试爬上一辆军用卡车，可很快被众士兵赶了下来。

有些人睡在车里，有些人支起了帐篷。他们轮流开车翻山越岭采购食物。

他们聚成小团体讨论，交流信息，分享毛毯。大多数留在圣洛拉的孩子依然清醒，为什么不让他们回家，将他们隔离在自己的家里呢?

抗议标牌接连举起，相机也越来越多。

梅的母亲也在其中，梅不知道母亲近日来一直睡在旅行车里。离女儿近一些至少让她稍感安心，女儿已经两天没接电话了，可她没法确认电话没通是意味着女儿染病了，还是仅仅证明了这一自然秩序：父母总会对子女给予莫大的关注，而对别的事不闻不问。

-31-

防疫封锁线拉起的第二天，圣洛拉雷库埃尔多路的路障处聚集了一众人，梅和马修也在其中。他们并肩而立，身穿汗衫和牛仔裤，脸上戴着白色口罩，手上套着蓝色手套。梅四处张望，忐忑不安，马修盯着正前方。自首是梅的主意。某种不同寻常的东西在她心中渐渐绽放，非常重大，如同责任。

不过马修同意了。他仔细考虑了这个想法，说："为了大多数人，这是最好的选择。"

对梅而言，与其说这是个想法，还不如说这是种感受，近乎纯粹的生理感受，仿佛胃部肌肉对应该做什么事知道得一清二楚。

两排路障立于森林与圣洛拉入口的相会之处，树林里散布着几栋小木屋，路边挂着老旧的路牌：欢迎来到圣洛拉。

两个月前，梅坐在母亲的沃尔沃汽车上，经由这条路进入小镇。车上装着新床单、新衣服和一个仍装在盒子里的迷你冰箱，那时的梅脑海中充盈着希望与向往，新生活触手可及。

人群吵吵嚷嚷，各有所求，要物资，要食品，但大多数人想要的是消息。一个男人在打听他的女儿，一个女人在寻找她的丈夫，她说："救护车把他载走了，没人告诉我他去了哪里。"

每一个问题都迎来栏杆后站岗的士兵同样的回应：缓缓摇头。

他们穿戴着军服、战靴和墨镜，挺括的白色口罩下，传出他们爱莫能助的话语。他们看起来充满歉意，就像两个男孩，除了身侧的黑色长枪有些违和。

"你们回家吧，那里是最安全的地方。"一个士兵说。

"可我们不住在这里。"一个穿着皱巴巴的西装的女人大声说，与她同行的八九个人是来这里参加某个大会的。"我们无处可去。"这时梅注意到她光着脚，她就是前天的那个女人。"我们能去哪儿？"

两架崭新的直升机在头顶盘旋。所有频道都抛开了"大学生大出逃"的故事，转而播报更火爆的热点：美国历史上头一次，一整个小镇被防疫封锁线包围。

马修冲一个士兵喊："打扰一下。"

"嘿，"边上有个男人说，"在排队呢。"

一小时无所事事的等待。一行缥缈的行云飘过天空，一只狗独自走在路上，拖着狗链。这是谁的狗？人群中一阵嚷嚷。这是谁的狗？他们不停地发问，却没去看狗脖子上丁零作响的标牌。直到狗拖着一抖一抖的狗链晃荡出大伙的视野，人们才不禁胡思乱想，放开狗链的人是不是出事了？

轮到梅和马修与士兵交谈时，结果同其他人半斤八两。

一个士兵张口就来："谁让你们来这儿的？我们帮不了你们。"好似两人方才有求于他。

"我们接触过病毒了，我们想做符合伦理的事。"马修说。

两个士兵眼神一对，仿佛把马修当成了脑子有病的家伙。

士兵递给他们一张黄色单子，用戴手套的手指拨打了梅先前拨打过的电话号码。

“他们让我们到这里来。”梅说。

“那就再打一次。”

突然有人大喊了一声，人行道上传来金属碰撞的声音。

“嘿，停下！”两个士兵同时大叫。

一个男人正试图翻越路障。

人群中一个女人也随之大喊：“赛义德，快回来！”

“别动！”离梅更近的士兵吼道。他没有端起步枪，可此刻若是有人凑近看，就会发现他握住枪管的手绷紧了。

“你们不能把我们困在这里。”翻路障的男人说。他有口音，梅分辨不出他来自哪里。他穿着灰色西装和正装鞋，一条腿已跨过栏杆。“你们说过的‘人权’到哪里去了？”

人群中那个女人不停地冲他大喊。

“赛义德，你要做什么？”

又一个声音加入，是个男孩。“爸爸，停下，求求你了，回来吧！”

女人换了种语言苦苦哀求，也许是阿拉伯语，但梅不确定。

这儿的动静引来了直升机。直升机围成圈，越围越小，越飞越低。

男人在两排路障间徘徊，像是迷失在了干涸的护城河中。他看上去晕晕乎乎。他开始哭号。

路障的另一边，树林赫然耸现，群山绿意葱茏，二十平方英里的国家森林在路两边绵延起伏。

男人继续向前，开始攀爬第二道路障。

“停下！”两个士兵齐声喊，可他没有停下。

男人脚下的反光黄色警戒线在阳光下闪闪发光。他翻过了第二道警戒线。

两个士兵像是想抓他又像是不想抓他。梅看到，在男人重重地落在柏油路面上时，两个士兵不敢碰他。

他们端起枪。

“别伤害他！”男人的妻子说。她围着绿色丝绸围巾，穿着米色裤子，戴着金色耳环，身边站着十一二岁的儿子。“求求你们了，”她对士兵大喊，“他平时不是这样的，他是个教授！”

男人一步步靠近士兵。

“我一定要离开这里，你们必须放我们走！”他大喊。

“先生，”士兵放软语气，“请回家吧。”

“我家离这里有五千英里！”男人咆哮道，“我从家乡逃离，而我在这里的境遇压根儿没比家乡好多少！”

女人也在大声喊叫，哭着哀求士兵。

一些专家事后会怀疑，沉睡病病毒在潜伏期就会对大脑产生轻微影响。一些事件中，清醒状态下的人表现出了睡梦状态下的特征：大脑的情绪中枢——杏仁核高度兴奋，而负责推理论证的大脑皮层的活动则受到了抑制，使人变得更易冲动。有些人会说，可能正是这些变化导致了今天的这一幕。

士兵一步步往后退，可男人步步紧逼，仿佛只有揪住他们的制服，凑近他们的脸破口大骂，才能让他们领会自己的意思。

枪声清脆而冰冷，“砰！”——吞噬了一切声响。男人直直倒下。

梅的手猛地往下一伸，想抓住马修的手，可他已经冲了出去，直奔路障。

“该死。”开枪的士兵不停嚷嚷，“该死，该死，该死，我跟他说了，我叫他别过来，难道他没听见吗？”

另一个士兵在男人身边俯下身。他正在用无线电对讲机求助。手机录像会拍到三个人：跳过两道路障去帮忙的马修，男人的妻子，还有男人的儿子。男孩不顾母亲的哀求，爬过路障，来到父亲身边。母亲呜呜泣诉，说着只有她和儿子懂得的语言。

从梅的角度看不到男人的脸，可她看得到柏油路面上闪耀的血迹。她的胸腔一堵，想深吸一口气都做不到。

这时，高空传来轻微的隆隆声，一架飞机划过天际。从飞机窗往外看，路上的事故小到看不见，好似天上的乘客和地上的人正处于两种不同的尺度。

倒地的男人突然发出一声尖叫。这多么让人解脱，又多么让人恐慌。

男人很快被一辆救护车接走，他的妻子和儿子一同上了车。梅觉得大伙儿需要为他们再多做些什么，可他们已经走了，再想要帮助他们已经不可能了。

马修正在同一个刚刚想帮忙的男人讲话，他是滞留此地的商务旅行者队伍中的一员。

“我们的宾馆半夜被疏散了，”那人说，“那是两天前的事。昨晚我们在公交车站的地上过了一夜。”

“我们没地方可去了。”那个赤脚的女人说。她手里拎着一双高跟鞋。

“你们有多少人？”马修问。梅感到一阵锥心的恐惧。她知道马修接下来要说什么。

他们说有十个人。不，九个，有人改口。“你们可以和我们待在一起。”马修说。

“如果他们染了病呢？”梅轻声耳语。

马修的脸庞依旧严肃而硬朗，让人看不透。“如果你染了病呢？”他说。

梅能听到母亲哀求她别冒任何风险。这群人觉得病毒就在宾馆的通风系统里——这是他们自己说的。他们也许全都接触过病毒了。

这些人是销售代表，他们正轮流在主卧、客卧和小女孩房间的浴室里洗澡，客厅里塞满了他们的行李箱。梅想到这点时已经晚了——他们冲澡时会污染小女孩的洗澡玩具，那些小船和泡沫字母。恐慌在她的胸口疯狂跳动。她必须提醒自己，小罗丝离这儿十万八千里，她正和父母乘着游轮在大海上漫游呢。

起初，他们围坐在一起，观看电视上的枪击场面。

“你不能说他们没警告他。”一个穿着红色马球衫的男人说，衬衫口袋上绣着公司标志。

马修正在来回踱步，他摇了摇头。

男人接着说：“我的意思是说，如果那人服从，他们就不会开枪。”

“你知道吗？”马修说，“1930年，夏威夷，政府隔离了一个华人社区，放火把整个地方给烧光了。”

“我们聊点别的吧。”穿马球衫的男人说。

房子里存有很多红酒，马修开了一瓶又一瓶，所有人都眼巴巴地想喝上一口。仅仅是舌头上的滋味，就算酒精还没来得及撩拨血液，就已经让梅感觉舒畅多了。

这栋大房子是否属于别人也许再也无关紧要，这块林地仿佛已与其余的世界割离，已与世界上的因果律割离。

他们慢悠悠地走到后门廊。梅看到邻居家的女主人正在看着他们，她也许会给房主打电话。但梅惊讶于自己内心的想法：她不在意。

过了一会儿，有个女人问梅和马修是如何相遇的，她说："我喜欢听情侣邂逅的故事。"

两人之间腾起一阵尴尬之情——这种感觉若是被两人共同感受到，不是会推远而不是拉近两人的距离吗？

"我们不是一对。"马修不以为然地说，仿佛这很荒唐。

梅感到自己的脸烧了起来。

"哦。"女人说。

随之而来的静默中，几只飞蛾嗡嗡地扑向明亮的灯，一辆悍马隆隆驶过。马修又进屋喝了些红酒，接着再一次抱起签名吉他重返后门廊。

一个销售代表开始抽烟。

若给现在的场景拍张照，那看起来会像一场在后门廊举办的小型聚会——长明的灯，深秋的夜，一个男孩在角落里弹奏吉他。

冰箱里剩的食品不多了，而所有的商店，据说都关门了。

"我知道哪儿有吃的。"马修的语气有几分雀跃，饱含一个男孩在接受挑战时的干劲。

他灵巧地跳过木头栏杆，震得门廊秋千晃了晃。他落在一排垃圾桶边，拿开桶盖。

"哇哦，"门廊上嗓门最大的销售代表说，"咱还没到那个地步吧。"

"我向来这么做。"马修赤脚踩在草坪上，不着一物的双手已经解开了一个白色垃圾袋。他的汗衫上有几个洞。

那群销售代表表情扭曲，别过头去，就像闻到了垃圾的臭味似的——梅不想看到别人这么针对马修。她目不转睛地盯着他，看着他把头探入垃圾袋，双手灵巧地翻动。他在宿舍里的外号跃入脑海：古怪马修。

半块面包映入眼帘，包装依旧完好，还有一块塑料纸包着的帕尔玛干酪，唯一的不完美是一道细细的霉菌。

销售代表没一人肯吃，可梅接了过来。

面包的味道不错，甚至超越不错。

“你知道这整件事让我想起了什么吗？”一位销售代表说，“还记得我们卖过的安眠药吗？”他上唇的胡子长了出来，称之为胡楂儿不太妥，说它是杂草还差不多。“有个案例是一个人连续睡了二十四个小时。”

“等等。”马修猛地直起身子，像是突然被激怒了，“你们这帮人，是医药代表？”

“没错。”穿红色马球衫的人说。

其他人坐在折叠椅上点点头，他们来参加的会议就是关于医药销售的。

马修接下去说的话被淹没在一架直升机的轰鸣中。院子被直升机点亮了一瞬，旋即又暗了下去。

“这事看上去不太真实。”一个女人说。她正摇着头喝红酒。

马修不再作声。他坐在门廊秋千上，抱着双臂，凝视树林。

“这一切看上去都不真实，是吧？”女人又说了一遍。

“不，”马修坐在门廊秋千上说，晃荡的秋千链嘎吱作响，“也许这一切本就不真实。”

哦，马修。要是她能从那个女人和别人的眼神交流中将他解救出来就好了。他没看见，或者不在意。可梅终究和那种女人不是一路人——描那样的眉毛，涂那样的淡粉色指甲油，不知要投入多少时间。

“像一场骗局？”女人问。

“你们读过笛卡尔的书吗？”马修说。

“伙计，我无意冒犯。”那个大嗓门男人说，“但我想今晚这儿没人有心情谈那种狗屁的宿舍闲聊话题。”

马修默不作声，两臂环胸。梅看到他的怒气正在节节升温。

“请别问我，我怎么知道这张桌子真的在这里。”男人用指关节叩了叩庭院里的桌子，嘴里露出被红酒染红的牙齿。“请别问我，我怎么知道你看到的蓝色和我看到的一样。”

马修靠到了门廊秋千的椅背上。梅已经能读懂那个神情：暗含不爽的微笑。

“那么我有别的问题要问问你。”马修说，“从病人身上攫取财富是什么感受？许多孩子用不起肾上腺素注射器和哮喘吸药器，就因为你们的公司将定价抬了十倍，有了定价权就为所欲为。身处这么一个操蛋的利益集团是什么感受？”

“我喜欢大学生。”那人说，“小伙子，我们十年后再谈谈？”

马修一言不发，起身进屋。

“嗯，”梅发话了，但她想不出能说什么，“你们一同工作多长时间了？”

“我们？”一个女人回答，“我们周二才认识。”

这消息令梅很震惊。再次发现人与人之间能这么快地建立起联系，真让人感到孤独。

不知何时，一个女人在椅子上睡着了。这是个不得安宁的夜晚，大嗓门男人立刻开始拍打她的肩膀。看到她睁眼，众人才舒了一口气。

她慢慢醒转，打了个哈欠，叫人给她拿红酒。

她说：“我梦到一切都倒退了，就像时光倒流了一样。在梦里，那个男人在中枪后弹身而起，士兵冲他吼了几句，接着他回身翻过路障，消失在了人群中。”

随后，销售代表们决定在客厅里睡觉，拒绝睡在卧室里，仿佛人多更安全而非更危险。枕头不够了，他们就用自己的汗衫充当枕头。他们躺在地上，很快熄了灯，却过了良久才把手机放到一旁。黑暗中，唯见他们等着困意到来时被屏幕的光照得森白的脸。

梅和马修逗留在后门廊上。微风吹过树林，风铃叮当作响。

“我觉得我们不该和他们睡在一间屋里。”马修轻声说。

屋里传来轻响：有个销售代表在哭泣。

“我们就睡在外头吧，我在车库里找到了一顶帐篷。”马修用头点了点后院的方向。

一顶帐篷，古怪的感觉卷土重来——这一天好似发生在脱离标准时间的某个地方，连最离奇的可能性都无法排除。

“我们可以把帐篷支在院子里。”马修说。

那些销售代表会怎么想？梅很担心，但她有种认同马修的冲动，与他意见一致让她觉得很舒服。因此，他们走进后院，梅打着手电筒，马修展开帐篷。

帐篷全新启封，仍透着包装的气味，不像梅家里的帐篷，肮脏不堪，破破烂烂。

“去他妈的有钱人，他们总是放着一大堆从来没用过的东西。”马修说。

梅不禁想，穿着破旧衣衫、背着破损背包的马修到底来自哪里。

马修将帐篷在草地上铺开，开始阅读说明书。这时梅轻声问：“你刚才说一切都不真实，是什么意思？”

“你可能听说过。”他头也不抬地说。梅等他说下去。

“做梦时，我们分不清自己是不是在做梦，对吧？”

“没错。”

“如果我们真的在做梦时分不清自己是不是在做梦，那么，理论上讲，如果我们现在在做梦，我们也无法辨别。”

从他口中吐露的话语——就像奔腾的电流，闪着宏大想法的电火花。

“实际上，有些哲学家认为，所有思辨都徒劳无益，终究达不成共识，因为意识本身就是庞大的幻想。”

大胆而勇敢的心情在梅的心中渐渐腾起：“我喜欢你讲解东西的思路。”

可马修没有抬头。也许她说错话了。马修仍在手电筒的光亮下眯着双眼，一边研究说明书，一边摆弄帐篷支柱。空中传来警报声，几架直升机在天上盘旋。

“需要帮忙吗？”梅开口问。

“的确需要。”他把说明书递给梅，可梅不需要，在过去几年的家庭旅行中，她早已学会了支帐篷。马修接过手电筒，梅很快把帐篷支柱插入了套管。

“我没有毫无保留地把一切告诉你。”马修说。

梅的全身上下蓦然绷紧，一阵刺痛划过皮肤。她突然感受到夜间的寒意。

“你什么意思？”

除了继续支帐篷，她不知道还能做什么。耳边是尼龙摩擦的声音。一眨眼的工夫，帐篷就支好了，就像瓶子里的一艘船。

“你听说过贝克公司吗？”

电视广告在梅的脑海中浮现：一家制药公司。“嗯？”

“那是我的家族。”马修像是在坦白。

“我在封闭社区里长大，上的是寄宿学校。我的一生都由不义之财支付。”

她从没想过这个穿着破汗衫、旧鞋子的男孩有这样的背景。可眼前的他是现在的他，而不是过去的他。他做出再出格的事，她也不会惊讶。

“可我不想要那样的生活，我觉得那是错的。”他的语气中有种绝望，仿佛他期望梅听了他的话不高兴似的。

梅想知道马修会怎么看待她的家庭背景：父亲是会计，母亲是教师，车道上停着一辆沃尔沃。

梅向马修示意帐篷的桩子应该插在什么位置，他们一起将桩子捶进地面。

马修钻进帐篷，跪在地上打开睡袋。他把手电筒丢在一边，光线透过帐篷射出去，像个小灯笼，为草地蒙了一层蓝光。帐篷不大，他俩将一起在帐篷里蜷起身子，靠得很近，这让梅心中一喜。

马修在草地上坐下，仰望夜空。这个神秘的男孩，他坐在那儿的身影是那么忧伤。

梅在他身边坐下。突然，他的脸凑了过来。

一个吻突然落下。梅还来不及想为何他们不该这么做。太快了。有些害羞。

接着马修谈起了星星，夜空本该群星璀璨，却被应急灯淹没了星光。他还说到了自己的梦想，住在山林中，睡在星空下。

“我想以世界上最穷的人的消费水平来生活。那是我的目标，我觉得这么做最符合伦理道德。”

他脑中的一切非此即彼，不是对就是错，那样清晰与纯粹，让人头皮发麻。

他让梅爬进帐篷。

她明白即将发生什么，一切尽在不言中，无须提前讨论，她仿佛已经能感受到，两人入眠时他温热的臂膀。

可马修突然起身，爬出帐篷，站在草地上。

“你睡里面，我睡外头。”

天亮了，销售代表没一人醒来。

客厅里的场面看上去像集体自杀：四仰八叉的身体，乌七八糟的头发，微微张开的嘴，口水淌到木地板上。如果你凑近点，就能听到他们仍活着的气息：深睡眠状态下的轻浅呼吸。

一人的手机响个不停。铃声包含了很多信息，它响得那么频繁，不知上一通何时结束，下一通何时开始：电话那头的人一定担心得要疯了。可在这个房间里，却没人受其打扰。一缕缕阳光照亮了他们的脸，看上去瘆得慌，仿佛阳光成了脸的一部分——将大地炙烤得越来越干燥的太阳，是不是也成了不祥之物？

专家说，仅凭肉眼无法分辨沉睡病和正常的睡眠，可梅一眼就能看出来。深入的沉浸，空洞的神情，比起昨晚稍稍年轻的面庞。这些特征无法被镜头抓拍到或在实验中被检测到，只有人脑，才能捕捉到这之中微妙的变化。

如果这些睡着的销售代表能透过梦境看到外界，梦的表面会映照出这样的一幕：面对一屋子的陌生人，戴着面具的一个男孩和一个女孩，在九个人身边弯下了腰。男孩的手戴着从水槽下方找到的厨房手套，他用手指按压他们的手腕，感受脉搏。女孩拿着幼儿奶瓶往每个人干涸的嘴里注水，溢出的水流过他们的下巴。他们会听到隔壁房间传来男孩怒火渐盛的语气：可我们等救护车已经等了一整天了。最后，他们会感觉到男孩从腋下把每个人架起，女孩紧紧扶住他们的腿，他们的身体像沙袋一样晃来晃去。真皮座椅的气味。安全带草草扣住他们瘫软的身体。车库门“吱呀”打开，发动机点火，轮胎下的老街颠簸不平，转弯时他们的头前后晃荡。也许他们还能瞥见窗外的松树、群山，夕阳西下的广阔天空。他们的生理节律早已习惯跟随太阳的起起落落而变化——可它突然间就失灵了。

THE DREAMERS

-32-

医院已经封锁了十天。凯瑟琳站在三楼窗边，望着直升机往返，送来生活物资和食品。垃圾在下头的马路上高高堆起。

她和别的医护人员在隔离间里的着装有种妖怪般的感觉，塑料防护服不仅扭曲了医生和护士的脸，还压抑了他们的声音。穿上这种防护服，他们看起来体形大了，人情味少了，让人们心里发毛。

在医院的后门处，靠着玻璃的那些沉睡者看上去越发寂寞消沉，衣服上别着纸条，像是被抛弃的新生儿或吸毒者。谣言四起：所有暴露过的人都要扣留。

七英里外的洛杉矶，凯瑟琳家中，她的女儿和保姆也被隔离了。这是预防措施，以防凯瑟琳曾将病毒带回家里——病毒可能粘在她的衣服上，附在她的皮肤上，或飘浮在她头几次从圣洛拉归家后亲吻女儿的脸颊时呼出的空气里。

她本该更小心些，她不断地自责。

她与女儿通的电话总以同样的对话告终：好吧，妈妈，现在我能出门了吗？

保姆说，她的女儿出现了不合规矩的行为，有些反常。她拉扯窗帘，把食物扔在地上，还在房子里一圈圈地跑。

那么有耐心的照看者，声音中也透出了心力交瘁之感。

周日，凯瑟琳透过窗户，看到外头正在举办一场小型教堂集会。考虑到密闭空间空气不流通，有利于病毒传播，所有的教堂长椅都被拖到外头的停车场。

望着坐在长椅上的一个个家庭，瞧着他们手中的《圣经》，听着他们吟诵婉转悠扬的赞美诗——凯瑟琳的泪水夺眶而出。她从未与女儿分离过这么久。

一天晚上，凯瑟琳看到一群人涌向附近的一所高中，一架装载食品的直升机将在那里降落。

随后，一位急诊医生将凯瑟琳拉到一边。

“我们正在将阿片类药物从药房转移出去。”这位医生说。他很瘦，新生的胡子横跨下巴，眼睛透露出他睡眠不足，没有一个医务人员睡眠充足。他语速很快：“现在小镇被封闭，街头交易的毒品进不来了，他们很快会找到这里来，时间早晚而已。”

“他们是谁？”凯瑟琳问。她知道答案，但她想听他说出来。他提到他们的语气就像在说一群畜生。

“瘾君子。”

成瘾行为不是她的专长，但她的病人常有这一症状。那些药物能安抚脑中被精神疾病煽风点火的区域。

“如果医院里发生暴力事件，那就是导火索。”急诊医生说。

从他眼中，凯瑟琳能清晰地看出他想象的画面：药物成瘾者像僵尸一样，在医院里横行霸道。她经常提醒自己的病人，焦虑是一种创造力，恐惧是一种想象力。

急诊医生说："从现在起，只有你和我知道那些药物的准确位置。"

越来越多的医生病倒了。

凯瑟琳发现，自己居然动手干起了一些自从毕业后再没干过的事。真怪异，她竟然手持缝合针和粗缝线，为一个在溢水的马桶边滑倒的男孩缝合额头的伤口。真稀罕，她竟然托住了历尽艰辛从母亲身体里滑出来的新生儿的头，而医院里唯一的产科医生正在隔离间里沉睡。

几天后，在候诊室改装的办公室里，凯瑟琳发现那位急诊医生瘫倒在椅子上。尽管他的呼吸比别的沉睡者还浅，但疾病能飞速席卷全身一事已经难以激起人们心中的波澜。

两个蓝衣护工将他送入隔离区，这时一瓶药片从他的衣服口袋里掉了出来。

"等等，"凯瑟琳说，"这不是沉睡病。"他服用了奥斯康定，一种有助眠效果的阿片类药物。怪不得他那么清楚别人可能会做什么。

针对这种情况，至少有个立刻生效的疗法：往大腿上注射一针纳洛酮。急诊医生睁开眼睛，清醒而尴尬。此后他一直躲着凯瑟琳。

那天晚上，凯瑟琳接到了保姆打来的电话，那人说："她发烧了。"凯瑟琳呼吸一紧。他们已经了解到，发烧也是沉睡病的发病症状。如果女儿出事了，那就是我的错。凯瑟琳很确定这点。

保姆说："我不想让你担心，但她几个小时前睡着了，我一直叫不醒她。”

现在轮到凯瑟琳想象最糟糕的情形了，细节鲜明得可怕。

一个简单而疯狂的想法刺破一切：她必须回家，回到女儿身边。

她要离开医院，两周来无人离开的医院。她要离开小镇，被士兵和军车重重包围的小镇。

她脱下手套，冲下楼梯。

她连医院前门都没通过。那儿有守卫，想都不用想。这不是靠人们自觉遵守的隔离。

一整夜，凯瑟琳都和女儿的保姆保持着通话状态。手机小小的屏幕上，沉睡的女儿看上去和那些生病的人一模一样。午夜后的某一刻，她惊恐地意识到她想不起女儿的眸色了。人们曾说她女儿的眼睛透着不同寻常的榛色色调，但她想象不出来。她记不清自己女儿的眼睛了。

终于，凌晨三点，她松了口气：她的女儿睁开双眼要水喝。

她得的不是沉睡病，只是儿童期寻常的发烧罢了。

听着电话那头女儿咿咿呀呀的声音，她的心中顿时柔情满溢，传向整个世界，传给医院里或清醒或沉眠的每一个人。这种感觉就像一种药物扩散到全身，就像女儿出生的那一刻。

THE DREAMERS

-33-

医院中心，正被身着特卫强4型防护服的护士照顾的第一批沉睡病患者所在的翼楼，一张床的被单下，薄薄的住院服下，一个年轻女孩腹部光滑的皮肤下，一颗小小的心脏开始跳动。这是个小秘密。像蜂鸟振翅那么快。这是第四周。

丽贝卡没有经历十八岁意外怀孕的少女本该有的情绪波动——惊慌失措，难以置信，为不得不做的决定而痛苦不堪。

十步外，另一张床上，塞勒也丝毫没体会到这样的情绪。

丽贝卡肚子里的东西已经长成了豌豆粒大小，太小了，还不至于称作胚胎。

五官逐渐在脑部组织上成形，眼睛的雏形已经显现，这双眼睛会让她看到世间万物。正在成形的管道有朝一日会发育成内耳，这双耳朵会让她听到生命之音，每一句话，每一个音符，每一滴落雨。还有一个开口会变成嘴，若孩子顺利出生，母女平安，这张嘴日后也许会问：上帝是什么啊？我们为什么需要风呀？我在进入妈妈的肚子以前在哪里呢？

房间里，监护仪嗡嗡运转，医护服唰唰移动。护士和医生走来走去，完成从始至今没变过的诊断测试：按压胸部，轻挠脚趾。一成不变。

丽贝卡的一个鼻孔里插着一根塑料细管，营养物质会通过管道经由鼻腔、喉咙流入她的胃部。

而丽贝卡自始至终都在沉睡。对于在她体内展开的进程来说，有意识的大脑就如同她床边窗沿上日渐萎蔫的向日葵一样可有可无。

THE DREAMERS

-34-

女儿睡了他就睡，女儿醒了他跟着醒，一天六次或八次或十次。每次醒来，本都会再度认清这一事实：他正独自和六周大的宝宝在一起。

无论去哪儿，他都要带着蜷在胸口的新生宝宝。他被告诫了一次又一次，你得待在家里，家里最安全。可他必须出门，去拿配方奶粉和尿布——镇上的高中正在分配生活物资。没人能告诉他他的妻子在哪里，医院的接线员不知道，急诊室外的士兵不知道，连第一天晚上，套着蓝色防护服和白色面罩，把安妮从厨房地板上抬起来的医护人员也不能明确说出她会被送去哪里。被抬走时，安妮的手指轻轻颤动，她睡觉时经常会这样。

安妮被送走的后一天早晨，护士来给孩子量体温时全副武装，戴着塑料护目镜，穿着连体防护服。宝宝号啕大哭，她已经能分辨出什么正常，什么不正常。

护士再也没回来过。

大街上时不时有一辆悍马缓缓驶过，或一辆救护车呼啸而过。街坊邻居进进出出，十分警惕。可本的眼中只有女儿的脸，耳边只有她的哭声。她只肯在爸爸的臂弯里入眠。她的嘴唇又从奶瓶口脱开。本的所有衣服都混合了尿骚味、酸奶味和尿布那甜蜜的臭味。他没时间冲澡，没时间洗脸。脏衣服凌乱地堆在地板上。

安妮离开后的最初几天，她的一位同事曾经来访，带着配方奶粉和湿纸巾。“没人知道他们在做什么，是不是？”她双臂交叉，声音微微发颤，“我觉得他们根本不知道自己在做什么。”

这个女人和安妮不是很亲密。可毕竟他们在这个小镇上只生活了三个月，只好能问谁就问谁。

安妮，安妮，安妮。她的名字听上去突然变得神圣、陌生而不同寻常。回家吧，本像个祈祷者一样低语。

本每天给居住在俄亥俄州的母亲打电话，母亲想飞过来，可本抱着打盹的女儿，轻声告诉母亲来了也没用。“他们不会放你进来。”

几十年来，只要母亲在那儿，本就会感到安心。“女儿出生时你就该叫我过去的。”可他和安妮早已决定，要一家三口生活一段时间后，再让双方父母过来。现在他明白了这都是青少年对什么是大人的理解。“如果她出生时我就过去了，我就会和你们一起被困在那里，就能帮上点忙了。”

有时，他筋疲力尽，甚至觉得倒头就睡，一睡不醒似乎是个不坏的主意。

在喂奶期间，公共广播传出的新闻片段在屋里飘荡。六百个病人，人数仍在增加，七百。

七十英里外的洛杉矶，商店的口罩卖完了，人们忙着囤积食物，生怕疾病扩散到那里。

一切寻常之物都成了不祥之兆：一只没拴狗链的斗牛犬在街上晃荡。附近某处，有个烧水壶响了几个小时。排水沟中的细流一刻不停地流淌，就像有人在给草坪浇水时晕倒了似的。

第三天，当安妮的朋友没按约定的时间来，也不接电话时，本问都不用问就知道原因。

在那之后，他和母亲约好每天早晨给她打电话。“如果我没在八点前给你打电话，你就报警。”可与新生儿共度的时间捉摸不定，不经意间几个小时骨碌一下就滚过去了。第三天，格蕾丝醒来后又是哭闹又是吐奶，本就忘了给母亲打电话——他的记忆有些失常，如同解体。两小时后他才看了眼手机。十个未接来电和一则短信：他的母亲已经报警了。

“谢天谢地。”母亲在接到他的回电时长舒了一口气，听上去高兴极了——本平生第一次体会到爱一个孩子所要经受的特殊痛苦。“那么，警察来时你怎么说的？”

“他们没来。”

两天后，一个警察带着一群身穿蓝色防护服的工作人员来访。

“我们接到报案，说这儿可能有个男人病了，留下一个刚出生的孩子没人照顾。”

“那是两天前了。”

警察透过口罩叹了口气，他的双眼布满血丝，尽显疲态。

在那之后，本就一直开着窗。他满脑子都是对未来的糟糕设想。如果他倒下时窗户开着，也许会有好心的过路人听到女儿啼哭，在她脱水前把她带走。

靠着在日常生活和无妄之灾中可能性同样小到可忽略不计的大好运气，本终于找到了安妮的线索。电话那头医院的人终于确认她的安妮是一位病人，但她不在普通病房，而是转移到了学校图书馆，那儿已被改装成病房。电话那头的女人还说，没人能进图书馆，那里同医院一样是隔离区，有士兵把守。女人还悄悄告诉她，像是透露了一个不可外传的秘密：那个图书馆安了从地板连到天花板的大落地窗。

当本带着女儿到达图书馆时，窗户外已聚集了一群人：有戴着白色口罩的普通人，还有几个孩子，牵着父母的手。不久后，士兵会给整片区域安上围栏，而眼下，今天，他们还能趴在有色玻璃上往里头看上一眼。

这是本所看见的：屋里有大约五十张床，排放整齐，每张床上躺着一个人。一些穿着蓝色防护服的护士和护工在床与床之间穿梭。桌子和古老的灯推到了偌大房间的一侧，书架上的书俯瞰着下方的景象。

本没有立刻看到安妮，但他很快发现角落里有个棕色头发的人，并一眼认出了她。他猛吸一口气，震到了胸前的女儿。“妈妈在这里。”本轻声对女儿说，嘴唇触到了她的额头。安妮平躺在床上，身上连着许多管子，这一幕令他难受，又令他安心。安妮在这儿，看上去和平时一样，偶尔当本醒得比她早时，她就是这个样子。知道她睡在那里，本心安神定。

本从襁褓里抱出孩子，在玻璃前把她举高，女儿的腿像虫子一样蜷在一起。书上说，新生儿的眼睛只能看到一米内的东西，可现在他已不再相信那些育儿指南。孩子们知道的比专家所认为的要多，他确信这一点。不正确的东西和无法测量的东西不可相提并论。

“你看到妈妈了吗？看到了吗？”

即便如此，即便他正凝视着安妮的身子，即便他笃定那是安妮。她搭在腿上的手，她落在脸颊上的发丝。即便如此，即便诸多证据证明她就在那里，同样的问题又开始冲击着他：你在哪里？你去哪里了？

当本在屋里一刻也待不下去时，他带着女儿在日出时出门散步。女儿娇小的身子钻进他的羊毛衫，眼睛在阳光下眯成一条缝。本的脚步声在林间回荡。

他花了一整天教女儿各种事物的名称，一边走一边说：那是山峰，这是湖，盘旋在邻居家九重葛花田上的是蜂鸟，天上嗡嗡响的东西叫直升机，它也在盘旋。还有天空，万里无云的蓝色天空。蓝色，我们把那种颜色叫作蓝色。女儿惊奇地盯着每一样东西，开始牙牙学语，咿咿呀呀。那是他女儿的声音。本的胸口腾起一种令他吃惊的情感：又苦又甜，考虑到当下情况，甚至还带着些歉疚。可这个词盖过了一切：欢欣。

他试着把一切牢记在心，每一个小小的微笑，每一件新的乐事，以表达他对安妮最深切的怀念。安妮会想知道关于孩子的每个细节——尿布的成分，等了许久的嗝儿，脚指头的活动，细节中的大爱。本试着一一写下来，可一切都如流水般哗哗淌过。写下它的时间会和历经它的时间一样长。为安妮留存下这些日子的唯一办法是记录下每个小时、每一分钟。至少在某一方面，这段时间和其他时间一样：都会逝去。

THE DREAMERS

-35-

医院的病床，图书馆的折叠床，如波浪般遍布大学校园的大帐篷，餐厅里搭起的折叠床，教室里搭起的折叠床，崭新的帐篷……第二波病毒的侵袭来了。伴随着本该用于利比里亚和新几内亚的生活物资，伴随着住特制帐篷的昏昏欲睡的士兵，在散布于圣洛拉各地的房子的床上——沉睡者仍在梦中。

整座小镇的人像是走光了，尽管没人能出去。清醒者之间，有一种《出埃及记》般的感受彼此相通。仿佛大家光凭感觉就知道，如同用余光瞥见别人脑海中闪耀的意识。

到这份儿上，统计病人的准确数目变得很难。一千，也许更多。

头发长了，指甲弯了。没有足够的护工来为他们剪指甲，刮胡须。再说，让套着三层乳胶手套的手来完成这些工作非常危险。

大多数人更虚弱了。营养不良，身体脱水。

倘若生了褥疮也没法愈合，身旁通常也没人能发现。

维多利亚时期的人常常担心因误诊为死亡而被活埋，而如今，截然相反的事正在圣洛拉上演——折叠床上一些奄奄一息的人被误认为还活得好好的。

THE DREAMERS

-36-

眼尖的围观者可能已经注意到：一些普通百姓四散在警卫队附近协助工作。瞧，他们在高中校园里装食品的箱子，纯蓝的牛仔裤与士兵的绿色军服互相映衬。瞧，又是他们，在学校的小教堂里支折叠床。志愿者中有两个大学生，看不清脸，他们也在来回奔忙。

可其中一人的母亲发现，新闻图片的背景里，那个在分发口罩的不正是她的女儿吗？她还活着真是太好了。还有，那个在她身边拆封防护服箱子的男孩又是谁呢？

梅。一根松垮的绳子绷紧了。圣洛拉虽一片混乱，但也有显而易见的事实：她和马修，他们醒着，他们还活着，有手可以帮忙，有脚可以行走，还有想出一份力的渴望。这份渴望无比深切：想做些力所能及的事。

马修口罩上方的黑眼睛，口罩下回响的声音，明辨是非的清晰思维，仿佛模棱两可是弱者的掩饰——在他身边感觉真好。他们只朝一个方向移动：需要他们的地方。他们一直在一起，像是一支独立作业的小分队。马修绷紧手臂托起她的臀部，让她的视线能够着窗户，探查里头有没有沉睡者和死者。

她忘了给手机充电，忘了给父母打电话。她不知道她母亲加入了由一些受困者家属组成的队伍，聚集在小镇几英里外，晚上睡在车里，日日夜夜等待着最新消息。可她真的一礼拜没和母亲通过话了吗？这儿的时间跟梦里一样滑溜。他们才十八岁，可过去已经消散。

而未来又缩得那么小，就像正午霎时缩短的影子。

谁求助，他们就帮谁跑腿。他们用尽了运动型多功能车里的最后一滴油，来将食品从高中运往养老院。他们在房子、车子里寻找病人，累的时候会一屁股坐在人行道或长椅上。

有一天，他们路过动物保护协会，听到墙后有一群狗在汪汪吠叫，如泣如诉。透过窗户，梅看到一个男人晕倒在前台。所有门都上了锁。

两人没讨论该怎么做。马修直接拿起一个垃圾桶，砸穿了玻璃窗。

玻璃砸碎时，有猫咪开始大声叫唤。

谁知道这些动物饿了多少天了？马修用力打开笼子，二十来只猫猫狗狗钻了出来，拥向前门。梅正把大袋食物撒在人行道上。

他们离开时，两个男人信步钻过砸碎的玻璃窗，旋即飞奔而出，腋下夹着几个盒子。

“也许是药物。”马修说，“马匹镇静剂什么的，但鬼知道他们到底要伤害什么。”

另一天，他们走在路上，发现有段路的路面呈现出潮湿的暗色，真是奇怪。太阳高挂在天，空气干燥洁净。他们一时看不出水从哪里来。梅踏入最近一栋房子的院子，脚下的草地一片泥泞。他们发现，水正从一扇打开的窗户里静静地流淌出来。

透过纱窗，眼前的景象触目惊心：客厅里积了及膝深的水，水波荡漾。一场隐蔽的水灾。

他们知道，水也可能是血——屋里的人可能在睡眠中溺水。无人维护的人类空间，崩坏的速度居然如此之快。

“也许没人在家。”梅说。漂浮在水面上的书、纸和家具如船只般碰来撞去。“也许水是在他们出门后漏的。”

“他们也可能在家。”马修说。

瞧瞧他，她的男孩，话还没说完就踢掉了凉鞋，一条腿跨上窗台。扑通。梅踌躇不前，又是敬佩又是害怕。屋里的水可能被病毒污染了。马修从屋内打开前门，积水一下子涌出门廊。

“来吧。”马修说。梅跟了进去。

屋里回荡着轻柔的水流声，一条细流正平稳地流下楼梯。

天花板有几处塌陷，透过那些洞往上望，能看见上层卧室的墙壁。水绕着洞的边缘打转，跟落水洞一样。

“我觉得待在这里不安全。”梅开口道。但马修已经向楼梯走去，救下一条人命的机会让他跃跃欲试。他说：“我们得看看有没有人。”

可梅的恐惧卷土重来：这过头了。她有种不祥的预感，水中可能潜藏着看不见的生物，或尸体。无意识状态下，人可能在几十英寸深的水中溺亡。

“我们得报警。”梅一开口，就意识到这是个不合时宜的主意——谁知道警察要多久之后才会过来。

她深吸一口气，怀着从悬崖上一跃而下的心情，跟随马修走上楼梯。光脚下的地毯如海绵般松软。水正顺着墙纸往下流。

“是水池。”马修对下方的梅大声说。梅听到水龙头关闭的声音。“水池下有根管子漏水了。”

梅踢到了一个硬邦邦的东西，是台笔记本电脑。“妈的，”马修说，“看那里。”

一张复古的四柱床上有一个戴着眼镜的白发男子，他穿戴齐整，如同在一只木筏上漂流。他看上去那么孤单。最先发现他的是两个陌生人，这揭示了他的生活状态。

梅俯下身，听不见呼吸声，她又把手放到男人的胸膛上，有起伏！她松了口气。

“他还活着。”梅说。

马修将男人翻了个身，轻轻地来回活动他的四肢。他们觉得有必要这样做来避免醒后的酸疼。

床边的地板上到处是杂志，杂志内页的油墨都渗开了，显出斑驳的蓝黑墨迹。字句消散开来，模糊不清。

“等等。”梅开口，“我觉得这是我的生物老师。”课堂的记忆已经朦胧，可她喜欢这位教授，喜欢他对树的痴迷。

至今，他们已经将几十个病人送进了医疗帐篷。

这位生物学教授在此之上又添一人。

梅和马修睡在帐篷里，仿佛那栋大房子已成了两种污染物的来源：一种是沉睡病的病毒，一种是煎熬中的颓丧。

他们能少睡则少睡——要干的活儿太多了，晚上也有事要做。一切都那么迫切，一切都那么新鲜：他在黑暗中触到她，他的唇迅速找到她的唇，他的身子压住她的身子。没有言语，没有灯光，也几乎没有思考。同样的纯粹，推动他们度过白天与夜晚。

在那之后，他们睡得很沉，过了几个小时还没醒。劳累的年轻人，疲倦的身体，深沉的睡眠。突突飞行的直升机没有将他们从睡梦中吵醒，警报声和悍马隆隆驶过的声音吵不到他们，萦绕整个小镇的担忧之情也没能干扰他们的睡眠。

同时，掩映帐篷的树林间，蟋蟀正在举行古老的仪式，树皮甲虫正在树上挖洞，慢慢地，慢慢地将其侵蚀。

若换个时间，在同宿舍女生的察言观色之下，梅会思索她和马修是什么关系，他俩到底是不是一对儿。可她对这个问题未作多想。她与马修，因日日患难与共而彼此联结。白日，他在她的身边，与她十指相扣。夜里，他的臀部与她紧密相贴。该把这叫作什么呢？这个想法怎么样？一天夜晚，当梅飘飘然地即将入眠时，一个她永远不会大声说出口的宏大想法在她脑中孕育出来：直抵世界尽头的爱。

THE DREAMERS

-37-

每一块紧绷的肌肉终将舒张。肾上腺素不会无休无止地释放。在某一刻，一种新的情绪支配了回家后的漫漫长日：无聊。

百无聊赖之时，萨拉和莉比玩起了两人间最古老的游戏：探索自家的房子，拉开不允许拉开的抽屉，翻找不应该打开的柜子。她们的父亲守着许多秘密，屋里总有一些小东西值得一寻。

不必大声说出她们到底在寻找什么宝贝：她们的母亲曾一度生活在这栋屋子里的线索。对母亲在世时光的大多数了解都来源于此：她抹淡雅的指甲油，涂浅银色的眼影；她曾在超市买了八罐婴儿食品和一瓶红酒；她曾在二手书摊买了一本关于意大利画家的书；她曾在大学上过水彩课；她曾开过肺炎的药并延期付款；她曾得到过一张超速罚单；她有一张图书馆借书证，一本驾照；她在钱包里放了一张两个女儿的照片。

“我知道你会阻止我，”莉比突然为前方的可能性或风险而跃跃欲试，“但我们还是看一看阁楼吧。”

阁楼。阁楼的小门唯一打开那次，是父亲要往墙角放捕鼠夹。那些老鼠，或者出没此地的更遭人嫌的生物，让他们一家三口一直对阁楼避而远之。

可这一天，萨拉的反应让妹妹惊讶，她说：“好的，我们上去吧。”

门上了锁，但莉比知道父亲放钥匙的地方。门卡在门框里，但用力一推就开了。

阁楼比萨拉想的要小一些，亮一些。一缕缕阳光透过灰扑扑的圆形窗户射入，照亮了飞蛾扑闪的羽翼。

地板上布满了老鼠屎，空气中有股臭味。

阁楼里有一堆密封的硬纸板箱，莉比径直走过去，仿佛知道自己要寻找什么。

也许萨拉在几年前见过这些盒子，因为当莉比把一个盒子推给她时，她对盒子侧面的字迹毫不惊讶：那是父亲的笔迹，用大写字母写了母亲的名字——玛丽。

“你见过这些盒子？”萨拉问。

“我以前上来过。”莉比说。

萨拉暗自吃惊，妹妹居然藏着这么个小秘密，她竟在这栋屋里留有不为人知的个人生活。

“可我从没打开过。”莉比说。萨拉觉得这话真假难辨。

猫咪跟在后头，从打开的门走进来，四处嗅探。黛西很快发现了一只卡在捕鼠夹上的死老鼠。

“我们到楼下开箱子吧。”萨拉说。

她们像贼一样，尽量不在盒子上留下痕迹。她们小心翼翼地撕下胶带，手指因此沾满了灰尘。萨拉拉掉了第一个盒子上最后一段胶带，心中万分期待，似乎这些箱子能回答一些悬而未决的问题，能告诉她们母亲到底是谁。

第一个箱子装满了衣服。

这些是她的衣服。萨拉一边想，一边把这些衣服如神圣的遗物般铺在长沙发上。

“我记得这件。”莉比对着光举起一件绿色的衣服，衣袖已被飞蛾咬了几个洞。

“真的吗？”萨拉努力回想这些毛衣，这些牛仔裤。可事实上，在她眼中，那些毛衣就跟闹市区救世军组织里挂的衣服一样陌生。

莉比把所有东西摊在客厅的地板上。夏裙，凉鞋，一套黑色陶瓷鸟，底部标着葡萄牙生产，可到底是从哪个国家买的——谁知道呢？她们知道或能推断出的是，母亲的手曾触摸过这些鸟，所以她们也想摸一摸。

一盒珠宝透着幽微的魔力：曾挂在母亲脖子上的绿松石，曾戴在母亲耳朵上的银耳环。可这种魔幻的感觉比萨拉希望的要小。所有物品都带着一种失落感。

可莉比陷入了沉思，仿佛这些东西成功地把她带到了另一个地方。

外头有东西吸引了萨拉的注意力：一只游荡的小型斗牛犬，它正在舔舐水沟里残留的水。这只狗脑袋的形状，还有红色的颈圈有些眼熟。

“哎，那不是阿其尔的狗吗？”萨拉说。阿其尔，这个名字总闪着私密的光芒，可这次却带来了新的恐慌——为什么他的狗孤零零地在外游荡？

“它走丢了吧。”莉比的脸贴上了玻璃。幸好她回过神了。“可怜的小家伙，我们得把它带回家。”

父亲会怎么说呢？萨拉想象到他话语中的分量，说：“我们不能再冒险出门了。”

她冲向卫生间，依旧因月经初潮而手忙脚乱。她想尽办法来应付经血：小毛巾，厕纸，减少走动。在父亲完备的应急物资中，独独没考虑过这个。

等她再次走出卫生间，便听到纱门啪的一声关上，以及盛水的碗咚的一声放入院子。她一定没听错。莉比把阿其尔的狗赶进了后院。

这条狗既友好又感激——不然那双湿漉漉的黑眼睛还会有什么别的意思？它在喝水时舌头疯狂地卷动，似乎已经渴了很久。水从碗里溅出来，落在莉比赤裸的脚上。这条狗也像其他狗一样咧开牙齿，像是在微笑。

猫咪在厨房的窗边一字排开，一边看着莉比抚摩狗的背，像是把它当成了自己的狗，一边抓挠玻璃。莉比任由狗舔舐自己的嘴，而她打着小卷的棕色鬈发落在了狗的耳边。莉比和狗有一个共同点：都能迅速地萌生爱意。

狗毛发浓密的脖颈上挂着一块金属标牌，上头刻着阿其尔的姓氏和住址，证明了狗的身份。这块骨头形的标牌在萨拉眼中忽然变得陌生，宛如来自一个失落的时空，宛如触及了一个平行世界。狗的名字叫查理。

“我得给阿其尔打电话。”萨拉说。这个主意令人激动，可当电话到手里时，她的心开始怦怦直跳，强烈到让她无法说话。

“我来。”莉比说。

可没人接听。“我们把它送回家吧。”莉比说。

阿其尔家离这里只有几个街区，但小区里到处是士兵和卡车。士兵身穿军服，脚蹬长靴，肩上扛着步枪，而隆隆作响的迷彩卡车如坦克般让人望而生畏。

“如果我们被看见了可怎么办？”萨拉问。士兵可能会带走她们——独自住在一栋受了污染的房子里的两个女孩。

可莉比已经套上了白色的牛仔长靴，连袜子都没穿。她往查理的脖子上系了一根旧绳子，当作临时狗链。她说无论萨拉去不去，反正她要去。不过呢，能为这个男孩做点好事，这样想来还真是有些刺激，也有些兴奋。

她们走了先前走过的路，穿过濒死的枯树林。她们再也无法回想起这片树林在干旱前的样子。在她们看来，这儿的自然就是如此：每十棵树中有一棵死树，如同一副骨架立于艰难求生的同伴之中。

行走时，她们有种被人盯着的感觉。松针的每一下翕动，都像士兵在移动；翅膀的每一下扑棱，都像有人在低语。她们加快了脚步。

可透过树木向远处瞥，树林里、大街上通通不见人影。有时，四方实在太过安静，让她们感觉世上只剩她俩依然清醒。

透过林间望去，阿其尔家的房子同以往一样：干净的大窗户，红色的窗帘，门廊上的一盆盆植物。车库的门开着，露出堆在角落的自行车和阿其尔的科学项目——一个机器人模型。墙边堆着三个行李箱。萨拉不由得想：那是他们一家人夜半逃离，从埃及带过来的吗？

一阵羞怯在她体内流转。

晚些时候，萨拉才想到灯光。为什么大白天门廊的灯会亮着？为什么餐厅的枝形吊灯明光烁亮，好似夜间？

查理忽然撒腿冲过街道，奔向门廊，扑进里屋。这时她们才意识到：前门开着。

“有人吗？”莉比大喊。

阿其尔的绿色背包耷拉在门边，书散得到处都是。

她们只在屋里待了一分钟，只来得及看到餐桌上的晚餐饭菜和从汤飞向面包的苍蝇。

查理狂吠不止。

“我们得赶紧出去。”萨拉刚说完，就看到了熟悉的一幕：前门上湿答答的黑色大叉，喷漆还没干。

哦，阿其尔。刚刚逃过一劫，又碰上另一场无妄之灾。泪水涌上萨拉的眼眶。

有人突然冲她们吼叫。

“喂，两位姑娘。”是个男人的声音。他从隔壁房子的二楼探出头，脸上戴着遮住整张脸的面罩。“快离开那栋房子。”

她们一路穿过树林跑回家，脚下的松果嘎吱作响。突然不再闹腾的查理跟着她们一起跑，黑色的毛变得脏兮兮的。

到家后，她们在院子里大口喘气，萨拉忽然感到心慌：

“它的毛会不会沾了病毒？”

她们拉出浇水带。一开始她们戴了手套，换了长袖，却忘了戴口罩。萨拉站在尽量远的地方向狗喷水，却没想到狗会甩掉身上的水。水溅到蔬菜田的角角落落，把她们浑身上下都淋湿了。现在轮到她们沐浴了。

随着水蒸汽逐渐布满整个浴室，萨拉对莉比说：“尽量屏住呼吸。”可她们已经呼吸了太久，吸入了太多。

喂猫，清理垃圾，一次又一次整理母亲的东西。

同一天下午，一只游荡的梗犬沿着马路走了过来，弯弯曲曲的狗链缠住了篱笆。莉比跑出去，把它抱了起来。

现在她们有两条狗要喂。两条狗和五只猫。

从屋顶平台向外望，街坊邻居似乎都消失了。当巡航的直升机短暂飞出听力范围，一阵古怪的安静扑面而来：没有割草机嗡嗡响，没有孩子大喊大叫，没有在车道上弹动的篮球，没有车库门开关时嗞嗞响的滑道，没有车门关上，没人出门跑步。街对面的一栋房子里，一块电视屏仍在闪烁，几天没人管。而在一个不知何处的地方，她们的父亲正在沉睡。

可鸟儿仍在啼啭，松鼠在几日没收走的垃圾堆里翻来翻去，一群流浪猫在街对面护士家的废墟里安了家。

在这时，也只有这时，萨拉忽然对隆隆作响的悍马心生感激——这证明她和莉比不是最后剩下的人。

那天晚上，萨拉穿着母亲的一件毛衣睡着了。

THE DREAMERS

-38-

在美国的其他地方，不乏怀疑者。一个新的话题标签开始流行：圣洛拉闹剧。

他们信誓旦旦，认为政府知道更多内幕。这才是封锁全镇的真正原因：掩盖真实意图。

唯一真实无疑的是士兵。圣洛拉事件，不过是让政府接管的一个借口。好好想想，圣洛拉可能只是个起点，一个试验地。

如果这是真的，那我们就大错特错了。这背后可能是俄罗斯或朝鲜，可能是由无人机释放的某种神经毒气。我们想搞这样的玩意儿不是好几年了吗？我们不是一直横行世界，乱投炸弹吗？也有另一种可能，政府只想让我们误以为自己遇到了袭击。

睁开你们的眼睛。如果你真的相信圣洛拉事件，那你可能也相信水中的氟化物真的有益牙齿健康，或相信一架客机真的在“9·11”那天撞击了五角大楼。

你听到最新的感染人数了吗？六周一万五千人？呵，没有东西能传播得这么快。

THE DREAMERS

-39-

本开始做梦，梦来得很快，无论他睡的时间多么短，梦都会瞬间涌入他的大脑，仿佛意识无法将之阻挡。一直以来，梦的焦点都是安妮，如同在他脑中循环数日的歌。在梦中，安妮用最不可能的方式回到了他身边：她的润唇膏骨碌碌滚过台面，她常用的肥皂清香四溢，她把指甲留得很长，任其断裂，因此指甲边缘参差而毛糙。有时，本会梦到安妮在各个房间穿行的动静：墙后面的马桶在冲水，她往水池里轻轻吐了口痰，或是她在踢到脚趾后忽然停下哼歌。又一次，从她常常被绊倒的那块松动的地板条那儿，传来一声熟悉而清脆的：

“妈的。”

梦总以同样的方式结束：宝宝哭着要奶喝。

散步能安抚宝宝，也同样能安抚本，再说除了散步之外还有什么可做的呢？那就散步吧，一天两次，三次，四次。

再一次慢悠悠地走在路上时，本对女儿说：这是一棵松树，这儿有一颗松果。这是影子，你的影子，还有我的影子，影子在路上拉得很长，那是因为每年的这个时候太阳在天上的位置很低，我们管这个季节叫秋天。

门廊上的人——本说着说着眼睛湿润了，只见那个面露疲色的女人说：“不，我们今天必须待在家里。”——那是母亲，而门口的那个男孩是她的儿子。

这儿是人行道。这儿是街道。这儿有一张蜘蛛网。

一个鸟舍。一辆车。

但有些东西很难命名。

有个穿着蓝色防护服的人在大街中央爬来爬去，这该用什么词来描述？

本看到时，他和女儿距那人半个街区。那人的手在拉扯面罩上的橡胶，猛拽口罩，动作急切却没有用。你能从一百步外察觉出他的恐慌。最后，他终于从头上拿下面罩，露出脸来：一个黑发汗湿的年轻男人。

他在咕哝些什么，声音惶恐不安，含糊不清。他的双眼不对劲——一片空洞。

本往后退，双臂把女儿护在胸前，仿佛手腕的肌肉有自己的思想，在大脑决策前就知道了该怎么做。

“你还好吗？”本冲那个男人大喊。

可那个蓝衣男人没有回答，连头都没转。他爬上了路边一辆旅行车的引擎盖，因为穿着短靴，他的脚一直打滑。

一些邻居出现在窗边。

“你还好吗？”本再次大喊。

但现在情况已一目了然：这人不清醒，他在梦游。尚不清楚的是他从哪里来，他是谁，兴许是名落单的医护人员？

有一瞬，他的呓语变得清晰，嗓门突然拔高：“我不会游泳。帮帮我，我不会游泳。”

一些人已经聚到门廊上观看，但他们站在原地，因恐惧而麻木。

若没有女儿，本一定会上前帮助。女儿温热的头靠在他的胸口上。孩子让一切变得如此简单，他要做的就是让她远离那个男人，带她回家。

他在路上打了911，电话那头说救护车马上会到，实际过了很久才来。本听到男人尖叫了一个多小时，随着本解开尿布换上新的再解开再换上，随着他拆开另一包配方奶粉，男人的声音越飘越远。

当那个男人在另一条街上尖叫时，本的宝贝女儿一直盯着本的脸，仿佛她对一切了解得比他还要透彻，似乎她的成长历程已缓缓起步。“有人会帮他。”本回应她的询问或质问，“有人会帮他。”

这时，如果本打开电视，他会看到一架新闻直升机已经开始追踪那位蓝衣男子，上百万人能同时观看他曲折前行的实况转播，看到他消失在树林里，几分钟后又再次出现，双脚赤裸。

本没有像那上百万人那样，看见接下去的一幕：这个人走上马路，一辆悍马疾驰而来。

可六个街区外，本听到了急刹车和玻璃碎裂的声响。他还不知道，至少还没证据可推断这件世人很快会得知的事：那个蓝衣男子，来自田纳西州的志愿者，被巨型车轮无情地碾过。

梦。梦来得越频繁，就显得越离奇。原因也许是睡眠剥夺，也许是孤独，也可能是他脑海中在发生什么。无论如何，他做的梦不正常。梦，从某种程度上，是真实生活的映射。这很难解释，但梦的确会逼真到让人信以为真。

一开始，本梦到了过去：他和安妮住在纽约的老小区，他和安妮在音乐会上，手里的冰啤酒，在黑暗中随音乐摇摆时安妮腰肢的触感，在她的卧室里度过的日子，在公园里的午后。

但他没有梦见那次意大利旅行，没有梦见两人的婚礼，也从没梦见他们最爱的地方：威尼斯、墨西哥，还有缅因州的吊床。他梦到了安妮的身体——当然，当然。可他从没梦见安妮穿上他喜欢的那条绿裙子，配上唇彩或她那富有光泽的棕色直发。相反，他梦见安妮穿着运动裤，戴着有污痕的眼镜，梦见她在布鲁克林穿着睡衣，躺在老旧的沙发上喝啤酒，梦见她笑起来时旧短袖下的胸部。他梦见她拿着他的笔记本电脑看纪录片，梦见她曾为一次公路旅行制作的冰激凌三明治——把冰激凌三明治带上车到底是谁的主意？车上的三明治融化了，滴落得到处都是，方向盘一连几周都黏糊糊的。

有时，他会梦到一些隔三岔五的吵架和细小琐碎的烦恼，比如安妮从来不洗盘子，不把垃圾带出去，不会想到买厕纸，她还害怕在一年中最热的夜晚使用天花板上那扇摇摇欲坠的风扇。可本在梦里感到一种愉快，半天就能解决问题的愉快——只需一把螺丝刀，一台折梯，或去药店跑个腿。

他也从没梦到过安妮为了导师而离开他。在最近的梦中，安妮一直在他身边，踏实、稳定又安宁。

他不太能分辨出哪些是真实的记忆，哪些不是。比如冰激凌三明治。“我们真的做了吗？”他在某天早晨在厨房水池里给女儿洗澡时问，女儿的眼睛像鱼一样大而无神。他想不起来那次旅行要去哪里，那是谁的车，他们那时年纪多大。还有树林中央的婚礼——那是真的吗？“那是谁的婚礼？”也许那场婚礼只是一个梦。

就在这时，一种奇怪的感觉涌上他的心头——这些梦也许是未来的片段。

他否决了这一想法，当然要否决，这太疯狂了，就像一种幻觉。

这个想法来自他让学生读过的古老故事：天使传信，巫师念咒，国王和王子在梦中见到鬼魂。

他的记忆有所变化。比方说，如果他的大脑运转正常，他会忘了在把厨房水池改装成宝宝的澡盆前清理镀银厨具吗？

一把刀的锯齿刃忽然从肥皂水中浮起，堪堪擦过孩子的大腿。他的恐惧以安妮的声音之形进入脑海，他听到她说：本，你怎么搞的？

这一幕，或类似的一幕，之前是不是在梦里出现过？

他回想起来，妄想的一个症状，就是无法区分现实与梦境。

一天下午，本得知了早已全镇皆知的事：两个加油站都没油了。更多的油正在运输途中，士兵虽这么说，却不会允许加油车进来。

座位上的格蕾丝瘪起嘴要哭鼻子时，加油站排在本前面的男人说："你就想想，他们为什么要让我们的车有汽油？没有汽油，我们就困在这里出不去，就跟羊圈里的羊一样。"

本梦见了一个阳光灿烂的清晨。他和安妮睡到很晚才起，晚得奢侈。安妮下床拿巧克力牛角面包和草莓。他们在床上待了一上午，读报纸，喝咖啡。安妮的内衣吊带滑下肩膀。我们今天做什么？安妮边问边慢悠悠地伸了个懒腰。这个问题让他们感觉到，他们能随心所欲地做想做的一切。时间：这才是梦的真谛，梦里有无限的时间可自由支配，一派闲情逸致。

梦醒时分，枕边无人实在太过痛苦，但随着梦的离去，那种古怪的感觉又来了：梦中的清晨发生在未来。

本过了好一阵子才察觉梦里少了什么：孩子。

现在他要去看看孩子的情况，他突然无比迫切地想看见她。

来到婴儿床边，他立刻发现了问题：孩子的襁褓没有解开，头被完全盖住了。当看到襁褓里的女儿好好的，虽然热了点但好好的，她仍睡得香甜，本心中的大石头终于落了地。但是，万一她窒息了呢？万一他没醒来呢？

他脑中渐渐冒出一个离奇的想法，或者说这仅仅是一个愿望：这些梦的确是一睹未来时光的一段旅程。

这不像他的思维方式，他永远不会将之大声说出来，可他和过去不一样了，和孩子出生前的自己不一样了。他更加相信了，还是与之相反？这些天到底哪些为真、哪些为假，实在太难分辨。毕竟，最难以置信的事已经发生了——有什么事能比一个婴儿更加扑朔迷离呢？若不接受奇思妙想，他如何相信安妮几个月来日渐鼓胀的肚皮下是个小人？小不点降生时是不是有些超脱尘世？一个生命。女儿出生时全身覆着一层淡银色细毛，医生说这是胎毛。安妮总爱说我们的宝贝有毛，仿佛格蕾丝真的是从超自然领域穿越而来。她从没呼吸过却知道该怎么呼吸，她知道该怎么捏住别人的手指，以及眼下，本夜半醒来，担心婴儿床里的女儿，她立即回以一声啼哭来安抚他，如同夜半心灵感应，这是真的吗？关键在于：思来想去之余，他是谁，凭什么能说什么可能，什么不可能？

早晨。滴落声忽然响起，本一时没太明白眼前的一幕——咖啡流过厨房台板，滴落在油地毡上。在接收器里仍有一杯满满的咖啡时，他启动了咖啡壶。

当他再次给女儿温奶时，最近那场梦仍纠缠着他。他开始相信，但他永远不会说出来：也许，也许就像集体无意识，就像超感知觉——也许他真的在梦中看到了未来。

-40-

人们容易将愿望误认为事实，将谎言错当成希望，将世界想象得更美好。比如，对于我们的孩子——我们从未料想过会失去他们。

因此，当本在早上发现婴儿床里的宝贝女儿迟迟不醒时，他难以相信发生了什么不好的事。女儿的睡相和以往一样，粉嫩嫩的脸颊，肉嘟嘟的嘴唇，睫毛一如既往地扑闪，小小的腿伴随着鼾声上下轻摇。看上去一切正常，可无论本怎么做，她都没有睁开眼睛。

“醒醒。”他说。臂弯里的女儿暖暖的，若把大拇指塞入她的掌心，她依然会紧紧抓住。“醒醒，小不点儿。”

可挠脚底板没用，摸脸蛋没用，往脸上泼水也没用——怎么都无法唤醒她。

无论他在过去几周对这一幕接连不断地想象过多少次——结果压根没用。最深刻的恐惧比起亲身经历都是小巫见大巫。活在世上顿时没了意义，这种感觉令人胆丧魂销。

之后，他会一一思索本能救下女儿的办法：也许他们应该一直待在家里，或早点离开，冲破路障——反正什么办法都行。

可现在，他只能跪在地板上，像是祈祷，像是乞求。

“求你了，醒醒，求你了。”本将手放在女儿的胸口上，似乎那儿蕴含着魔力。

在这样的时刻，时间在感知上会变慢，这有所依据：实验发现一种神经过程，在受惊时，大脑会运转得更快，吸收更多信息。有人也许会说，这样一来，因神经元放电频率增加，最初的几秒会让人痛不欲生。

不过，把上面这些都忘了吧。有些故事要讲明白，只能用最平白俚俗的说法：这一刻，他的心碎了。

THE DREAMERS

-41-

那天晚上，萨拉被吵醒了。

也许是前门合页的嘎吱声，也许是砾石车道上啪嗒啪嗒的脚步声，或是前门门廊一个男人清嗓子的声音。

可这些可能性都早于萨拉的意识，她所知道的只有自己在黑暗中突然惊醒。

而现在，她听到一个水龙头在滴答滴答地滴水，睡着的猫咪在轻轻扭动，旁边床上的妹妹在平稳地呼吸，呼吸声如同一个慢速的节拍器。

屋里很暖和，她能借月光看清妹妹的脸，可有种奇怪的感觉不停潜入她的身子：屋里似乎只有她，而妹妹不知去向。

她妹妹的呼吸声，没错，就是呼吸声——太慢了。这一可能性带着事实的重量击中了她：妹妹睡得太沉了。

从浮现这个想法，到戳莉比的肩膀，两者间相隔不过数十秒。

莉比立刻醒来。

“你在干吗？”她的嗓音沙哑而愠怒，却是萨拉听过的最美妙的声音。黑暗中她很难想起，任何担忧都会在午夜被放大，让人更加提心吊胆。

莉比翻了个身，转眼间又睡着了。发光的钟表显示现在是午夜，萨拉也要睡了。昏昏沉沉，即将入眠之时，几只猫咪突然从盒子里跳了出来。萨拉看见了它们的剪影：八只耳朵往同一个方向扭动，仿佛听到了不祥的声音。那声音太轻，她和萨拉的耳朵听不到。

接着又响起了别的声音，这回动静更大，是玻璃碎裂的咔嚓声。

她起身下床，使劲摇莉比的肩膀。猫咪四散跑开。

“快起来。”萨拉轻声说，“屋里有人。”

这屋子已建成一百年了，只要有人走一步，楼层就会颤动。萨拉和莉比挤在衣柜里，通过通气口听外头的动静：有人在楼下走动。

妹妹离得那么近，近到能让萨拉感觉到她喷到自己肩上的温热鼻息，还有她颤抖的身子。

踩踏木板的吱嘎声转变为油地毡上沉闷的脚步声，有人进了厨房。

冰箱门“哗”一下开了，自动吸上，又被打开，又是脚步声，接着是“哐啷”一响，像是有人弄翻了桌子。后院的查理开始汪汪叫。

“会不会是爸爸？”莉比低语，心中顿时迸发出乐观之情。

“我觉得不是。”萨拉说。

接着传来厨房橱柜开合时合页吱啦的尖响，刮擦声，盘子丁零当啷的碰撞声。

几秒的沉寂酝酿着令人毛骨悚然的新动静：楼梯吱嘎作响。他上楼了，速度很快。

卧室的门“啪嗒”一下打开了，猫咪四处逃窜，爪子挠过木地板。

衣柜里，莉比紧捏萨拉的手，劲道大得让她觉得疼。

莉比的指甲掐进了她的掌心。

衣柜外头，许多抽屉先被拉开后被推上，各种各样的东西被胡乱地丢到地上。还有另一个声音——断断续续的静电噪声，像是来自收音机或对讲机。

父亲描绘过的一幕幕黑暗图景闪过萨拉的脑海：有人要来伤害她们，也许是政府，如同父亲喜爱的那部电影的剧情，也许政府要杀掉镇上的每一个人，来阻止传染病蔓延。

她哭了起来，妹妹伸出手捂住她的嘴。来了。那人打开了衣柜的门。

在莉比的小夜灯微弱的灯光下，她们看见一个男人的轮廓。

“你们在里头吗？你们在吗？”男人的语气惶恐不安。

两人一言不发。

她们没心思想象男人可能会看到什么：穿着睡衣的两个小女孩，蜷缩在毛衣和大衣之间，一个在哭，一个将头埋入对方的胸口。可奇怪的是：他似乎根本没有看到她们。

她们看见了他的脚——没穿鞋，还有他的胸口——没穿上衣。他像拉开窗帘一样拨开衣柜里的大衣。

他不停地说：“求求你们，告诉我你们在哪里。”

这时萨拉认出了他，是她们的邻居，那个有宝宝的大学老师。

得知这个男人是个父亲让她们心安，仿佛当父母的人也会常常照顾别人的孩子。

萨拉看见他在流血，他的手血流如注，光着的脚上有碎玻璃片在闪光。

“我的孩子去哪儿了？我找不到她了。”

他的眼睛不太对劲，似乎在注视又似乎没有焦点，就像——对，就像在做梦一样。

又是那个刺啦刺啦的声音，像是某种电器。他把发声的东西举到耳边——一个婴儿监听器。那声音如同一台老旧的录音机，或是一个失去信号的广播电台，满是噪声，却没有宝宝的声响。

随后他拔腿就跑，向外飞奔，同来时那般出其不意。赤裸的脚踩上碎玻璃时，他没瑟缩也没尖叫。他没能回到家里。萨拉和莉比站在屋顶平台上，看到他晕倒在门廊上。

莉比跑出去给他盖了条毛毯，萨拉报了警。直到第二天，才有一辆救护车过来把他接走。通体防护服的护工在他家逗留了很久，出来后在房子外壁上喷了个叉。他们有找到屋里的婴儿吗？反正两个女孩没有看见。

这天上午，她们发现男人在梦游时碰碎的东西中，有她们母亲从葡萄牙带回来的那几只黑色瓷鸟。瓷鸟裂成碎片，散落一地。莉比花了一整天的时间把碎片重新粘起来。可时间只朝一个方向流动，并非一切碎裂的东西都能修复。

那天晚上，萨拉再次醒来，被另一种不祥的预感扼住。妹妹的床空着。她冲向灯开关，打开灯，发现莉比安然地躺在木地板上，可糟糕的是：她的棕色眼睛睁得大大的。

愣了五秒后，萨拉明白自己在世上已无依无靠——只有死人会这么躺着。

忽然，莉比嘴里传出古怪的哼哼，语调平直，仿佛她在睁着眼睛说梦话。

萨拉之后会知道，这在年幼的感染者身上并不罕见。

萨拉轻拍妹妹的背，说："醒醒。"

可她已心知肚明，她惧怕了好几周的事最终降临：莉比也醒不过来了。

-42-

两个穿着校服的大学生搀起她的妹妹，一男一女，戴着白口罩和绿手套。他们似乎对该怎么做心中有数。

“我不停拨打911，打了好多次，可救护车一直没来。”萨拉颤抖的声音带着绝处逢生的感激——如同一种爱。

“救护车数量不够。”男孩说。

男孩扛起在木地板上躺了一整天的莉比。莉比穿着绿色睡衣，光着脚，脸颊上挂着木地板节子的擦伤。萨拉担心她的嘴唇要干裂了。

“这儿就你们俩？”戴着口罩的女学生问。

萨拉心生冲动，要为这场闹剧道歉。男孩抱起莉比的样子像是从来没抱过孩子，小心翼翼，四肢僵硬，仿佛莉比的身子是件传家宝，是个易碎品。

可他抱起莉比后脚步飞快。他穿着跑鞋，双腿筋干巴瘦。只见他大步迈下楼梯，快步穿过客厅，走出前门。

“医院没空位了。”他站在人行道上眯起眼睛，“不过学校里有人能帮她。”

男孩的口罩滑了下来，女孩帮他拉上，轻柔地将松紧带挂到他的耳后，可男孩急不可耐。

“可以了。”他说罢抬腿就走。

“你把鞋穿上吧。”女孩对萨拉说。

“别。”男孩说，“让她留在这里，她来了会拖后腿的。”

两人的眼神短暂交锋。女孩获胜。她递给萨拉一副绿色的乳胶手套。

“戴上吧。”手套太大了，和手指不服帖，但萨拉还是戴上了——无论他们说什么她都会听。

随后三人一齐上路，男孩抱着莉比。

天空响彻直升机的隆隆声，而地上的街道空无一人。他们走啊走，远方时而传来飘忽的声音，窗边时而探出一张脸。可大部分路段只有太阳和密林，树枝上的鸟儿，以及随风无声摇曳的松针。

十二月这样的天气算暖和了，但一阵轻风让萨拉打了个寒战，她这才意识到自己穿着法兰绒睡袍和拖鞋就出门了。

莉比的眼皮不断颤动，如同在做梦。即便她的头在男孩的臂弯里上下颠簸，她仍沉浸在神秘莫测的梦中。清楚认识到连自己妹妹的脑海都如此触不可及，这让萨拉忐忑不安。

加拉巴蒂家的房子前门大开，可屋里没人。萨拉看到一只鸟在里头飞来飞去。

父亲全都说中了。

当一辆救护车转过街角，女孩招手示意，可戴着护目镜，身穿连体防护服的医护人员透过挡风玻璃摇了摇头。

“我们没法再带人了，没空床了。”他们透过口罩说。你能看到的只有他们的眼睛。

这一刻，见到救护车如幻梦般渐行渐远，萨拉忽然胸口一紧，呼吸不畅。

她在人行道上停下脚步，弯下腰，头晕眼花。有人轻轻抚摩她的背。

“你今天吃过东西吗？”那个女孩问。食物——这真叫人吃惊。还有水，萨拉猛然意识到自己的嘴唇有多干。

“没时间管这个了，她的妹妹现在最需要帮助。”男孩说。

“吃点这个。”女孩从口袋里掏出了一点吃的。

喝了几口水，吞下一个麦片棒后，萨拉重振精神，站起身来。给她力量的也可能并不是食物，而是被如此亲切关爱。

一辆悍马呼啸而过，一名警察从他们身边跑过。

男孩调整了一下怀中莉比的重心，让她的头靠着他的肩膀，头发落在他的脖子上，如同父亲抱学步儿童的样子。男孩的口罩一次次往下掉，女孩想帮他系好，可他摇了摇头。

“随它去。”

女孩欲言又止。她往莉比嘴里倒了一点水，水流过莉比的下巴，让她轻轻咳了一声。

“她需要静脉注射。”男孩说。

这时女孩拉起萨拉的手，萨拉一开始觉得不是滋味——她又不是小孩子，而且戴着手套握手怪怪的。可走的路越远，她越发觉得握着手真的是个好主意。

他们到达了目的地。学校门外聚集了一大群人。看到这场景，萨拉忽然想起可怕至极的一点：需要帮助的不止她们姐妹俩。

从远处看，那些瘫倒在别人怀中的人显得毫无生气：后仰的头，露出的脖颈，同莉比一样无力耷拉着、宛若枯枝的手臂。更糟糕的是那些倒在地上、躺在人行道上或趴在草地上的人。谁知道他们是谁？谁知道他们是怎么过来的？蓝衣工作人员在人群中穿梭，但隔了大老远，萨拉就看得出来施助者供不应求。

慢，很慢很慢，病人被放上担架抬进学校，送入草坪上的一顶顶白色帐篷中。时有直升机划过天空，跟苍蝇一样毫无用处。

一个穿蓝衣的人在分发手套，另一个正行走在人群中，往地上和鞋上洒清透的液体，也许是消毒剂。

萨拉忽然无比渴望父亲在自己身边，可她无从得知父亲在什么地方。

一个大块头男人在人行道上打鼾，衬衫下肚皮袒露，没人抬得动他。他躺在那里的模样是那么孤单，让萨拉难以承受：也许他的家人只是有事走开，马上就会回到他的身边；也许他的妻子只是暂时离开去上洗手间。四个蓝衣工作人员费劲地把他抬上担架。一股尿味飘了出来。

谣言在人群中口口相传：马上要疏散了，巴士正在路上。

可那男孩一脸狐疑。

“疏散？他们怎么可能这么做？这与他们的本意截然相反。”

萨拉感到世界上仿佛没有别的人了，而这儿就是地球上最后的小镇。这种感觉一直伴随着她，如同一种你心知既真实又不真实的东西。

有些人发怒了。一个男人冲士兵们破口大骂：“你们真是臭不要脸，臭不要脸！”

在马路和人行道间的草地上，一个女人和一个小男孩躺在一起，失去了意识。男孩的外套上写着名字和电话号码。这是谁写的？萨拉暗想，可无人可问。一只蜜蜂停在女人的脸上，同行的女孩将蜜蜂赶走。

围绕学校的木桩上挂着好多鞋子和衣服，分批洗好的衣物在太阳下晾干，叫人看着瘆得慌。远处飘来灼烧的味道。

“他们把口罩和手套烧了。”男孩说。

男孩和女孩留下萨拉和莉比，转而去帮助其他人。萨拉看见他们在分发饮用水。

莉比躺在草地上，头枕着萨拉的大腿，萨拉握住她的手。

莉比开始在梦里咕哝，可萨拉什么都听不清。兴许做梦的比清醒的更幸运，说不定他们才是幸运儿。萨拉往莉比嘴里倒了点水。

男孩离开了很久，带回两个工作人员把草地上的女人和小男孩带走。那她妹妹怎么办？萨拉暗自思忖，但她不敢开口。很难说是这儿没有秩序，还是她不知道这儿的秩序。两名工作人员终于抬起了女人和小男孩——一开始他们想先把小男孩带走。

女孩说：“就不能别让他们分开吗？他还那么小。”随后一个工作人员往两人躺过的草坪上喷水。

男孩递给萨拉一张厚纸片，像是一张读书摘记卡，区别是连了条绳子。

“把她的名字写在卡片上。”他对萨拉说。

看到自己笔下妹妹的名字，萨拉又一阵伤感。男孩把纸片系在莉比纤细的手腕上，随后又消失了。

过了一会儿，萨拉在人群中看到一个熟人，她戏剧课的老师——坎佩尔太太。在课堂外见到老师真叫人吃惊，可更让萨拉惊讶的是她脸上的憔悴与痛苦。她抱着个人，一个生病的男人，男人穿着短袖，窄肩上披了块毛毯。这个男人萨拉也认识，那是她的数学老师——基提艾瑞兹先生。但萨拉自己也不知为何，她装作没看见他们。

那个女学生很快回来看萨拉的情况，紧紧握住她的手。若在另一天，这个叫梅的女孩会让萨拉害羞，她浓密的头发，她与那个男孩那么亲近，她知道该怎么活在这个世界上。可萨拉无心想这些，她所想的只有妹妹胸膛的起伏和这个比她大的女孩掌心的温暖。

“快过来，你在浪费时间。”男孩对女孩说。

“这也很重要啊。”女孩仍在人行道上陪着萨拉。

她一直握着萨拉的手，这种感觉让萨拉熬过了那一天——直到几个小时后，男孩和女孩决定放弃等待工作人员，直接带她妹妹进学校。随后女孩陪她走回家，到家后，她会蜷缩在妹妹的床上，独自入眠。

女孩保证她一定会回来看她，可几个小时过去，一整夜过去，她都没有回来。

THE DREAMERS

-43-

图书馆二层睡着最年幼的患者。

临时搭建的儿科病房中，沉睡的孩子们穿着猫咪衬衫和芭蕾舞裙，粉嘟嘟的脸颊上挂着饲管，静脉注射管从消防车睡衣的袖口探出来。有些孩子怀中抱着毛绒玩具，不知是谁放进去的，一个学步儿童的怀里有一只破旧的大象、一只软绵绵的兔子和一个塑料娃娃。有些病人的衣服上别着纸条，上头写着他们的名字、电话号码和帮助请求。有些病人，包括莉比，睡觉时双眼半睁，做梦时鼓起小肚皮。

也许他们的父母睡在别的地方——医院、图书馆别的楼层或外头草地上的帐篷里。也许他们醒来了也说不定。无论他们在哪里，反正不在孩子身边。

墙边书架的阴影笼罩着一张张幼儿床，身穿蓝色防护服的医护人员正挨个检查孩子们的生命体征。

一种神圣感弥漫了整个图书馆。这儿很安静，除了轻微的鼾声、偶尔的咳嗽声，还有心电监护仪平稳的嗡嗡声。

但这儿也有些混乱。总有一两个工作人员穿得不够防护标准，无论是因为不小心、不在乎还是防护服短缺。有些带生病的孩子进来的志愿者只戴着手套和薄口罩，其余皮肤全暴露在受病毒污染的空气中。

梅和马修就是如此。在等候了工作人员几个小时后，他们亲自带着莉比穿过巨大的双层门，走上楼梯。他们突然打破了最后一条规则：待在病房外。

他们将莉比托付给一名护士照顾，随后女孩说："我们走吧。"

可马修犹豫了，眼前的一幕让他恍惚：这儿睡着上百个孩子，可照顾他们的没几个医生护士。他忽然眼前一亮：这儿需要他。

"马修，我们得离开了。"梅说。

可马修径直走向边上一张床，上头躺着一个小男孩，他的静脉注射管脱落了。重新安上很快，可没人注意到。

"快走吧。"恐惧让梅浑身发热。

可马修不肯走，即便护士开始赶人。

"那我走了。"梅说。

"那你走吧。"马修说。

梅走了出去，沐浴在户外的阳光下，放松与愧疚之情相互交织，涌上心头。他真让人恼火，这个大男孩，太勇敢又太鲁莽——要是他俩病倒了，那岂不是更糟。

夜深了马修才回到院子里，帐篷拉链拉开的声音吵醒了梅。

"请别再这么做了。"梅说。

但马修仍因干了一天关乎他人生死的事而激动得颤抖不已。

他说："你想想，那些孩子的人生还将迎来多少年，他们的命比起成人更值得一救。"

梅反驳道："我们没有在那种环境下工作时应该穿戴的口罩和衣服，而且我们也没接受过训练。"

马修重重叹了口气，在梅身边躺下。帐篷里一时无言，叫人为难。

“我一直在想，”马修说，“我觉得你太亲近我了。”

梅的喉头骤然一哽，这呼之欲出的感情令她惊讶。

“你不也挺亲近我的吗？”她握住马修的手，可马修抽开了。

“那我问你。”马修开口道。梅能从他的语气中知晓他又要讲一些抽象的东西，举一些他在哲学书中读到过的例子。大晚上一刻不停地谈逻辑，时不时地分析伦理道德，实在是很累人。

马修问：“如果我溺水了，同时边上的两个陌生人也溺水了，如果你得选择要救我还是救他们俩，你怎么选？选我呢，还是两个陌生人？”

“你怎么想？”梅问。

她知道马修想让她说什么，但这不是她的真心话。你……我当然会救你。这几周来，她一直不敢把爱大声说出来，可现在她觉得说出来才对。

“可那是错误的选择。”马修说。

外头一排警笛一闪而过，微弱的红光照亮了梅的脸。

“两个生命总是胜过一个，你是否认识我无关紧要。”

“我不仅仅认识你。”梅很受伤，他有时也太冷酷了，“你的意思是，换成你的话你不会救我？”

“看见没？”马修说，“这就是为什么我觉得爱不合乎道德，我不相信爱。”

一想起她认识马修不过几周，她心里一惊，有种天崩地裂的感觉。

马修又举了几个例子，可梅没有听。幸好小帐篷里黑黢黢的，他看不见她的眼泪，可眼泪来得又快又凶，她藏不住太久。也许她根本不了解这个男孩，她都开始呜咽了，他都不过来安慰一下。

“我就是这个意思，你对我太亲近了。”马修说。

梅忽然无比想念自己的父母，孤单童年的旧时记忆重现：至少父母一直很关心她的情绪变化。

“你怎么这么不近人情？”

听了这话，马修拉开帐篷拉链。

“你没抓住要点。”他一边说一边爬到外头的草坪上，仿佛他要甩开她，重获自由。

随后，梅听到他快速踏过干燥的树叶，不知跑向了何方，只留下林间蛐蛐儿的鸣叫、远处直升机旋叶的飞旋声，还有她心中寄身别处的渴望。

马修离开后，梅哭得撕心裂肺。她想给父母打电话，但她不能哭出来。她在一个陌生的地方无依无靠，一阵麻木感随之而来。

她飘飘忽忽地睡着了，或进入了类似的状态。

就在这时，一种陌生的感觉来袭：帐篷里除了她，似乎还有别的东西。

“马修。”她大喊，或试图大喊。

可马修不在这里。一团黑暗的无形之物来到她身边，像人又不像人，缓缓爬上她的胸口。她的全身上下被死死压住，胳膊上一阵刺痛。

她想尖叫，却叫不出来。她的喉咙发不出声。

她终于意识到，她的全身上下已脱离她自己的掌控，宛如瘫痪。

胸口密集的压迫感令她难作他想，可她仍对最大的可能性具有最微弱的感受：也许这就是沉睡病。也许沉睡病就是这么发作的。

-44-

梅最先感受到一双手——马修的手，他把自己抬了起来。他呼唤她的声音在耳边回响：梅，梅，醒醒，梅，醒醒。梅感受到光线的变化，感受到微风拂过皮肤。马修把她带到了院子里。这种睡眠状态与她想象的完全不同：相比夜晚更像黄昏，被清醒时的现实世界丝丝渗透。

梅知道马修会带她去医院，同他们送过的其他人一样。耷拉的手臂是她的，下垂的头是她的，脸颊上的丝丝碎发也是她的。

她双目紧闭，却不知为何能看到外界——或者说不看就知道外界的样子。她知道路面开裂的人行道在阳光下闪烁，她能想象出天边的群山参差不齐的轮廓。空中飘来纯净的桉树味，让她脑海中浮现出如蜘蛛般细长的桉树形象。

脑海中有一点清晰无疑：受到马修关注与关心的喜悦。

他们到了学校，梅的身体仍窝在马修的臂弯里。老房子的凉意，好多人喃喃低语的声音，消毒剂的气味。

“她这样多久了？”一个沉闷的声音问。说话者像是戴了口罩，是个官员。

梅忽然一阵心焦。我听得到你说话！她想说，却说不出来。我在这儿！她心想，却无法发声。我在这儿啊！

“我不知道什么时候开始的。”马修上气不接下气，说得很快。梅从没听到过他说话时出现这种情绪：恐惧。“我想她已经睡了十二个小时，甚至更长。”

他未加防护的赤裸手指拂开梅脸上的发丝，他的善意如电流般通过掌心渡入她的身体。

然后是贴上胸口的听诊器，接着她的脊柱慢慢沉入一张折叠床。

她决定过一会儿，等她没那么疲惫后，再试试开口说话。

她有种被旧书包围的迷惑感。可能是她闻到了薄薄的书页腐坏后的霉臭，也可能是她在睡觉时听见有人说：把她带到图书馆，儿童区的下一层。

她察觉到一些断片，她无法把控时间的连续性，每一刻都独自悬浮，彼此分离。

某一刻，她的脑海中浮现出一个古老的故事，混沌而灰暗，那是几年前她在一本书，或一部电影，或某篇文章中看到的。故事的主人公因车祸而瘫痪，大家都以为他已脑死亡，可他没有。没人知道他躺在那里，仍能思考，仍能感知，仍渴望交流，持续数年。这被称作——闭锁综合征。

一阵恐慌猛然流窜全身。马修能感受到她的这种恐惧吗？也许这能解释，为什么他会时不时回到她的床边，用温热的手握住她的手。

别的时间平静得难以解释，如同滑翔，一切事物白净而遥远，仿若过滤掉了意义和结果。

她的喉咙里可能插着饲管——肯定插着，但没有痛楚。由于双手不再听她使唤，她的手指便不会钩住脸颊上的塑料细管。

有时她会感觉到自己的腿在轻轻震动，但腿并不受她控制，如同随缓和的水流而摇曳的芦苇秆儿。她有时会变回孩子，与父母一同走在沙滩上，或给做饭的祖母打下手。这时祖母会用中文给她讲故事，她只能听得一知半解。

有时会倒过来，梅成了祖母，给自己的孙辈重述那些故事。

她能听到其他沉睡者的动静，鼾声、呼吸声、呻吟、尖叫——也许是噩梦，也许是美梦。此外，她还能听到塑料防护服的沙沙作响声，手拖车滚过硬木地板或尖厉或低沉的响声，以及远处的直升机破空飞行的声音。

还有从四周的书架飘过来的旧书的霉味，像土壤，像根茎，像制作书页的树，萦绕在鼻尖久久不散。也许她不在图书馆里，而是在一片森林的林荫道上。也许她沉睡在一片无法恢复的枯树林中。

母亲来了，听到她的声音让梅既惊讶又安心。你怎么进来的？梅想问又没法问。

“她的眼睛怎么了？”母亲问了好几次，“她的眼睛怎么了？”梅担心自己的眼睛在睡觉时破相了，比如脱出啊，移位啊什么的。

她试着睁开眼睛，突然间明白到底发生了什么：天哪，她的眼皮过长，盖过了眼睛。

还有母亲，她意识到母亲并不在这里，当然不在。她在电话那一头。肯定有人把电话放到了自己的耳边，或者开了免提——也许这能解释为什么母亲的声音抖成那样。她甚至可能在用无线电广播。她的声音也可能来自房间另一侧的电视，或通过更深层的频道传过来，比如经由大脑，经由血液。

“为什么她这样呻吟？她想说话吗？”梅的母亲问。

一天晚上，或在梅的感知中是晚上，马修在她耳边轻声说“对不起”，也可能是“我爱你”。梅觉得自己也能将这句话说出来，不用言语，而靠思维或者呼吸，如同只有马修能听到的密语。

那天晚上，或另一天晚上，或某个白天，马修爬上了她的折叠床，在她身边睡了很久。直到这占了她大部分的感知，成了她最确凿无疑的事实：他的身体依偎着她。

-45-

大脑中没有一块区域专门负责把控时间。在清醒的大脑中，计时系统弥漫在多个脑区，容易受各种因素扭曲，比如爱、悲伤、年少。在大脑中，时间能拉长，能缩短，不同的日子以不同的速度运行。

不过除大脑之外，身体中另外一些部分对时间把控得更为精准。在生命初期，我们都以一致的、既定的速度生长。

因此，在丽贝卡睡到第七周时，肚子里的胎儿十个手指开始萌生，十个脚趾同样如此；鼻子上开了一对小鼻孔；眼皮开始成形；这时的颅骨像水母一样呈半透明态，颅骨下，最早的神经通路正在联结。

再过不久，生殖器官的各部分会联结，卵巢中即将填满卵子。若这个小女孩能活下来，这些卵子会伴随她度过余生。

丽贝卡的房间里空气凝滞，她唯一的动作是偶尔动一下头，还有眼皮周期性的颤动，眼皮下的快速眼动意味着她在做梦。

但很快，在她身体深处，羽毛般的四肢将开始活动，手臂会弯曲，膝盖也是。两只小手会碰上又分开，大拇指可能会跑到嘴里去。每分钟都有一百万的神经元诞生。

最终，血检让医生们得知了她的秘密。他们很意外，并为此忧心忡忡：病毒会不会影响胎儿？他们能照顾好她的身体，让胎儿平平安安长到足月吗？从那时起，护士们给予她特别的关照。

当丽贝卡在沉睡，当护士几次脱换护理服，当外头的士兵轮班多次，当全世界都在关注圣洛拉沉睡病的后续报道时，一个微小的人儿正以一种可精确预测的速度缓慢发育，精准得宛如世界上最精巧的时钟，嘀嗒嘀嗒。

THE DREAMERS

-46-

消息飞速传播，一开始只是谣言，但其后续发展耸人听闻，盖过了先前的全部事实。七周以来，这样的消息令人难以置信，但是它千真万确：一位沉睡者醒了过来。在他睁眼的第一秒，他醒来的消息便不胫而走。

起初，护士说她以为自己弄错了，要看清如涟漪般起伏的面罩下方的脸可不容易。可再次定睛一看，她没有看错：病人的眼睛睁开了，不只是眼睛，他突然在床单上扭动，动作不同于其他病人——更有目的，更直接。他前后晃动脑袋。他向四处张望。

他睡在大学餐厅里二百张折叠床中的一张上。每张床上都睡着一个病人，每条手臂上都连着静脉注射管。在这之中，突然有人坐了起来——其恐怖程度不亚于看到尸体起死回生。

早期的报道没有描写护士的第一感觉：一阵难以解释的恐惧。

男人开始说话。

沉睡时，他们经常咕哝或呻吟，可这回不同。这是有意义的言语。男人的声音让人一时恍惚，一开始有些嘶哑，接着第一个词清脆地蹦了出来："你好？"他抬起头，迅速扭转，拔掉了身上的导管。他伸出手臂，在身前晃动摸索，像是瞎掉了。后来得知，他在持续数周的长眠中丢失了眼镜。

所有护士很快聚集到他身边。黄色护理服被揪紧，戈尔特斯面料[1]的靴子嗒嗒地响。

传染病，他们告诉他，你得了一种传染病。他们的声音透过口罩传出来，闷闷的，很难说他有没有听到，很难说他有没有听懂。

他淡绿色的眼睛茫然地望着他们。

随后，护士们会彼此吐露与他对话时那种奇怪的感觉，仿佛正在与一位来自天涯海角的游客交流。

男人语速太快，词语连珠炮似的蹦出来，快得让人听不清。还有，他在叫喊，喊着关于一场火灾的事。

"他们把火扑灭了吗？扑灭了吗？"

你一直在做梦，做了很久的梦。他们告诉他。

"着火了，就在图书馆，整个图书馆都烧起来了。"他继续大喊。

他的叫声越来越大，可周围的其他沉睡者全然不受其扰。

他要水喝。

"我要喝水，我渴，我渴死了。"他开始揪自己的胡子。

他咕嘟咕嘟喝个不停，喝了太多水，以至于呛了出来，溅湿了护士的靴子。仿佛过了一阵子后，一具身体变得宁可面对最糟糕的稳态，也不愿面对突如其来的变化。

"一场火，一场大火！"他又尖叫。

---

1 戈尔特斯面料（Gore-Tex）：美国戈尔公司独家发明和生产的一种轻、薄、坚固和耐用的薄膜，兼具防水、透气和防风功能，克服了一般防水面料不能透气的缺点，所以被誉为"世纪之布"。

穿着黄色护理服的护士一齐点头。他们是志愿者，在大多数本地护士倒下后从其他州远道而来。他们想安慰他，可没有用。一个护士用戴着手套的手摸了摸他的肩膀。

“还有我的女儿。”他大叫，“我的女儿呢？她们在哪里？”

他的信息表上没提到任何亲属。也许他的几个女儿就同火灾一样，是深不可测的睡梦的一部分。

他要来纸笔。接下去的几个小时里，他一直在笔记本上奋笔疾书，着急得像个死到临头的人。

在医院隔离数周后，接到这个消息让凯瑟琳很吃惊：大学那儿需要她。凯瑟琳，圣洛拉为数不多的清醒的精神病专家，第一个男孩醒来时的唯一目击者。男孩摔在路面上的那一幕在她的记忆中依旧历历在目。

两个士兵护送她经过三个街区，来到医院的餐厅。这是一个多月来她第一次出门。天气变了，十二月，干燥的叶子飘过空荡荡的街道。这里的山脉四季分明，不同于洛杉矶，在那里，她的女儿已解除隔离，由外祖母照顾。谢天谢地。

母女分离的这段时间，女儿学会了数到二十，学会了自己穿衣。凯瑟琳从每晚的视频通话中得知，女儿的刘海儿快盖上眼睛了。

凯瑟琳抵达时，病人正在本子上写东西——他已被转移到餐厅的一个单间。

有了第一个男孩的前车之鉴，这一次她要更小心谨慎。她悄悄靠近这个男人。

“你知道你睡了多久吗？”凯瑟琳问。男人没有立即回答。他看向远处，就像在望着一片虚空。凯瑟琳记得那个男孩也有这样的表现，好似脑海中的世界比外头的世界更引人注目、夺人心魄。

男人突然露出怀疑的神情，说：“你们不能把我关在这里。”

“你感到不知所措很正常。”凯瑟琳戴着口罩说。

通常，昏迷许久的人在醒来后，会觉得自己只昏迷了很短的一段时间——几个小时，或一个夜晚。知道自己实际昏了那么久会带来创伤。

凯瑟琳在他身上注意到一些不寻常的症状，这在头一个男孩身上没有出现：喜欢重复特定词语和短语，还有大声尖叫。病人似乎对这两种症状浑然不觉，仿佛他对世界的感知与他人不在同一尺度。

“我不会再回答你的问题了。”男人说。那一天，他再也没开过口，可他一直在写作，写到了深夜。

那天深夜，凯瑟琳才发现另一个离奇的症状，她只在学医时读到的几例个案研究中见到过：男人的笔记本上写满了小字，只有用放大镜才能看清。

凯瑟琳在男人小憩时读了他写下的东西，字里行间充斥着妄想与混乱，尤其是对自己睡了远远长于五周深信不疑。

-47-

清晨六点，院子里传来一阵狗叫，后门的锁链当啷作响。

三楼，孤身一人待在屋里的萨拉僵硬地躺在床上，仿佛外头的任何人都能透过墙壁察觉到她——一个十二岁女孩的轻微动弹。她又穿着母亲的一件毛衣睡了一晚。

泥地里传来嘎扎嘎扎的脚步声，接着侧门咔嗒一响。

院子里的狗狂吠不止，萨拉连大多数狗的名字都不知道。它们都是在饥肠辘辘之时被莉比从街上救回来的，感谢它们的忠诚，感谢它们的叫声。

接着传来金属摩擦木地板的声音。后门廊松脱的木板上正有东西拖过。

萨拉祈祷是妹妹回来了。黑暗的卧室依旧笼罩在她们想象中会说话的洋娃娃的阴影之下，身处其间，她几乎信了：类似的魔法将莉比从她的沉睡之地召唤了回来。

她踮脚走向窗边，双手颤抖，掀开窗帘的一角。

猫咪们也焦躁不安，最小的猫咪在地板上来回踱步，其他的躲到了萨拉的床底深处。

她透过卧室窗户上木板的间隙往外窥探，看到黎明的暗光下，一个男人站在垃圾桶边。这回不是邻居，是别的人，他正在试图攀上二层的窗户。

他冲着狗吼，让它们安静下来。听到他的声音，萨拉认出了他。

他像个陌生人，像个贼，但他回来了：她的父亲。

一见到他，萨拉松了口气。这理所应当。她的父亲回来了，坐在餐桌边。他安然无恙地回来了，活着且醒着。

父亲不停地唤着她的名字："太好了，太好了。"萨拉从未在他脸上见过这样的神情：爆发般的如释重负。

"我不想吓到你。"父亲喘着气说。他的脸被刮得干干净净，络腮胡不见了。

一开始他话不多，像是没什么可说的。仿佛他不过是睡了五周，醒过来走回家了而已。

"我不知道我的钥匙哪儿去了，你知道吗？"

苍白的皮肤上，他正眯着眼透过一副借来的眼镜往外看。他穿着一件萨拉从未见过的宽松绿短袖，看起来比平时还要骨瘦如柴。可他回来了，他真的回来了。他的胳膊放在餐桌上，上头是他的文身，手肘上黄眼睛的狼和斑驳的黑蜘蛛，纹路很细致，还有前臂上萨拉母亲的名字和姐妹俩的出生日期。确认他的身体特征很重要，因为他给人的感觉和过去有所不同。

"你知道我的钥匙去哪儿了吗？"父亲又问。

他的指甲和女人的一样长，但参差不齐，大拇指的指甲尤其长，都快卷曲了。

"你的头发怎么了？你的胡子呢？"萨拉问。

“我不知道。”

他的皮肤太苍白了，下巴光溜溜的——萨拉想看又不想看，仿佛他的脸缺了一部分。她心中腾起一股幽灵般的冲动：将这些指给妹妹看。

“你还好吧？”父亲问。

“那你呢？”萨拉问。

太阳渐渐爬升，牛乳般的光透着安然之意，流泻的光线钻过木板间隙，如同每一个寻常的清晨。

“你妹妹去哪儿了？”父亲看向台阶。

萨拉在答话时不敢看他的脸，便转头看向窗外的狗。讲述来龙去脉的每一个字，都得一个个从喉头的哽咽中推出来。

父亲听了似乎很困惑。

“你跟我说过这事了，是不是？你跟我说过她生病了。”

“什么意思？”萨拉觉得眼前一片模糊。

“我们之前谈过她的事。”父亲说。

萨拉不敢说不，可父亲能从她脸上读出真相。该说什么好呢？

“别放在心上。”父亲摸着头上的光秃处，上头有颗萨拉没见过的痣。

她不由得想用一个美好而清晰的想法来挤掉困惑：“如果你恢复了，那妹妹也可能没事，是吧？”

父亲默不作声，看上去他正在脑海中拼命进行复杂的数学运算。

萨拉为他拿了一瓶苏打水，拉环在指尖下“啪”的一声打开，清凉的触感让她安心。她还拿来一把指甲钳，放在父亲的桌上。这间屋里到底是谁在照顾谁，这实在是叫人困惑。

父亲回家了，萨拉突然感到房子不再受她管控，鸠占鹊巢的局面宣告结束。一粒粒猫砂从卫生间滚了出来，水池里一大堆盘子哗啦啦地响，苏打水罐头散落得到处都是，一个个早被猫咪舔干净的麦片碗被忘在一边。

可父亲似乎对这些全然不觉。

他没问那些大摇大摆在油地毡上摇尾巴、吠叫、舔水喝的是谁家的狗。

“你能把这些狗赶到厨房外头吗？”这是他关于狗的唯一一句话，“我有很多纷乱的头绪要厘清。”

谢天谢地，他没打算去地下室。倘若他去了，就会看到那些狗对叠放整齐的一堆堆厕纸和一箱箱谷物做了什么好事。此外，它们还在水泥地上打翻了无数个胡萝卜罐头。

父亲一整天都坐在桌边，弯腰在一本萨拉未曾见过的活页笔记本上写写画画。

过了一会儿，萨拉问：“你在写什么？”

“我也不太清楚，我只是想厘清头绪。”

他一天都没怎么动，仿佛他的身体适应了睡眠中一动不动的状态。就算他动了，动作也很缓慢，像是在推动一层厚重的空气。他的钢笔在纸页上寸寸移动，留下一长串小字。

这只是第一天，萨拉暗想。不安的感觉蔓延全身。也许父亲还没完全清醒。

一看到父亲，克洛嗖的一下蹿到油地毡的另一端，闷声叫唤。

看到克洛的尾巴像掸子一样膨了起来，萨拉说：“那是爸爸，你最喜欢他了，记得吗？”

也许父亲光秃的头、光滑的下巴或者他不健康的肤色让克洛困扰。无论如何，克洛不愿靠近他，背弓得老高，不肯走向喝水的碗。

电视上，所有新闻频道都在播放同一个头条消息："圣洛拉沉睡病患者醒来。"

"我想新闻上说的就是你。"萨拉在客厅对父亲喊。

可父亲仍坐在桌边不停地书写。从远处看，他就像个在做精工细活的钟表匠。

新闻似乎没有报道关于他的太多信息，没有照片，没有名字，不了解他的状态。

"你能帮我再找一支笔吗？"父亲的声音从厨房传来。他正在转笔。笔墨已被他的思想榨干。

那天父亲没注意的诸多事情中，还包括散落房屋各处萨拉母亲的所属物。阁楼里的盒子被拿到客厅里拆开，珍贵的宝贝散落一地：婚礼的照片，录音带，母亲搜集的绿松石珠宝。所有这些东西，姐妹俩都兴味盎然地琢磨了许久，将之视为解开旧时秘辛的线索。其中有个失去光泽的漂亮银手镯现在正戴在萨拉细小的手腕上，碰到桌子时会丁零轻响。

萨拉用光冰柜里剩下的面包做了金枪鱼三明治当晚饭，可父亲几乎没吃自己盘里的东西。

一整天，指甲钳都躺在他的手边，未被触碰。一整天，指甲刮擦苏打水罐头的声音不绝于耳。

"你得上床睡觉了。"父亲终于开口。萨拉已经好几周没听到这句话了。去睡觉，这句父亲对女儿说的再寻常不过的话，此刻听来竟如此悦耳，如此令人怀念。

到了午夜，萨拉听到父亲还没睡，他仍在厨房里走来走去。

早晨，两个警察来敲门。

萨拉站在屋顶平台上看着他们，不敢去想他们为何而来。他们戴着白色口罩和绿色手套，手套根部紧紧塞入制服的袖口。

敲门声让狗到处乱跑。

“爸爸，警察来了。”萨拉叫道。她的父亲坐在笨重的旧电脑前，等啊等，等待页面加载。

“别管他们。”父亲的口气好似来者是会自行离开的推销员。

门廊上的警察来回跺脚，不停地四下张望，似乎迫切地想离开这里。在他们身后，马路对面，护士家倾斜的断壁残垣如同失事船舶的残骸。过了这么多星期，警示带已在风吹日晒下磨损褪色，鸟在露天的生锈火炉里筑了个巢。

警察又敲了敲门。

萨拉能听到狗在屋里一边汪汪叫一边挠门。也许警察也能听见。

某一刻，敲门声停下了。萨拉望着他们走下门廊，脸上因放松而浮现红晕。两名警察在溢出前院的杂草丛中站了一会儿，其中一人对着对讲机说了些什么。

他们没有走向汽车，而是消失在了房屋侧面。接着侧大门嘎吱一声开了，警察的鞋踏上了通往后院的砾石路，啪嗒啪嗒，让人害怕。

他们又开始敲门。这回是后门。“有人吗？有人吗？”

萨拉站在上了封条的窗户所隐蔽的厨房里，可她能听见外头对讲机嗞啦嗞啦的静电噪声。

接下来发生的事让她始料未及：后门哐当一震，合页嘎啦一响，一道细细的阳光钻过门缝，骤然爆发，照亮了整个门道的阴影。父亲昨晚肯定没锁后门，这不像他；他不会犯下这种低级错误，这完全不像他。

“哦！”两名警察看到萨拉时惊呼。她正穿着睡衣在厨房里往后门骠，想躲已经来不及了。

“哦。”一个警察又感叹了一声。他是后门廊的一个黑色人影，阳光为他镀了层金光。“我们不知道家里有人。”

几只狗开始上蹿下跳，想攀上警察棕黄色的警裤，舌头示好般地伸出来，可警察连连后退，仿佛这些狗身上带有病毒。

一个警察支着门，不让门合上。他只用了两根手指，身子倾向门外，像是想呼吸屋外的新鲜空气。

“托马斯·彼得森在这里吗？”另一个警察问。父亲的名字从他们嘴中说出来，听上去很陌生。没人叫他托马斯。“你知道他在哪儿吗？这很重要。”支门的警察问，口罩缓和了他的语气。萨拉不知道该怎么回答，还是说撒个谎才是正解。她默不作声，一时间，唯一的声响来自大声喘气的狗，还有两个警察躲避跳上跳下的狗时黑色警鞋与地面的摩擦声。

有个警察最后蹲下身来与她交流，像是把她当成了小孩子。

“听着。”警察越过她的肩膀，探查里头的客厅，“他还不能回家，他的病可能还没好。”

萨拉想知道，他们是否了解父亲缓慢的步态和奇怪的书写，他们是否知晓他昨晚睡得多么少。

“他离开得太早了。”警察说。

可萨拉不会再次目送父亲离开。

“他不在这儿。”她终于开口，许久未发声的嗓音有些粗哑。

两个警察面面相觑，萨拉从他们口罩上方的眼睛中看出了怀疑之情。

“你一直一个人待在这里？”一人问。似乎又来了一道送命题。

回应这个问题的是她父亲走下台阶的脚步声。他走路的姿势和以往不同——又一个变化。他的步子比过去小，步伐颤巍巍的，跟瘸了似的。

“你们没有权利踏上我的地产。”他对警察说。他穿着和昨天一样的衣服。

警察告诉他，医生只是想再多观察他一阵子。

一人说：“所以他们派我们过来找你。”

“我不去医院。”父亲一口否决。

“先生，这关乎公共安全。”支门的警察说。

“这对你和你的女儿不安全。”个头更高的警察说。

“我不当小白鼠。”

说罢，父亲关门上锁，谈话就此终止，接着他又上楼回到电脑前。

警察最后真的离开了。毕竟磨了这么久，足以让他们走人了。萨拉看见他们在上车前脱下手套，一次一只，扔进了一个垃圾袋。

萨拉觉得他们还会回来，他们不来也有其他人来，就跟暂时堵上了一个漏洞似的。

午夜后，厨房传来一个熟悉却又一时说不上来的声音，像是轻轻的摩擦声：刺啦，刺啦，刺啦。从偶尔的咳嗽声中，萨拉得知是父亲在楼下。她不知道该不该留他一个人独处。

气味和视觉在同一刻被证实：她父亲正在餐桌边，指尖捏着一根点燃的火柴。

“你在做什么？”萨拉问。

桌上散着好些燃尽的火柴梗。从地下室拿上来的整整一大包火柴，一晚上就烧光了——这样浪费可不像他。

“这玩意儿让我头脑混乱。”父亲说。

他盯着火苗看了一会儿，轻轻甩灭，扔到燃尽的火柴堆里。

“你在做什么？”萨拉再次问。

父亲饮了一口啤酒，又从盒子里掏出一根火柴，再次摩擦火柴盒的侧面，慢条斯理地划亮。他划亮了一根又一根火柴，动作坚定而小心。

外面，黑暗中的直升机一刻不曾消停，但萨拉从新闻中得知，通讯员弄错了哪栋是他们家的房子——他们以为，圣洛拉那个醒来的男子住在几个街区外的一栋古旧的白房子里。那地方已被弃置多年，在萨拉出生前，野花已长满了门廊。也许是上了封条的窗户让他们认错了房子，使得直升机在别人家的房子上不停盘旋。不过，在看了一整天的新闻影像后，那栋房子，也许属于一位逝者的陌生房子，让萨拉觉得越来越熟悉，宛如在一场梦中，一个你未曾置身的地方成了你的家。

最后，又一根火柴在父亲手中点亮，燃烧了几秒，又被他甩灭。

父亲说：“我在生病时做梦了，那些梦不像我以前做过的梦。”

他又开了一听啤酒，萨拉看得出这不是第一听。

台子上还有两听。

“关于什么？”萨拉问。

“什么意思？”父亲问，仿佛萨拉才是挑起话题的那个人。他回家后一直这样，思维异于常人，仿佛在另一条未知的轨道上运行。

“那些梦，你梦见了什么？”

父亲摸了摸光秃的头，指尖慢慢移动，像是在探索一片异域。

“我有几个问题要问你。”父亲直视萨拉，一层胡楂儿从蓄过络腮胡的地方冒了出来。“我离开时着火了吗？学校图书馆着火了吗？”

“树林着火了，在你生病的那天晚上。”萨拉有些讶异，尽管他一直在沉睡，却对外界有些许感知。

但他烦躁地摇了摇头，像是已经用了几个小时来传达自己的意思。

“不不不，我说的不是丛林火灾，而是建筑失火。图书馆着火了吗？二楼？”他闭上眼睛，像是在回忆，“或者三楼？”

“恐怕没有。”

“我梦见图书馆着火了，而且这场火让所有病人都醒了过来。”他又喝了一口啤酒，用力吞下。“那场火，似乎起到了治疗的效果。”

说罢，他恢复了平静，心思又回到火柴上头，划亮了一根又一根。时不时地，他的脸上会浮现出萨拉从未见过的神情——惊诧中带着满足，像是在说，啊哈，就是这样，对，就是这样。

“自从醒来后，我一直有种奇怪的感觉。”父亲说，“我觉得一切事件的发生顺序都乱了。”

他又划了一根火柴，火柴没亮，他又划了一次。“就拿刚才来说吧，当你走进厨房时，我感觉你就站在我身边，但当时你还没进来。”

仿佛一切都乱套了，父亲说，就像先后顺序出了错，未来跑到了过去的前头。

萨拉早已见识过父亲无与伦比的想象力。她曾听说，人在经历创伤后，有时会出现幻觉。

父亲又拿起一根火柴，说：

“有时，我在划火柴前就能看到火花。”

-48-

图书馆内紧贴着木镶板和落地窗的上百个书架排列得整整齐齐，暗淡的灯光洒向上万卷积灰的书籍，这些汇集了人类思想的集大成之作。

在古典区，访客能在读古希腊和古罗马的预言时了解到，那时的人们相信梦有时能预示未来。

在下一层的心理学区，也许有人会读到：卡尔·荣格在生命中的某一刻，确信了自己在遇见妻子多年前曾梦见过她。

同层的哲学区，有人可能会对这个理论饶有兴致：如果你能彻底地理解复杂的现实，那你就能准确地预测未来。因为未来的每一刻都与过往事件相联动——不过整个系统实在太过复杂，人脑难以建模。

楼上的物理学区，一篇杂志文章提出了这一理论：过去、现在和未来的观念是人为建构的，实际上，在别的维度中，三者可能同时出现。

语言学区，有人会读到：部分语言的语法反映了类似的直觉。比如在中文里，动词只以现在时形式呈现，没有特别用来表示过去和将来的时态。

圣·奥古斯丁[1]曾说：时间只存在于思维之中。

可没人在图书馆里读书。不过，至少有本薄薄的精装本正垫在一张行军床下头，使其不再摇晃，床上躺着一个小男孩。偌大而昏暗的主阅览室中，还躺着百来个病人。

就算有人看完了书架上的每一本书，许多谜团依然无法解开。

回到下层的心理学区，想想威廉·詹姆斯[2]，他曾将研究人类意识的每一种尝试，比作是为了更好地认识黑暗而点亮的一盏灯。

1 圣·奥古斯丁（Saint Augustine）：古罗马帝国时期天主教思想家。

2 威廉·詹姆斯（William James）：美国心理学之父，实用主义的倡导者，美国机能主义心理学派创始人之一，亦是美国最早的实验心理学家之一。

-49-

有些真实事件的恐慌程度只有梦境可以匹敌。当滚滚浓烟席卷图书馆的主阅览室，笼罩上百个沉睡者的身体时，同一个词闯入了好几个护士的脑海：梦魇。

事后人们会讨论没有响起的烟雾警报器。它不知为何脱机了——也许被做了手脚，也许仅仅是拔下插头，腾出插口给心电监护仪和脑电图仪供电。

有人会归咎于口罩。口罩可过滤地球上最细小的微粒，可它同时挡住了烟雾中旋动的灰尘。如果不戴口罩，也许医护人员能在火势蔓延前就闻到烟味。

在消防队抵达前很长的一段时间里，人们无暇争论先救谁后救谁，反之，每个人都会自作主张。谁能指责那些医护人员先带出了自己的亲朋好友，再去关照其他人呢？

十个街区外，消防车的警报声响起时，萨拉正在喂猫，嘀嘟声吓得猫咪从她腿上一跃而下。萨拉冲向屋顶平台，想看看有没有森林火灾的迹象。可透过窗格间波浪形的玻璃，眼前呈现出不可思议的一幕——就同父亲所描述的那样：一大团烟雾升腾而起的地点不是远处的树林，而是学校图书馆的窗户。

“爸爸，”萨拉胸口一紧，大声呼喊，“爸爸！”可他没有回应。萨拉的心开始怦怦直跳。“你做的梦成真了！”

雪白的宁静，恬然的极乐——梦给了梅这样的感受。

可梦被打断了，有东西正将她从梦里拉出去。

巨响。尖叫。

她感觉自己在儿时的卧室里醒了过来，而这一想法立刻被她推翻——这个房间很大。

同时，这儿有种千钧一发、十万火急的气氛，人们在快速移动。

在无声中度过了这么久，听见声音令她难受。

她想睁开眼睛却睁不开，只能眯着眼。她的睫毛结了块。她分不清雾蒙蒙的视野是因为角膜还是屋里浑浊的空气。她的思维也雾蒙蒙的，慢慢腾腾，磨磨蹭蹭，可一个关键词刹那间闪过她的脑海，犹疑而抽象：火？

周围的人在咳嗽，玻璃被打碎了，她的喉咙开始疼痛。

随后，马修出现在了房间的另一边。

梅感觉自己已经很久没见过他了。可他来了，细长的腿同以往一样跑得飞快，雷厉风行乃至狂暴的风格一如既往。面对危机他一向表现很好。可有一点不同的是：他的脸上忧心忡忡。他奔向她，嘴里吼着一些她听不清的话。随后他快步跑开，冲入建筑深处，没有碰她。在那之后，梅失去了他的踪迹，但他会照顾她。

他会完成一切需要做的事。梅怀着这个想法安然入眠。

医药年鉴中记录了一类紧张症患者表现出的一种罕见现象。紧急情况下，原本一动不动的病人会突然苏醒，奇迹般地重获一些能力：站立，尖叫，跑动。一只沉睡已久的手能突然完成必要的任务，比如在即将掉下床的前一刻抓住床栏。

这一天的圣洛拉，少数沉睡者身上出现了类似的效应。

本。一开始，他和安妮正在参加一场聚会，在一个类似宾馆的地方。地点也许不是宾馆，而是一间套房，可能在布鲁克林，也可能在别的地方。套房里摆满了家具，让本回想起他的祖母在威斯康星的房子，特别是那张二十世纪六十年代的奶油色丝质沙发。他和安妮正在用小酒杯喝潘趣酒[1]。安妮说，好奇怪啊，一样的沙发哎！这是一场万圣节聚会——因此安妮披了那件马甲，系了那条领带，戴着那顶松软的黑帽子，套着卡其色长裤。所有人都喜欢她的装束。她是安妮，安妮·霍尔[2]！朋友们都赞不绝口，说她假扮得惟妙惟肖。聚会上摩肩接踵，人声鼎沸。潘趣酒透着杜松子酒、迷迭香还有一丁点儿烟雾的气味。大家言笑晏晏，欢欣雀跃——这是本对宴会的主要印象。他站在安妮身边，手搭在她的臂上，仿佛美好融入空间本身，扩散到了空气、饮料、分秒、安妮的衣装，还有那张沙发里。

随后，一声巨响让宴会霎时鸦雀无声。像是什么东西破了，比如树枝折断，带给人一艘旧船在暴风雨中飘摇崩解的感觉。对，一艘船，他们在一艘船上。

该死的，有人骂道。是地板，地板有问题。

安妮使劲攥住本的手，劲道大得让他感到疼。就在这时，地板的

1　潘趣酒（punch）：一种用水、果汁、香料及葡萄酒或其他酒类勾兑而成的饮料，常见于宴会、聚会和自助餐厅。

2　安妮·霍尔（Annie Hall）：《安妮·霍尔》是一部爱情喜剧片。文中安妮的打扮是其女主角安妮·霍尔的经典造型。

中心像个落水洞一样突然塌陷，而安妮——

本睁开眼睛。

一时间，他只能听到自己的喘息声，还有扑腾扑腾的心跳声。一阵释然直通五脏六腑——幸好只是一场梦。

可笼罩他的是一块陌生的天花板，深色木理，非常高，房间很大，光线暗淡。除此之外，他还注意到：人们在尖叫。

一人在他身边俯下身，是个消防员。

在那一刻，仿佛大脑中的视觉中枢突然干起了嗅觉的活，消防员的黄色制服引发了连锁反应——他忽然意识到了空气中的烟味。

他想坐起来，却受到了向下的阻力，仿佛他被绑在了床上。他想到了沉睡病。他一定和安妮一样，也得病了。

我的宝宝在哪里？他问道。可没人在听。“我的女儿呢？我的宝贝女儿呢？”

屋里烟熏火燎，他的嗓子开始灼痛。他的所有困惑经提炼后留下一点：离开这里。这要经过一系列复杂的操作，一根根拔掉连在身体上的管子。消防员帮他解开了连接仪器的导线，随即消失在了幽暗之中。

光一闪而灭。不知从何处射入一道阳光，被浓烟泯灭了光芒。本开始咳嗽。他忽然意识到：这是个图书馆，摆满床的图书馆。

他咳嗽不止。很快，他加入了在地上匍匐前行的队伍。他的身子僵硬而酸疼，但他一直在前行，奇异地感知到了身体的各个部位。膝盖跪在地上，先动哪只手，再跟哪只手，配合起来只是稍稍有点不协调。在浓烟中找出口很困难，但外面的人在冲里头大叫，都是陌生人。他们在对他喊叫，人们竟愿意帮助素不相识的人，这让本在黑暗与浓烟中热泪盈眶。他们的喊声穿透暮色：这里，这里，门在这里！

之后，本会遗忘掉大部分细节，比如他最后是怎么出来，和其他幸存者一起聚集到阳光下的草地上的。他会忘记别人看见他清醒时惊恐的神色。不只是他，还有几个病人也醒了过来，面黄肌瘦，穿着病号服，手上还挂着静脉注射管。也许大脑每一天只能编码存储一定量的经历。这一天的所有经历中，接下来发生的事他将铭记终生，记得如照片一般巨细无遗。

那边有个女人，她赤脚站在草地上。那个女人，她长得有点像安妮。但本知道，有时强烈的渴望会如变戏法般，让陌生人的脸变为爱人的模样。这个女人勾起了他对安妮的回忆——他知道这是苏醒过程的一部分，这是想念她时熟悉的甘之如饴。

可这个女人站立的姿态，微弓的背，还有她咬头发的样子——本目不转睛。

她微微侧身，露出脸的轮廓。她的鼻子上有个小凹口，就和安妮一样，那是安妮在十几岁时磕破的。安妮。她穿着病号服立在阳光下，肩膀上裹着灭火毯，看上去瘦弱，憔悴，脚步虚浮，脸被烟熏得灰扑扑的。但这就是她，她真的是安妮。她站在那里，眯眼仰望蓝天，似乎无法相信发生了什么。她在那里，醒来了。

THE DREAMERS

-50-

报纸之后会报道，这可能是一起纵火案。

人们在地下室发现了许多火柴，还有撕扯下来用于点火的书页。纵火犯一直逍遥法外。

许多沉睡者活了下来，大多数在睡梦中被转移到了外头。

然而，最轰动一时的大新闻是：十四个病人醒了过来，自己走出了火场。

大家都说，太不可思议了，简直是奇迹！面对奇迹，人们总爱津津乐道。幸存者中有一对夫妻，他们很快会以“圣洛拉的罗密欧与朱丽叶”之称登上新闻头条，而不是以他们的本名：本和安妮。

还有个幸存者是个十一岁的女孩，媒体会铺天盖地地报道她被父亲所救的故事。她父亲本人也才刚刚恢复，他在看到烟雾时冲进图书馆大楼，大喊女孩的名字：莉比！直到找到她为止。

媒体对不幸身亡的沉睡者关注较少。死者一共九人，死因是吸入过量浓烟，使得血液中的含氧量逐渐下降，据说这一过程会给濒死者带来极为生动的梦境。

死者中还有两名护士，一名疾控中心的传染病专家，还有文理学院的校长。

名单上还有就读于圣洛拉大学、来自圣地亚哥的一名新生：刘梅，十八岁。

消防员发现她时已经太晚。浓烟滚滚的阅览室一个偏远的角落里，她俯卧在折叠床上，蜷缩在毯子下，盐水依旧在流入她快速泛白的手臂上的主脉。她在睡梦中离去，这让她的父母有所慰藉。他们说，她在梦中走得很安详。

火灾后的数日，一个故事流传甚广——人们喜欢灾难中体现出的大爱：当烟雾席卷图书馆时，一名大学新生——贝克医药家族的继承人——马修·贝克，冲进火场，救出了一个婴儿。这个故事不胫而走，口口相传：他抱起了最年幼的病人，一个九周大的婴儿，余下生命最长的病人。小婴儿裹在毯子里，一直睡得很沉，至今还没醒。

这位圣洛拉英雄的故事脱颖而出，证明人类做得到——我们之中，谁不喜爱一首简单而纯粹的歌呢？

THE DREAMERS

-51-

本和安妮的后遗症很轻。

安妮有些轻微的晕眩，本的外周视觉略微受损，此外他们没察觉出别的问题。

若在一年前，两年前，或几年前，他们的重聚会带来截然不同的感受，就像鸿运当头，神仙显灵，否极泰来，起死为生。

但在一生中的这一年，在握紧彼此的手或倚靠彼此温暖的手臂时，他们丝毫没感到幸运，也没感到感激。两人的脑海完全被另一人占据。他是个父亲，她是个母亲，他们的孩子病了。

火灾后，最年幼的病人被转移到学校的餐厅。在这里——在等待了许久，打了一次又一次电话，签了一份又一份文件后，本和安妮找到了他们的孩子。

他们看到她躺在干净的摇篮里，裹着毯子，小小的脑袋被锁在不可触及的深沉睡梦中。

她的小鼻孔里连着一根饲管。

“她比我上次见大了好多。”安妮说。她热泪盈眶，眼泪止不住地往外冒。

她把女儿抱了起来，饲管在空中晃荡。即便在睡梦中，女儿的头依旧自然地靠上了她的肩膀，仿佛关于母亲的记忆依然停驻在她的颈部肌肉里。

他们应当戴上口罩和手套，可要是戴上手套，他们就不能为女儿擦去眼睛上的结块，或往她干裂的嘴唇上抹凡士林。触摸她皮肤的渴求排山倒海，势不可当。

比起本上次见她，她大了两周。仅仅是她的存在，仅仅是她在生长的事实，就证实了其他人的辛劳：那些穿着防护服来回走动的护士，她们在本看了女儿最后一眼后每天照顾她；还有那个将她从火场中救出来的永远无法再会的大学生。

她可能会死——这一认知点亮了安妮的每一刻。本来可能发生却未发生的事，对生命来说与一切发生的事同等重要。

还有一些父母俯身照看着自己的孩子，或像本和安妮一样，坐在孩子床边的塑料椅上。但大多数孩子都无人照看，除了人手不够的护士帮他们翻身、洗澡、换尿布，以及补充饲管的流质食物。

本醒来前做的最后几个梦中，有一个是这样的：他和安妮坐在一艘独木舟上，安妮穿着绿色的比基尼，阳光照上她除了比基尼的细带外一片赤裸的背。独木舟在一个海湾里漂流，本不知具体在哪儿。两人划桨前往一个小岛，小岛上长着一棵松树。将独木舟和桨放在小海岛上后，两人走到那棵松树下头，享用先前放在便携式冷藏箱里的啤酒，一边观赏阳光下其他的船只漂浮于海上。海面波光粼粼，怡情悦性。绵绵不绝的除了喜悦之情，还有另一样东西：无限的可能性。身心轻盈。

忽然，一叶路过的小舟上有人向他们大喊。

“嘿，这是你们的独木舟吗？”

没错，空无一人漂荡在水中的正是他们的独木舟。一定是涨过潮了。他们一边想一边下水游了过去，想要抓住独木舟和漂浮的桨。和别的梦一样，这场梦中有些东西感觉上完全不像梦，反而很——他找不出别的词来形容——真实。那种看到未来的感觉又来了。

在醒来后的头几天，这个梦萦绕着本，挥之不去，宛如背景噪声，响彻这个临时改装的餐厅。

他想将这件事告诉安妮。

可是，提及这件事忽然让他觉得过于私密、荒诞不经。他就一直没说。寻找恰当的词句来描述自己的经历，这一过程本身让他不再那么深信不疑。

他只好旁敲侧击地问安妮：“你有做什么古怪的梦吗？”

安妮看着女儿，头也不抬地说：“没有，我压根儿没做梦。”

她感到自己这些日子老是走神，魂飞天外，就像火车上坐在本对面的一个陌生人。

第二天，睡在旁边的一个大一点的孩子开始呜咽，小脸皱成一团。安妮很快发现他的尿布漏了。本去叫了护士。等了几分钟后，小男孩开始呻吟，安妮就亲自帮他换了尿布。在某些情况下，换尿布也是一个神圣的举动。

有一天，边上一张床上的小男孩睁开眼睛。一张一合的眼皮，黑白分明的眼珠，让整个婴儿看护区腾起希望。

“我要妈妈。”起初小男孩很平静，仿佛自己的需求会得到满足。“我要妈妈。”

可当母亲没立刻出现时，他哭了起来。本想安慰他，可没有用。

最后，人们找到了他的母亲，把她带了过来。

“他说想让我来？他开口说话了？”当小男孩跃入母亲的怀抱时，母亲惊讶无比。

她说，这个小男孩还不到两岁，还没开口说过完整的句子。

可你听听：

“妈妈，我做了个噩梦。”

但本和安妮的女儿依然没醒。他们为她剪指甲，帮她洗澡，夜里睡在她摇篮边的油地毡上。

本把自己的梦翻来覆去想了又想。这些梦是预言的感觉太过强烈，让他心惊胆战。那些梦里缺了一样东西：他的女儿。如果他梦到了未来，那他的女儿到哪儿去了？

THE DREAMERS

-52-

在一个著名实验中，一名地质学家把自己关进隔绝日照的地下洞穴整整八周。他要测验的数据中，有一项是检测自己的生物钟是否准确。他想睡就睡，睡到自然醒，并在笔记本上记录下天数。没有钟表嘀嗒嘀嗒，没有太阳东升西落，他的生理节律很快就和身处地表时不再同步。实验结束时，他坚称自己只在地下度过了三十五天，但地表已经过去了六十天。

莉比。她睡了三周，但只梦见了一个下午。

她睡醒时面带微笑，神色平静。她打了个哈欠，伸了个懒腰。

当她睁开眼睛时，萨拉体会到了前所未有的狂喜，如释重负。

“你感觉怎么样？”萨拉问。

莉比在自己的床上醒来。父亲在火灾突发、场面混乱、病人无人保护的第一时间赶到现场，将她带回了家。父亲和萨拉在没有医护人员帮助的情况下照顾了她一整天。

“我从来没做过这么奇妙的梦。”莉比说。

她嗓音沙哑，鬓发缠在一起。她似乎不知道已经过去了多久。

“什么梦？”父亲的语气透着古怪的紧张。

莉比与萨拉眼神相对，这是她俩一直以来的习惯。

“你的胡子怎么了？”莉比问。

“你做的梦，不是普通的梦，对不对？你梦见什么了？”父亲说。

他的头发重新长了出来，可不再是棕色，而是白色。他现在仍和醒来的那天一样骨瘦如柴。

“我梦见了妈妈。”莉比的语气中有种不寻常的平静，还有一丝敬意，“我们在湖边。”

可父亲连连摇头。

“不是。”他抬手制止她往下讲，“我说的不是这种梦。还有别的吗？”

“只有这个。”

父亲向她确认数次，莉比频频点头。接着父亲走下楼不见了。

父亲一走，莉比问：“我睡了多久？”

萨拉回答：“三周。”

莉比的反应如同条件反射，仿佛胸腔中的空气被瞬间抽空。

她说：“我感觉只过了几个小时，就像打了个盹儿。”

猫咪围到莉比身边，蜷缩在被子里，依偎着她。

莉比接着说：“你也在我的梦里，我们和母亲一起在湖边。”

她一闭上眼睛，就能想起那段时光的每一个细节：母亲针织衫的淡紫色织线，她涂着浅桃色指甲油的指甲。

“还有这对耳环。”莉比从床头柜上一堆散落的珠宝中拿起一对银色耳环，“她戴着这对耳环。”

湖边的野餐桌上铺着一张报纸，她们开始画手指画。

“我们蘸着颜料按手印，而妈妈用手指作了一幅小小的画，画上是那片湖。”

空中弥漫着烧烤的味道，有人在海滩上烤串。母亲以她独特的方式用手背拂开脸上的发丝。

“你别着一个向日葵发卡，穿了一条白色太阳裙。”

母亲递给她们两杯牛奶和一个金鱼牌的透明密封袋。

“我要开始画喽！”母亲说。

蓝色颜料在她的掌纹中渐渐变干，鸟儿啼啭，孩子们在泼水嬉戏。

“你记得那样一天吗？”莉比问。

“不记得。”

“我觉得那是真的。”莉比说。那是一个遥远的午后，从记忆深处完好无损地得以恢复。

母亲去世时莉比还太小，在这之前，她对母亲没有任何记忆。

“这不可能，”萨拉忽然嫉妒不已，“你那时还那么小，不可能记得。”

但她让莉比将整个梦又讲了一遍，讲得更加细致，直到讲述的时间远远超过了数年前的那个午后。

莉比放低声音，问：“爸爸梦见了什么？”

“他梦见图书馆着火了。”萨拉说。

“别谈那事。”父亲的声音从另一个房间传来。

萨拉耳语道：“结果那儿真的着火了。”

莉比的脸色变得不太自然。

“你的梦应验了，对吧爸爸？”萨拉问。

父亲摇摇头，斩钉截铁地说：“在我的梦里，没人死去。”

THE DREAMERS

-53-

黑暗中，一颗小心脏开始跳动，脊髓神经逐渐联结，电流开始在大脑的突触之间传递。骨骼成形，牙胚开始萌发，还有眼皮。发丝般的小手臂第一次拍打，小芽儿般的指甲开始萌生，膝盖和手腕开始弯曲。

十周了，丽贝卡仍在沉睡。她的胸膛在医院的被单下起起伏伏，面色因额外的血流而显得别样红润，荷尔蒙让她的皮肤油光发亮。套着口罩和护理服的护士喜欢指出这片黑暗中的一处美好：她的脸真的散发着怀孕的柔光。

同一周，在散布于校园各处的医疗帐篷的一顶中，生物学教授在安静的午夜睁开眼睛。笼罩纳撒尼尔的是光亮的白色天花板，荧光闪烁。他不在家里——这是他的第一反应。空中有土壤的气味。

第一位医生对他说，他很幸运，病情较轻，只睡了三周，当然那是最乐观的猜测。医生戴着口罩说："有两个孩子把你送了过来，一个男孩和一个女孩。"

起初他虚弱得坐不起来，然后他打听了亨利，亨利是不是也在这个地方。过了好几个小时才传来答复：没有，这里没有叫亨利的病人。他借了个手机，给家里打电话，没人接听。

医生们告诉他，这意味着一段困惑期的开始，这在幸存者中并不罕见。恐惧即将缓缓冒泡，日夜相随。

回到家，他发现前门上漆了一个大大的黑色叉号。进了屋，他发现屋子面目全非，仿佛受了时间或大水的洗礼。墙纸如桉树皮般剥落，霉菌在墙角滋生，脚下的地毯如海绵般渗出水来。茶几歪了，餐椅翻了，仿佛屋里的每样东西都被水抬起，又在水退去时落下。模糊的记忆进入他的脑海——有那么一刻，他在试图修理浴室的水池。而今，那根被一双业余的手所堵上的恼人水管仍在滴水。

他呼喊亨利的名字："亨利，你在吗？"可屋子安安静静的，他甚至料想到发现亨利溺亡在地毯上。"亨利？"

然而，他最终在另一个地方找到了亨利：私立养老院。亨利躺在扶手椅上，再次陷入神情恍惚的状态。他怎么又变回了这个样子？这到底是怎么回事？

"我们一直试着联系你。"养老院的一位医生说。

"他是怎么回到这里的？"纳撒尼尔问。

"什么意思？"医生疑惑地问，完全没提及亨利那次非同小可的苏醒。

松弛的脸，空洞的眼神，如果你问他他叫什么，他完全没有回应的迹象。

别人日后才会看清的事实，纳撒尼尔立刻了然于心：他只是梦见了亨利苏醒，这惊人的苏醒不过是他自己在梦中的一个愿望。不过呢，他脑中有另一个想法在与这个想法对抗，仿佛那才是对这些事件的唯一解读。

有关亨利醒转的记忆感觉上完全不像一场梦，那些日子同别的记忆一样历历在目，甚至更为清晰。

“你有做什么怪梦吗？他们都说得了沉睡病会做梦。”女儿打电话来问。她刚从旧金山起飞，但只能降落在邻城的机场。

“我完全没做梦。”纳撒尼尔说。坦白真相太尴尬了。

他支起了大风扇，要把房子吹干。他给保险公司打了个电话。他回到林间继续工作。可他的四肢依然沉重无比、疲惫不堪，没有哪种检查能分辨这是疾病还是悲伤的症状。在意料之外的光明后，时而会降临黑暗至极的情绪。

他开始搜索一位老同事的作品，那人支持一种稀奇古怪的物理学理论：也许一切可能发生的事都已经发生——排列组合的每一项都在各自的平行宇宙中展开。

他每晚都孤独入眠，一夜无梦。

第十三周，头发萌出，睫毛生长，骨髓开始填充骨腔。

在丽贝卡沉睡的医院翼楼的其他床铺上，最先感染的一些人——与她住同一层寝室楼的其他姑娘慢慢睁开了眼睛。一人梦到了灿烂夺目的长远未来，一人梦见了一连串的悲剧，一人抱怨噩梦吓得她魂飞魄散，相比之下，醒来后的平常世界简直安然得奢侈。

这周即将结束时，圣洛拉的官员报道了一个新的里程碑：七天内没有出现新病例。这一刻大家等待已久。一种病毒只能嚣张这么一阵子——面对任何病毒，只有一定比例的人容易受其感染。

同一周，儿童区，有一天本回到摇篮边时，发现在自己离去的几分钟里，一切都变了：他们的女儿睁开了眼睛。

安妮正抱着孩子，她脸上无声的喜悦是如此纯粹。宝宝凝视着她，就像出生那天一样，眸子是略深的蓝色。女儿的归来比她来临的那天还要珍贵——这一回，本领会了在世上有女儿相陪的意义。

几天后，回到家中躺在床上，当安妮递给女儿一个瓶子时，本终于跟她说了自己的梦。

“这些梦就像预言。”听了这话，安妮脸上浮现出担忧的神色。

“我知道这听起来怪怪的。”

他接着往下讲，先讲了关于独木舟和桨的那个梦，讲到当他和安妮在树下喝啤酒时，独木舟和桨漂到了海面上。

“你还好吗？”安妮边说边换了换怀中孩子的位置。

“没事，你听着就好。”本关掉昏暗的床头灯，半闭双目，开始回想，“在梦中，我们在一个水光潋滟的地方，那儿还有树，正好长在水边的松树。”

安妮轻轻笑了笑，低笑中夹着一丝担忧。本突然明白，把这事告诉她就是个错误。

“那不是未来。”安妮说，“那是过去。”

她说的话让人难以置信，就同时间能像顺流一样轻易逆流的观点一样令人匪夷所思。

“那是大学毕业后的夏天，在缅因。你不记得了吗？我们总是会提那时的故事啊。”

本又给安妮讲了另一个梦，聚会上地板开始垮塌。

“那是万圣节，在布鲁克林，罗布的老房子里。”

本听懂了，可这怎么可能呢？也许长眠让安妮的脑袋变得比他还糊涂吧。

本把做过的梦一个个讲给安妮听，与此同时，屋外飘起小雪，在街灯微弱的光亮下飞扬弥漫。

“你只是梦见了我们年轻时的事。”安妮说。

宝宝正看着本的脸。本突然渴望与女儿独处，告诉她而不是安妮，自己所做的梦有何含义。

“你的爸爸喜欢追忆往事。”安妮对眨巴眼睛的女儿说，“他总是认为过去总比现在好。”

本没再多说。那天晚上，他久久不能入眠。

也许总会有这样的夜晚，他躺在妻子身边，想念他梦中的妻子。

第十七周，内耳的骨头已经硬化，小耳朵开始听到丽贝卡的心跳声，共享的血液流过脐带的嗞嗞声，丽贝卡在梦中翻身时羊水的哗啦轻响声，也许还有护士含糊的嗓音和胎心监护仪周期性的嘟嘟声。

随着仍未醒的病人逐渐减少，加上四周没有新增病例，疾控中心宣告疫情结束。无论它会卷土重来，还是就此销声匿迹，人们都会永远记住它：圣洛拉病毒。

最后一个报道的病例是养老院的一位八十九岁高龄老人。随后，如同龙卷风过境一般，病毒消失了。

可它去哪了呢？也许它撤回了原来的栖身之地——树林，或是一些携带着它穿过矮树丛的动物。研究人员回到不同州的实验室，继续研究这种病毒，以防它有朝一日再度来袭。他们一致认同它会回来，一年内，十年内，或百年内。它可能会突变，变得更为温和；或走上另一条路，演化为一场遍及全国、席卷全球的瘟疫——全世界陷入沉睡，比起别的沦陷之景，这样的终结会多么悄无声息。

一位美国联邦法官下令解除防疫封锁线。所有路障都被撤下。亲友和记者涌入圣洛拉，幸存者蜂拥而出，迷信的人永远不会再回来。

在医院隔离四个月后，凯瑟琳终于能重返洛杉矶与家人团聚了。

可当她一进屋，却见女儿躲在外祖母的腿后面。看不见女儿的小脸让她痛不欲生，但她也感受到了，女儿在见到不熟悉的人时忐忑不安的心情。

她像面对自己的病人一样，在女儿面前跪下，问："我能抱抱你吗？"

女儿摇摇头，她穿着一件凯瑟琳从没见过的绿恐龙短袖。

女儿偷偷看了她一会儿，开口说："你看上去和以前不一样了。"的确如此，凯瑟琳在离开的这段时间瘦了不少。

至少这件事女儿不会记得一丝一毫，还要过上几年，闪过脑海的电火花才会存入她有意识的长时记忆，这让凯瑟琳既释然又伤感。

但凯瑟琳总会难免担忧，这段与单亲妈妈分离的时期会一直伴随她的孩子，如同一条绕过前路岩石的树根，或一节因没上夹板在愈合时长歪的断骨。

第二十周，负责昼夜节律的下丘脑开始运作，用完全匹配一个地球日时长的模式来调节心率变化和特定荷尔蒙的涨落。

与丽贝卡相隔四间的病房中，塞勒醒了过来，他没经过丽贝卡的病房，没触摸她的手。他的父母几周来一直在路障外扎营过夜，等待儿子的消息。他就这么同父母离开了圣洛拉，全然不知丽贝卡肚子里那个日渐生长的小生命。

丽贝卡和其他八十五个病人睡在一起，最后的沉睡者已被集中到医院的一栋翼楼中。

第二十八周，大脑已发育得足够复杂，能被突然的响声惊扰并转向声源。到这个周数，大脑已开始做梦，但梦见什么呢？飘浮感，或明暗的细微变化？也许这么小的大脑所做的梦是我们难以想象的，超越了科学与语言，无法记录也无法复原。

嘴会在不久后开始张合，肺正在快速发育，为将这个星球上的空气转化为身体能利用的物质做准备。

学校重新开学。

每天中午，萨拉继续独自一人在校园里吃午饭。

看到阿其尔重返校园，她松了口气。“嗨。”她向他打招呼。

“嗨。”阿其尔的声音有些沉重，他不必说自己得过病，萨拉从他的脸上就能看出来。

“你的家人还好吗？”萨拉问。

阿其尔点点头。“挺好的，我们都没事，你们家呢？”

在别的学生在校园里横冲直撞时，他们经常并肩而坐吃午饭。同享沉默令人安心。春天的百花已经归来——科学实验室边的粉玫瑰，体育馆边的金盏花，还有草地上随处可见的蒲公英。

有一天，碧空如洗，吃完午饭后，望着操场对面影影绰绰的树林，阿其尔跟萨拉说起了自己的父亲。

“他差点死了。”

不过他活了下来，虽然走起路来有些跛，屁股上还留了道长长的伤疤。

阿其尔说：“我总觉得这件事发生在未来，我怎么都摆脱不掉这种奇怪的感觉。”他总觉得过不了几天，他的父亲会在埃及被抓进监狱，他们得抛下一切远走高飞；再过上几天，父亲会在这个美国城镇遭美国士兵枪击。

铃声响了，其他孩子向教室鱼贯而入，但萨拉仍坐在阿其尔身边，侧耳倾听。

“我知道这些事已经发生了，我知道，可我就是感觉这些事发生在未来，而这种感觉会一直如影随形地在我脑中盘旋。”

宫缩开始，丽贝卡没醒。麻醉针插入脊柱，她没醒。麻醉剂扩散进身体组织，她还是没醒。

手术室里的产科医生和护士穿上特卫强手术衣，她没醒。他们在防护下往她的肚皮上涂碘液，准备剖宫产，她还是没醒。

连手术刀也没能打搅她的睡眠。

产科医生一层层切开腹壁，用戴了双层手套的手分开她腹部的肌肉时，她没醒。当医生切开子宫壁，护士吸掉术中出血时，她没醒。当孩子从她身体里取出来，如同牙齿从牙床里撬出来时，她没醒。孩子来到人世最初的时刻，她还是没醒。

这是在场者的记忆中最安静的生产。

大家都在盼望一声啼哭，却没有听见。好消息传来时丽贝卡没醒：至少宝宝在呼吸。坏消息传来时她也没醒：宝宝和她一样处于深睡眠状态。这表明圣洛拉病毒能穿透胎盘。

在剪掉脐带、称完体重、裹好襁褓、清理干净鼻通道后，一位护士想到把丽贝卡的手放到宝宝的前额上。一幕母亲与宝宝初会的哑剧。

缝合切口时，她没醒。电凝止血时，她没醒。

他们把宝宝放上她的胸口，她没醒。他们将宝宝送到她的乳房边，宝宝在睡梦中开始吸奶，这一刻她依然没醒。

-54-

死者。他们中有医生和护士，教师和艺术家，哲学和法文教授，还有圣洛拉的市长。有人年轻，有人年长，有人正值中年。有一家三口的三颗心脏在几小时内相继停跳，如同闪烁在一根电线上的灯泡。还有些未及时发现的死者死于脱水。但在医疗护理下，大多数人死于心动过缓。心脏跳得如此之慢，以至于泵出的血液无法支持整个机体，就像一些佛教徒在深度冥想时进入完全放空的状态，心脏也随之停跳。为了向死者致哀，人们在城外的路障上摆上鲜花，还举办了葬礼。参加葬礼的人寥寥无几，教堂的座椅被移到了教堂外的草坪上，因为人们对感染的恐惧挥之不去。

每天都有沉睡者停止呼吸，十分之一的人永远不会再醒来。有人说，至少他们走得很安详，免于清醒地历经生命终结时的痛楚。

死者的名字有朝一日会出现在一块纪念匾上，纪念匾会立在松树掩映的残湖边，为所立之处添上一抹棕色。

THE DREAMERS

-55-

有一天，大了五岁的丽贝卡牵着儿子的手走在树林里。小男孩摘下田野上的蒲公英，将蒲公英的种子吹得四处飞扬。丽贝卡看到了儿子一举一动中的灵气，他日益生长的身体每日都在宣告：生命在延续。

很快他六岁了，穿着水蓝色泳裤站在跳板上大喊：“妈妈，妈妈，看这里。”丽贝卡正坐在泳池边的杂草地上。周日的午后，在丽贝卡的父母家，她的大腿上搁着儿子的人字拖，身后堆着儿子的教会服装。屋里传来锅碗瓢盆的轻响，那是她母亲在厨房做午饭。

她的儿子跳进泳池，像颗小炮弹。瞧他那一跃而起时的小脸：双眼紧闭，像是被微笑的唇角给推了上去。

见他灵活自如地在水里游动，草地上的丽贝卡对他喊：“太棒了！”

儿子跟她在这个年纪时的弟弟很像：游泳镜，牙齿上的豁口，瘦长的双腿，长长的脚。邻居家橘子树的香味飘过围栏。母亲在厨房忙活，她的低跟教堂鞋踩在油地毡上，咔嗒咔嗒地响。

儿子爬出泳池，水顺着他的腿往下流，滴在丽贝卡的小脚丫也曾滴过水的人行道上。她说了母亲曾对她说过的一模一样的话：“别跑，别跑，小心滑倒。”

可这不过是一年中的一个午后，一生中的一天。

男孩继续前行，岁数大了，成长了，进入大学，退学。有争吵，有误解，有原谅。他在丽贝卡失去母亲时搬了出去，又在丽贝卡父亲去世那年搬了回来。他辞了职，成了一名艺术家。他重新入学。他结了婚，有了自己的孩子，又有了第二个。

一天晚上，丽贝卡和她儿子出门，在薄暮笼罩的小区里散步。丽贝卡已垂垂老矣，她的儿子正值中年。

他们刚吵过一小架，但这已经过去了。散步时，儿子说：“你得让我自己做决定。”

奇异的感觉涌上丽贝卡的心头——他的口气，他转向她说话的样子，他的言语，几乎和许久以前她自己曾向父母吐露心声时一模一样。

THE DREAMERS

-56-

丽贝卡在一个陌生的房间里醒来。白墙，荧光灯，一条手臂上连着静脉注射管。

迷迷糊糊之中，她只认出了窗外的一样东西：圣洛拉大学使命派风格的钟楼。她回来了，回到了圣洛拉。

旁边的一台监护仪嘟嘟轻响，让她感到屋里的自己没那么孤独。她感到肚子一阵酸痛，伸手触摸到了肚子上的绷带。一扇门开了，有人走了进来，也许是个护士吧。

进来的护士穿着的黄色防护服包住全身，连鞋子也不例外，让丽贝卡觉得像个电影人物。护士的一举一动仿佛把丽贝卡当成了空气，她径自走到角落里，弯下腰。丽贝卡看到那儿有个干净的摇篮，装有万向轮。摇篮内有个粉色条纹的奶油色襁褓，里头睡着一个戴着粉色小帽的新生宝宝。丽贝卡的第一反应是：这是谁的孩子？这时护士向她走来，接着说了些什么。护士在对其他人喊话，对外头的人。

“她醒来了。”护士喊来走廊里的另外一个人，指着丽贝卡说，“母亲醒来了。”

丽贝卡想不通这是什么意思，她的胸口腾起一阵恐慌。

更多人冲了进来，全都穿着同样的黄色防护服。

一种怅然若失的感觉从她心底涌出，她的儿子哪儿去了？她问他们。

可他们似乎没听明白，她又说了一遍："我的儿子，请你们叫他赶紧过来。"

交流很困难，把她的意思表达清楚更困难。

可没人回答她，这让她有了不祥的感觉。"他还好吗？"她轻声问，眼睛早已湿润。

"你得了沉睡病，"一个护士说，"你沉睡了整整一年。"

丽贝卡听清了每个词，却无法理解。护士接着说："你现在感到思维混乱很正常。"

某一时刻，丽贝卡的母亲走进病房。她的母亲起死回生，看上去像在走廊里等待了数年。她不仅活着，还更年轻了，就像三十年前丽贝卡去上大学时的中年模样：红红的头发，洁白的牙齿。她冲到丽贝卡床边，抓住她的手，不停地说："天哪，天哪。"

再次见到离世多年的母亲，看到她脸上的喜悦与释然，丽贝卡很开心，但也难免惊恐，毕竟这是死人的探视。

"我的儿子呢？"丽贝卡问。

可她母亲似乎没听明白。"你说什么？"她接着说道，"你生了个小女孩，你瞧。"

"我的儿子出事了吗？"丽贝卡又问，话里带了哭腔，呜呜咽咽。

母亲脸上露出恐惧的神情，她眼神飘忽，不禁望了一眼护士们。

母亲说："医生说你可能做了一些古怪的梦。"

THE DREAMERS

-57-

丽贝卡醒来后数年，亲朋好友都说她拥有一种像她这么年轻的人所不具备的智慧，而没说出口的还有一种切实存在的疲惫。她花了好几个月，才相信自己是个十九岁少女，而不是一个活了好几十年的老太太。膝盖上的女婴竟然是她的孩子，这对她而言是多么难以理解，恍若隔世。

还有她的儿子，她生命的每分每秒都在想念他。没人能理解，为什么她能与一场梦有这么深的羁绊。可对她而言，她的儿子与别的事物一样真实：她与他共度了四十年。有时，有那么一刻，丽贝卡确信她看到了儿子在街上——他的嗓音、他的脸形，就同她女儿细小的手指和圆润的脸颊一样清晰无疑。

没有悲伤能盖过因孩子而生的悲伤。

丽贝卡的医生发现她的幻觉错综复杂到不可思议的地步：脑海中持续几十年的记忆，贯穿一生。她的症状符合一些已知的精神障碍：认为孩子不是自己的孩子，认为身体不是自己的身体，难以分辨现实和梦境。

她身上仍存有笼统的晦涩感：思维缓慢，记忆混乱。

“在沉睡了这么久后，这样正常吗？”她的母亲问。

尽管她的母亲、父亲和兄弟都得了沉睡病，可没人睡得像她那么久，也没人记得那么逼真而现实的梦。专家仍无法解释沉睡病的生理机制和该病对丽贝卡大脑的影响。

她的父母说，现在最重要的是感激。想想他人，想想逝者。她父亲说：“凡事谢恩，因为这是神在基督耶稣那里向你们所定的旨意。”[1]

在那之后，丽贝卡没和任何人保持联系，包括塞勒。我们是多么擅长从宁愿永不相见的事物上移开目光啊。

未婚先孕——她从没料想到这种事会发生在她身上，而她的父母竟然对此不置一词，反正她是不记得他们有过任何负面言论。他们说这是上帝的礼物。这个女孩，你的女儿，是一件礼物，无关乎她是怎么来的。他们就此打住，没有多加追问。这件在她看来可耻到能让家里天翻地覆的事，她所担心的一切后果，就这么从她的脑中淡去了。

可一种感觉仍在持续：那些片段在消失。她的医生说，大脑很神秘，它需要时间来恢复。她的母亲说，你会慢慢好起来的，我们会经历一些糟糕的事，但我们终归会挺过去。

有些想法丽贝卡一直藏在心底，谁敢肯定地说那场人生是场梦，而这场不是呢？她能靠什么东西来证实，在这儿的时光——女儿躺在她的大腿上，甜甜地看着她，那小脸颊，那小乳牙——不是她在年老时做的一场奇异的美梦呢？

但有些事很简单：她抱起自己的女儿，就像很久以前抱起自己的儿子一样。她对女儿唱曾给儿子唱过的歌。她同样疯狂地爱着女儿，

1 引自《帖撒罗尼迦前书》第五章第十八节。

或者更甚。也许这回，失去了另一人让她更加爱意满怀。

防疫封锁线解除一年后，纳撒尼尔最后一次离家。

他给女儿写的最后一封邮件很简短。他在邮件中写道，他要去为亨利找一种疗法，疗法仍处于实验阶段，但希望很大。他还说，不能将未经证实与不可能相混淆。

他带着亨利办完手续离开养老院。他们驾车去机场，乘飞机从洛杉矶飞到墨西哥城，最终抵达更南边的一座小城。那儿有位麻醉师承诺，他能用药物让人进入与圣洛拉病毒发作时同样的梦乡。

一根针头插入亨利的血管，另一根插入纳撒尼尔的血管。药物注入时，他抓住亨利的手。还没到一分钟，他们就扛不住困意，睡着了。

如今他们仍肩并肩躺在墨西哥群山间的一个诊所中，由护士照顾。他们的心脏在跳动，肺在呼吸，而望着这个世界的双眼闭上了。

他们俩现在正一起待在某个地方，或在房屋后头的树林里，林间的树同三十年前一样枝繁叶茂；或在后门廊的旧椅子中，共饮亨利最爱的爱尔兰威士忌，该酒如今已停产。谁能说并非如此呢？谁能说他们没有梦见一个更美好的世界呢？

大学再次开学，课程重新开始。小桶又开始在兄弟会活动屋前头的斜坡上滚动。

但要过好几年，这所学校的录取率才会回升到先前的水平。人群中流传着让圣洛拉镇更名的请愿。

病毒不仅仍活在国家的四级实验室中，还附着于圣洛拉空荡荡的房屋、走失的宠物、无人打理的花园、先前弃置在超市和教堂的停车场上后来被一辆辆拖走的旅行车，以及几周来处于医疗帐篷阴影下枯死的草皮。病毒还驻留在一些人疲惫的面容和缓慢的步态之中。也许有一天，当湖里的水蒸发殆尽，湖中央会露出一艘残留着病毒的沉没渔船。

有些人梦到了青葱年华或垂暮之年；有些人梦到了未曾选择的人生道路或在另一个世界的生活；很多人梦到了爱人，分手的、现任的；还有些人梦到了已故之人。

一个男人声称一次次梦见自己被困在电梯中，他感到这份疲惫与麻木伴随了他许多年。时间的扭曲在梦里稀松平常，仿佛每一场梦都有自身的物理准则。

过去，现在，未来——也许有物理学家会说，这三者的区别只是幻觉。人类的大脑会顺应各种错误的感知，清醒的大脑比起梦境并不能更适应现实。

有些孩子梦到了美轮美奂、绚丽多彩的世界，这些印象会从他们的画笔下流露出来。我们无法得知小婴儿梦见了什么，但梦中的见闻会潜藏在他们的习惯、欲望、对一些东西的熟悉感和对一些东西的恐惧感之中。

研究者会潜心数年，继续研究沉睡病病毒——为什么有些患者活了下来而有些没有，为什么它在那时销声匿迹。但科学家对梦境的内容兴趣寥寥，就像灵魂对神经科学家来说没有用处一样。

研究近乎空白的是最广为人知的传言——有些沉睡者看到了未来。民间轶事称一些人梦到的事的确发生了，比如干旱结束，亲友去世。小学里流传着一个谣言，说有一位父亲梦到图书馆着火了。

这些故事吸引众多游客来到小镇的大街小巷，探寻让圣洛拉沉睡的神秘力量。研究者和探索者在树林里扎营，或在停于湖边的面包车里过夜。

漫步在圣洛拉的街道上，这些满怀希望的旅客也许会注意到，好多天傍晚，一个男人会坐在门廊秋千上，大腿上放着一个小宝宝，他的妻子有时在他身边，有时不在。

本永远摆脱不了这种感受——那些与安妮共度的美好时光是未来而不是过去。就算他明白了自己真的经历过那些日子，他仍觉得不真实，就像声称没有自由意志的人仍会在作重大决策前深思熟虑一样。

时间一天天流逝，本越发觉得难以理解：未来的每一天都像一片黑雾，所有人都蒙着眼穿过每分每秒，不知接下来会发生什么。他怎么能把女儿带到这么一个世界上来呢?

不过，连婴儿的大脑都能预测一个坠落物体的大致轨迹。

或许，在某一方面，本能预见到什么即将来临：

他的女儿会爱上别人，也会被别人爱上。她会痛苦，也会让别人痛苦。她会为人所知，或不为人所知。她会满足，也会不满。她有时会孤独，有时会不那么孤独。她会做梦，也会被他人梦见。她会伤心，也会伤别人的心。她会奋斗，会一举成功，也会落败受挫。她会历经壮丽、崇高和不劳而获的日子。她会有狂喜的时刻，也会时而感到害怕。阳光会温暖她的脸蛋，大地会支撑她的身躯。

孟夏之夜，父亲正坐在门廊秋千上摇着女儿哄她睡觉。她贴着父亲的胸膛，心脏平稳有力地跳动着。她的心脏自生命之初开始跳动，也终有一日会归于平息。

人生中会有许多事让她一直无法理解，如同他人梦里的风光那般朦胧而晦涩。

-致谢-

我非常高兴能有机会再次向帮助我完成这本书的朋友们说一声谢谢。谢谢我的作家朋友：阿莱纳·格雷登、内莉·赫尔曼、内森·伊哈拉、塔妮娅·詹姆斯、苏珊娜·科恩、迪娜·纳耶里和玛吉·庞西。感谢你们多年来的友情和洞见——无论是对我的创作还是对我的生活。我尤其要感谢卡伦·罗素，谢谢你对这本书的慷慨支持。

我还要感谢萨拉·欧文、希瑟·索西达·汉农、希洛·贝克利、凯利·哈兹、莉兹·瓜恩多、丹·瓜恩多、蕾切尔·伯吉斯、杰克·霍斯泰特和卡丽·洛文塔尔·梅西。

同为一个可爱又古怪的不像书友会的书友会的成员，谢谢你们，布里塔尼·班塔、珍妮·布莱克曼、汉娜·戴维、米娜·哈特·杜尔森、保罗·卢卡斯、德温·麦克奈特、菲恩·史密斯、皮恰亚·萨班达，以及内森·艾哈拉和凯西·沃克。

感谢吉姆·谢泼德、卡伦·谢泼德、丹尼·夏皮罗和迈克尔·马伦，感谢你们的智慧与慷慨。

感谢我的恩师艾梅·本德、内森·英格兰德、玛丽·戈登、萨姆·利普赛特、莫娜·辛普森和马克·斯洛卡，他们的深刻洞见一直在指引我如何写作，如何教书。

感谢我在俄勒冈大学才华横溢的同事们：丹尼尔·安德森、洛厄尔·鲍迪奇、杰森·布鲁克斯·布朗、玛乔丽·西洛纳、格里·多兰、加勒特·霍戈和布莱恩·特拉普。同样感谢我的学生们，他们的作品一直在挑战我，启发我。感谢朱莉娅·切瓦尼克为我铺平了道路。

谢谢你，阿梅莉亚·杜克，谢谢你毫无怨言地帮我照顾新生宝宝，让我能抽空修改和润色这部作品。

我万分荣幸能拥有一位如此和善而出色的编辑——凯特·梅迪纳。谢谢你，凯特，谢谢你为这本书倾注了那么多心力。

感谢兰登书屋团队的其他成员，尤其是安娜·皮托尼亚克、埃丽卡·冈萨雷斯、伦敦·金、吉娜·塞特罗、苏珊·卡米尔和埃文·卡姆菲尔德。感谢定稿编辑德布·德怀尔将全书仔仔细细地梳理了一遍。

感谢西蒙 & 舒斯特出版社的苏珊·巴博诺，感谢你一直以来的热忱。

感谢WME（威廉·莫里斯经纪公司）的埃里克·西蒙诺夫的鼓励、卓见和友谊。感谢出色的WME团队的其他成员，特别是劳拉·邦纳、特蕾西·费希尔、贾丝明·戈根、艾丽西亚·戈登和劳伦·舒尔戈。

能在搜索素材时读到以下几本书，我感激不尽，每一本都非常重要：奥利佛·萨克斯的《睡人》、拉里莎·麦克法夸尔的《陌生人溺水》、大卫·奎曼的《致命接触》、丽贝卡·索尔尼特的《建在地狱中的天堂》、彼得·渥雷本的《树的秘密生命》、大卫·K. 兰德尔的《梦的真相》、史蒂文·W. 洛克利和罗素·G. 福斯特的牛津通识读本系列中的《睡梦》、艾伦·霍布森的《梦的新解》、安东尼·斯托尔的《弗洛伊德与精神分析》、安东尼·史蒂文斯的《简析荣格》和苏珊·布莱克莫尔的《意识新探》。

接下来，我要谢谢我的家人。

谢谢你们，莉兹·楚和基尔·沃克，谢谢你们把我当妹妹对待。谢谢你们，谢丽尔·沃克和史蒂夫·沃克，谢谢你们的爱与热情，谢谢你们在许多关键时刻帮我照顾孩子。

感谢我的父母，吉姆·汤普森和玛莎·汤普森，感谢你们全心全意的爱、帮助、兴趣（还有照顾孩子），感谢你们成为我的头号粉丝。

谢谢你，可爱的黑兹尔，谢谢你灵气逼人的小脑袋，谢谢你宽和的性格，你扩展了我的生活，还扩展了这本书（当你十一天大时，我为这个故事添了一个小婴儿）。还要谢谢可爱而神秘的潘妮，谢谢你灿烂的笑容，谢谢你给予我的灵感，谢谢你在我完成本书时在我胸口睡得那么熟。

最后，谢谢你，凯西，我亏欠了你太多太多，我实在不知该怎么感谢你，千言万语化作一句话：感谢你为我付出的一切。